THE KEEP

塔樓

珍妮佛・伊根——著
高紫文——譯

JENNIFER EGAN

獻給小男孩 Manu 和 Raoul

主要人物表

丹尼・金	紐約嬉皮客，依賴手機通訊，豪爾的堂哥
豪爾・金	本名為豪伊・金，長大後改名為豪爾。丹尼的堂弟，兩人無血緣關係
小安	豪爾的老婆，年輕貌美
小班	豪爾的孩子
米克	豪爾的跟班，身材健壯
諾拉	小班的褓母，打扮新穎，髮型為紫色的細長辮子
瑪莎・穆	丹尼的前女友
男爵夫人	奧斯布林克家族第八十代繼承人
荷麗・法洛	監獄寫作班的教師，有兩名女兒，梅根和潔兒，丈夫為希史
雷蒙・麥可・多布思	大家暱稱雷，受刑人
戴維斯	雷的室友，每天做七百下伏地挺身

湯馬・哈林頓	雷的獄友，綽號湯湯，飼養壁虎當寵物
梅文	獄友
艾倫・胡	綽號教授，寫作班固定班長
哈邁德・薩米	獄友
山繆・羅德	獄友，綽號櫻桃
傑金思	獄警，綽號開單女郎
凱力	獄警，荷麗的堂哥
希史	荷麗的丈夫，年輕玩搖滾
畢德・康	州警，荷麗的青梅竹馬
魯福思巡佐	州警

各界好評

「珍妮佛．伊根是當代天賦異稟的作家……敢於冒險，創作出獨樹一格的後現代哥德式驚悚小說。」

——《西雅圖郵訊報》

「伊根的第三本小說……離奇奧妙，總是令人沉思現代生活中，想像力與囚禁的關係，包括心理學、玄學、甚至物理學等層面。」

——《大西洋月刊》

「想像力豐富……兼具超寫實主義和陰鬱的幻想……伊根將創造力發揮得淋漓盡致，使《塔樓》讀來宛如融合卡夫卡（Kafka）、卡爾維諾（Calvino）、愛倫坡（Poe）的二十一世紀創作，集荒謬、超現實、難以言形於一書，讀來令人覺得緊張有趣。」

——《*Elle*》

「精彩絕倫……伊根傳神仿效哥德派作家的作品，像是寫《奧多芙的神祕》（*The Mysteries of Udolpho*）的安．瑞克里夫（Ann Radcliffe）以及寫《奧托蘭多城堡》（*The Castle of Otranto*）的霍勒斯．渥波爾（Horace Walpole），在看似奄奄一息的文學類型中，融入借自約翰．巴斯（John

Barth）、卡爾維諾等人的後設小說元素。要做到這樣很難，只有才賦非凡的作家才做得到。」

——《舊金山紀事報》

「憑藉深層直覺，突襲美國受科技驅使、圖像飽和的文化黑暗面，正是因爲善於洞察美國人的潛意識，使身爲作家兼新聞工作者的伊根獲肯定爲有先見之明的文學代言人。」

——《*Vogue*》

「伊根靈巧的布局，把丹尼的精神解放描繪得既驚悚又危險。根據她的暗示，想像力才是最後的解藥。這本小說有濃厚的威爾基．柯林斯（Wilkie Collins）式文風。」

——《紐約客》

「如果卡夫卡筆下的約瑟夫．K和路易斯．卡洛爾（Lewis Carroll）筆下的愛麗絲有兒子，那肯定是珍妮佛．伊根筆下的丹尼。……不論伊根穿插多少象徵比喻和稀奇古怪的次要情節……總是能讓情節保持流暢，冷嘲熱諷持續不斷。」

——《波士頓環球報》

「伊根是位才智過人的作家，從坐牢的回憶錄到哥德式鬼故事，在每頁創作上，都能明顯看見她樂在其中地改善與顚覆文學類型與陳腔濫調。」

——《華盛頓郵報》

「睿智，緊張，信手捻來。」

——《紐約觀察家》

「伊根編了個令人魂牽夢縈的故事。……她的厲害之處在於，完美平衡哥德式城堡小說令人毛骨悚然的元素和一名囚犯的寫實人生，創作出一本值得保存的好書。」

——《浮華世界》

「伊根把每件事都寫得正確無誤，從一個因長期吸毒而身體虛弱的男人的複雜心理，到一個癮君子的自欺，她的寫作技巧將令讀者嘆爲觀止，難以釋卷。」

——《時人》

「引人入勝……洞燭入微，妙趣橫生，流暢無比，讓讀者有如身歷其境……詭譎，刻劃優美，是個值得一探的地方。」

——《今日美國》

「引人入勝，……後設小說的傑作。……以令人信服的現實主義吸引讀者，媲美狄更斯或巴爾札克的作品。至於亨利．詹姆斯就更不用說了，他比誰都瞭解如何營製造張力。」

——《芝加哥太陽時報》

「伊根從第一頁就獨出心裁，……《塔樓》維持令人驚恐暈眩的速度，……專注探討這些高風險的心理學危險行爲，成爲令人無法釋手的恐怖小說。」

——《洋蔥報》

「一個會催眠讀者的故事，描述一群與世隔絕的人之間，有著令人料想不到的連結。每個人都藏著祕密，但最後讀者會發現，原來那些祕密與自己所想的相反。……雖然在情緒上與文字上，都因背叛與暴力而顯得黑暗，但讀者最後將發現，原來《塔樓》是福至心靈所寫出的一封情書。」

——《新聞日報》（*Newsday*）

「伊根是當代美國小說作家，文風類似史蒂芬．金或《黑道家族》的編劇群。她的最新小說，帶點哥德風的愛情故事，可能也有超自然主義的味道，讀來樂趣無窮。」

——《明尼亞波利斯星光論壇報》

「引人入勝的黑暗之旅，……伊根巧妙地在臨界點增加張力，最後引爆。……複雜的情節結合得毫無瑕疵，令人拍案叫妙。」

——《洛磯山新聞》

第一部

第一章

城堡破敗不堪，然而半夜兩點，月光黯淡，丹尼看不出來。他認爲眼前的建築堅若磐石：一座拱門連結兩座圓塔，中間一道鐵門穿過拱門，看似三百年從未被打開過。

他以前沒來過這座城堡，甚至沒來過世界的這個地方，但丹尼對這裡的一切感到熟悉，覺得好久以前看過這個地方；然而，他不是實際來過這裡，而是在夢裡或書中看過。塔頂的外圍有小孩子畫城堡時都會畫的方形城垛。空氣冰冷，寒煙刺骨，彷彿秋天已然來到，即便現在只是八月中旬；在紐約，大家仍穿著少量衣物。樹葉不停掉落，丹尼感覺到樹葉落到頭髮上，聽見走路時靴子踩到葉子發出的唰唰聲。他在尋找一個門鈴、一個門環、一道光線，找辦法進去這個地方，至少在想辦法找進去的路。但他逐漸心灰意冷。

在一座陰沉的山谷小鎭，丹尼等了兩小時公車要到這座城堡，但公車始終沒來。最後他抬頭一望，竟然看見公車在天空下的黑色剪影。於是他開始走，拖著新秀麗牌行李箱[1]和衛星接收器，走了兩哩上坡，新秀麗牌行李箱的小輪子老是被卵石、樹根和兔子洞卡住，他的跛行也拖慢了速度。整個旅程都是這樣：麻煩一個接一個，首先是甘迺迪機場接到炸彈威脅後，那架夜航班機被拖到空地，被閃著紅光的卡車和巨型的噴水管團團包圍，讓旅客漸漸安心，最後明白他們的工作是要確保火球**只會**燒死已經在機上的倒霉鬼。丹尼因而錯過到布拉格的接駁火車以及到現在這個鬼地方的火車。這個小鎮的名字聽起來像德文，似乎不在德國境內，不知道在哪，丹尼在網路上找不到，他不確定鎮名的正確拼法。丹尼曾用電話和堂弟豪伊談話，想搞清楚細節。豪伊是這座城堡的擁有人，付錢請丹尼過來幫忙整修。

丹尼說：「我還在想辦法搞清楚，你的飯店到底是在奧地利、德國，還是捷克？」

豪伊說：「說眞的，連我自己都不清楚，那些邊界老是變來變去。」

丹尼心想：「**是嗎？**」

豪伊說：「不過記住，還不是飯店，現在只是座老——」

通話斷線了。丹尼拚命回撥，但打不通。

機票、火車票、公車票隔週就寄來，郵戳模糊。由於他剛失業，加上和之前任職的餐廳有誤會，必須盡快離開紐約，因此有人付錢要他到別的地方，任何地方，就算是月球都不能拒絕。

他遲到十五個鐘頭了。

他把新秀麗牌行李箱和衛星接收器留在門邊，繞到左塔（因爲多數人會走右邊，所以丹尼刻意選擇走左邊）。一道牆從塔彎曲延伸進入樹林，丹尼沿著牆走，直到林木逼近身邊。他瞎走著，聽到生物振翅和逃跑的聲音。他越走，林木離牆越近，最後他得用擠的才能通過樹木和牆之間，擔心不靠著牆會迷路。接著好事發生了：幾棵樹穿過牆，把牆打開，讓丹尼能爬進去。

這可不簡單。牆二十呎高，樹幹從中穿過，導致牆凹凸不平、脆弱易崩。丹尼因爲工作時的誤會，受了傷，一邊膝蓋不好使。加上靴子不是登山專用的，是都會靴，是時尚靴，鞋尖有點方又有點尖；很久以前買時，丹尼認爲那是幸運靴。靴子需要換底，連在都市的水泥平地也容易打滑，因此丹尼才不會想到處向人描述自己如何狼狽爬上二十呎的破牆。不過最後他還是爬上去了，氣喘吁吁，大汗涔涔，拖著疼痛的腳，攀上像平坦步道的牆頭。他拍拍褲子後站起身。

眼前的景緻讓人霎時感覺自己是上帝。在月光下，城牆看起來是銀色的，在山坡上延伸成歪曲的橢圓形，一個美式足球場那麼大。約莫每五十碼就有一座圓塔。丹尼下方的城牆裡面一片漆黑，像湖泊或外太空。他感覺到頭頂廣闊天空的曲線，飄滿淡紫色的碎雲。城堡本體在丹尼一開始向左走的地方，一簇建築和塔混雜在一起。但是最高的那座塔卓然獨立，狹窄方正，塔頂附近有一扇窗，裡面亮著紅燈。

往下看讓丹尼感覺比較舒坦。他初到紐約時，和朋友試圖找個詞來代表他們渴望與世界建立的關係，但在英文裡找不到適當的詞，**展望**、**憧憬**、**知識**、**智慧**，這些詞不是太重就是太輕。因此丹尼和朋友造了個詞：「**奧圖**」[2]。眞正的奧圖會產生雙向作用：你看見，也會被看見；你瞭解，也會被瞭解。亦即雙向認可。站在城牆上，丹尼感受到奧圖。經過這些年，他仍記著這個詞，縱使朋友離去已久，大概長大成人了。

丹尼眞希望剛剛順便把衛星接收器帶到牆頭，因爲他好想打幾通電話，覺得這股需求很本能，就像想笑、想打噴嚏、想吃的衝動。他爲此心煩意亂，於是連走帶跑爬下牆，照原路穿過同一片咄咄逼人的樹林，長長的指甲裡卡滿泥土和蘚苔。回到鐵門時，奧圖已然消失，丹尼只覺得好累。於是把衛星接收器留在盒子裡，在樹下找塊平地，堆了一堆樹葉躺下來。在紐約日子難過時，丹尼曾露宿街頭幾回，但這次截然不同。他脫下天鵝絨外套，將內面往外翻，捲成枕頭，放在樹幹底部。他躺在樹葉上，臉朝上，雙臂交叉抱胸。葉子繼續掉落，丹尼看著葉子在半禿的樹枝和紫色的雲朵間旋轉翻滾，覺得眼睛開始往後轉進腦袋裡。他想著要跟豪伊說什麼——

像是：「**嘿，堂弟，你的歡迎光臨腳踏墊得再弄好一點。**」

或是：「**你付錢找我來這，不過我估計你不打算付錢給客人。**」

或是：「**相信我，室外照明設備會讓你嘆爲觀止。**」

如此一來要是出現沉默，他就有話可說。好久不見堂弟了，丹尼很緊張。你沒辦法想像他小時候認識的豪伊長大是什麼模樣。小時候的豪伊和你看過的一些男孩一樣，身材像洋梨，渾身女兒肥，腰間贅肉從牛仔褲後頭露出，灰白的皮膚老是出汗，臉上有濃密的深色毛髮。七、八歲時，丹尼和豪伊發明了一種遊戲，叫做「終極宙斯」，假日和家庭野餐相聚時，兩人都會一起玩。遊戲中有個英雄叫宙斯，另外還有怪獸、任務、通道、空運、壞人、火球、高速追逐。從車庫、舊獨木舟、到餐桌下，哪裡都能玩，用找得到的東西玩，像是吸管、羽毛、紙盤、糖果包裝紙、毛線、印章、蠟燭、釘書針，只要找得到的都行。大部分是豪伊想出來的，他會閉上眼，彷彿在看眼瞼內側播放的電影，而且希望丹尼也能看見：「好，宙斯朝敵人發射發光彈，使敵人的皮膚發光，所以他現在可以看見樹林裡的敵人，接著，砰！他用電擊索套住敵人！」

有時他會讓丹尼來說話：「好，你說。水底刑房看起來是什麼樣子？」而丹尼就會開始瞎掰：「有石頭、海草、裝著眼球的籃子。」他入戲太深，渾然忘我，每當家人說該回家了，把他拉走時，他就會嚇一大跳，跪到家人前面，懇求說：「再半小時，拜託！再二十分鐘，十分鐘，五分鐘，拜託。只要再一分鐘，拜託拜託拜託！」極度害怕被帶離他和豪伊創造的世界。

其他同輩的親戚都認爲豪伊是怪胎、倒楣鬼，加上是被領養的，因此他們都離他遠遠的。特別是瑞夫，在同輩親戚中，他不是年紀最大的，但大家都對他唯命是從。「你人眞好，還會跟豪伊玩。」丹尼的媽媽會說，「據我瞭解，他的朋友不多。」不過丹尼不是想當好人，他在乎其他同輩親戚想什麼，但沒什麼比得上終極宙斯的樂趣。

他們十幾歲時，豪伊變了，人人都說他一夕之間變了。他經歷一場創傷，善良本性消失殆盡，變得鬱鬱寡歡、焦慮不安，老是扭動一隻腳，低聲唱著深紅之王樂團[3]的歌。他隨身攜帶一本筆記本，連感恩節時也放在大腿上，用餐巾蓋著，以防滴到肉汁。豪伊用沾著汗水的扁鉛筆，在本子上寫字，環視每個家庭成員，活像在決定他們何時必須怎麼死。不過從來沒人太在意豪伊。改變之後，也就是創傷事件過後，丹尼也假裝不關心。

家人當然會在豪伊不在時談論他。豪伊的麻煩是家人最愛聊的話題，而且在搖頭和噢好慘的後頭，你可以聽見難掩的歡喜，因爲家裡要是有個成員糟得一塌糊塗，相較之下，其他成員就像模範生，不是每個家庭都喜歡這樣的情況嗎？丹尼閉上眼睛專心聽，還能聽到許久以前的細語，像收訊模糊的電臺：「豪伊染上毒品，你聽說了嗎？他被抓了。眞是個不討喜的孩子。這麼說，雖然失禮，但阿美就不能叫他節食嗎？他是青少年。不，原因不只如此，我家和你家也都有青少年。我認爲錯在諾姆硬要領養，沒人知道會領養到什麼樣的孩子。專家發現，人的個性由基因決定。有人天生頑劣，有人天生乖巧。不過你知道的，他其實不壞，只是愛惹麻煩。」

以前進屋後，無意間聽到媽媽用電話跟嬸嬸伯母們說有關豪伊的這些話，丹尼會覺得怪怪的。贏得比賽後，釘鞋上卡著泥土，他的女朋友，雪倫．尚克，總是會在他贏得比賽後，在他的臥室幫他口交。雪倫的奶子是啦啦隊裡最漂亮的，因此或許全校的女生都想在臥室幫他口交。感謝老天爺讓他經常贏。嗨，媽。近晚廚房窗外的那片方形藍紫色。幹，想到這些事和媽媽的焗烤鮪魚麵，丹尼就難過。他以前喜歡聽關於豪伊的那些事，那會讓他想起自己是誰：丹尼．金，好孩子。人人都這麼說，老是這麼說，但丹尼仍然喜歡一聽再聽，百聽不厭。

這是第一段記憶。丹尼躺在樹下，逐漸陷入回憶，然而很快地，整個身體緊繃到無法再躺著不動。於是他起身，拍掉褲子上的細枝，感覺怒火燃起，因爲他不喜歡回想往事。丹尼認爲回想是在走回頭路，不論何時何地，都是在浪費寶貴資源，在一個地方花二十四小時試圖逃到回憶裡，眞是荒謬至極。

丹尼把外套抖乾淨，穿回身上，接著快步走。這次他向右走，一開始身邊只有森林，但樹木逐漸稀少，腳下的角度越來越斜，最後丹尼爬坡的那隻腳得彎曲才能走，這讓他的膝蓋到鼠蹊部陣陣刺痛。山坡驟然消失，彷彿被人用刀切掉。他站在崖邊，城牆貼著峭壁高築，和峭壁形成一條垂直線，指向天空。丹尼猝然停下，從崖邊往下看，下方樹林裡有一條長路，灌木茂密，一片漆黑，深處燈火闌珊，肯定是他之前等公車的那個小鎮。

奧圖：他在窮鄉僻壤。這是極端，丹尼喜歡極端，因爲極端能讓人分散注意力。

若我是你，請人探勘洞穴前，我會先把現金存入銀行帳戶。

丹尼向後仰頭。雲把星星擠了出來。這邊的城牆似乎比較高，朝最高處延伸時，先往內彎，再往外轉。在丹尼的頭頂上，每幾碼就有個狹窄的缺口。他往後站，細看其中一個缺口，橫切口與直切口交會成十字形，自從切出這些缺口的數百年來，雨、雪之類的東西肯定使這個缺口開得更大些了。談到雨，此時開始飄落如薄霧般的毛毛細雨，丹尼的頭髮一溼，髮型就會變得古怪，得用放在新秀麗牌行李箱的吹風機和髮膠才能恢復原狀。他不想要豪伊看到那種古怪的髮型，因此想去躲雨。丹尼抓著牆的破塊，用大腳和骨頭突出的手指爬到孔洞，把頭往洞裡塞，試試能不能塞進去，結果進去了。但只剩一點空間，難以把他身體最寬的部分——肩膀——擠進去。然而，他轉動肩膀便滑了進去，像把鑰匙插進鎖頭一樣。其餘的部分就容易了。一般成年男子需要縮小藥丸才能穿過這個洞，但丹尼的身體特殊，雖然高，不過能屈能調，能像一片口香糖一樣捲起來再展開，他此時就是這麼做。通過孔洞後，他渾身大汗躺在潮溼的石地上。

他在一個像古代地下室的地方，完全沒有光線，有股他不喜歡的味道：洞穴的味道。他的額頭數度撞到低矮的頂部，他試著彎膝行走，但那樣受傷的膝蓋會產生劇痛。於是他停下不動，緩緩站直，聆聽小生物逃跑的聲音，突然感覺到一股恐懼扭了一下，宛如有人在擰布。接著他想起：從參加球隊時期保留到現在的那個鑰匙圈上有個迷你手電筒，拿來照人的眼睛，就能看出有沒有在嗑搖頭丸、海洛因或K他命。丹尼啪一聲打開手電筒，把小光束照向黑暗，看見石牆和腳下滑溜的石頭。丹尼沿著牆移動，呼吸變得快又淺，於是努力緩和呼吸。恐懼是危險的，會引**蟲**入內。蟲是以前丹尼和朋友創造的另一個詞，當時他們會一邊吸食大麻或古柯鹼，一邊思索該怎麼形容人失去信心，變得虛假、焦慮、古怪後所發生的情況。**是偏執嗎？或是自卑？沒有安全感？恐慌？**這些詞都太平淡了。他們最後選擇「**蟲**」[4]這個詞，認為蟲是三度空間的：蟲會爬進人體，開始啃食，直到一切事物、整個生命都崩潰，被蟲咬的人最後會染上毒癮，或回家找親人，或被送進貝魯醫院（Bellevue），或是像一個他們都知道的女孩一樣，跳下曼哈頓大橋。

他繼續往回走，不過不僅沒幫助，反而讓情況更糟。

丹尼拿出折疊式手機打開。他沒有申請國際漫遊，但手機發出亮光，搜尋著資料。光是看到這樣，就讓丹尼冷靜下來，彷彿手機有能量，好像手機是從終極宙斯留下來的力場穩定器。確實，此時此刻他沒有跟任何人連結，但整體而言，他跟許多人連結，那種連結感讓他順利度過在地下鐵或大樓深處無法與任何人聯繫的斷線時間。他的通訊錄裡有三百零四個使用者，好友名單有一百八十人，正因如此他才在這趟旅行租衛星接收器。雖然衛星接收器攜帶不便，在機場安檢更令他經歷一場噩夢，卻讓他在世界任何地方不僅能撥打手機，還能無線上網。丹尼需要衛星接收器。他的腦波拒絕一直被鎖在密閉的頭殼裡，想發射出來，溢出來，湧向全世界，直到碰觸到一千個與他毫無瓜葛的人。若不讓腦波這麼做，丹尼如果把腦波鎖在頭殼裡，壓力會開始增加。

他又開始走，一手拿著手機，一手高舉，這樣他就知道何時該蹲低。這個地方感覺像深牢，不知怎的，丹尼記得古堡的深牢通常在塔裡，或許就在他從牆頭看到的那座方形高塔裡，或許塔頂有紅光的地方就是深牢。這個地方比較像以前的下水道。

若問我，我認爲大地需要漱口。

那不是丹尼說的話，是豪伊說的。丹尼正要進入第二段記憶。我乾脆直說好了，我必須讓他流暢地進出所有記憶，不能讓人注意到我不知道的往事。瑞夫拿手電筒第一個走，接著是豪伊，丹尼殿後。三人都喜孜孜的，豪伊是因爲兩人選他一起溜離野餐；丹尼則認爲世界上最刺激的，莫過於當瑞夫的共犯；瑞夫，嘿，瑞夫的迷人之處在於，永遠沒人知道他做任何事的理由。

我們帶豪伊去瞧瞧洞穴吧。

瑞夫柔聲說，透過長長的睫毛斜眼看著丹尼。丹尼附和，知道此行沒那麼單純。

豪伊在黑暗中踉蹌而行，一隻手肘夾著筆記本。他們已經超過一年沒玩終極宙斯了，遊戲無疾而終。有一年聖誕夜，丹尼故意躲避豪伊，跑去找其他同輩親戚。豪伊幾次試圖接近，想吸引丹尼的目光，但輕易就打退堂鼓了。

丹尼說：「那本筆記本把你害得一塌糊塗，豪伊。」

「我知道，但我需要它。」

「為什麼需要？」

「因為一有點子，我就得記下啊。」

瑞夫轉身，把手電筒直接照在豪伊的臉上。豪伊閉上眼。

瑞夫說：「你說什麼？有點子？」

豪伊說：「深牢與守龍的點子啊，我是深牢主人。」

瑞夫把光束移開。「你跟誰玩？」

「朋友。」

聽到這，丹尼有點吃驚。深牢與守龍。他對終極宙斯有種身體記憶，感覺又融入遊戲了。原來遊戲沒有停止，雖然沒有他，但仍然繼續進行著。

瑞夫說：「你確定你有朋友嗎，豪伊？」

「你不是我的朋友嗎，瑞夫？」豪伊說完便笑起來，三人都笑起來。他在說笑。

瑞夫說：「這小子其實滿有趣的。」

丹尼不禁希望這樣就好了：三人在禁止進入的封閉洞穴裡。丹尼熱切希望其他事不要發生。

洞穴的結構是這樣：一進去是個圓形的大穴室，有微弱日光；再來有個通道，得彎身才能通過，走到另一個漆黑的穴室；接著再爬過一個洞，會到達第三個穴室，水池就在裡面。再過去是什麼，丹尼就不知道了。

看到水池，三人都靜下來。池水像白綠色的奶油，瑞夫用手電筒的光束照著池水，光線不規則地反射到洞壁。池水約莫六呎寬，又清又深。

豪伊說：「靠，你們看，靠。」他打開筆記本，開始記錄。

丹尼說：「你有帶鉛筆？」

豪伊把鉛筆拿高。那是枝綠色的小鉛筆，是鄉村俱樂部給客人簽支票用的。他說：「我以前都帶鋼筆，但老是漏水，弄髒褲子。」

瑞夫哈哈大笑，豪伊也笑起來，但隨即停止，好像認爲自己不該笑得跟瑞夫一樣大聲。

丹尼說：「你寫什麼？」

豪伊看著他說：「問這幹嘛？」

「不知道，好奇嘛。」

「我寫綠色水池。」

瑞夫：「這就是你說的點子？」

三人都沉默下來。丹尼感覺洞穴裡有股壓力在增加，彷彿有人問了他問題，但等答案等到不耐煩。那個人就是瑞夫。思索爲什麼丹尼的這個堂哥有那麼大的能耐能掌控丹尼，就像思索爲什麼太陽會發光，或爲什麼草會長大。有人就是能叫別人做事，如此而已，有時甚至不用開口，甚至不用知道想要別人做什麼事。

丹尼走到池邊。「豪伊。」他說，「池底有個亮亮的東西。你有看到嗎？」

豪伊走過來看，說：「沒有。」

「那裡啊，在下面啊。」

丹尼蹲在池邊。豪伊也是，把重心放在腳尖上，身體搖搖晃晃。丹尼把手放在豪伊的背上，感覺到他的柔軟，還有襯衫下的溫暖。或許是因爲丹尼以前從沒摸過豪伊吧，抑或許是因爲此時發現豪伊和自己一樣，是個有大腦、有心臟的人。豪伊把筆記本緊抓在身旁，丹尼看見紙張抖動，知道豪伊害怕，因爲豪伊感覺到危險逼近；或許他始終都知道。但他仍把臉轉向丹尼，露出完全信任的表情，彷彿知道丹尼會保護自己，彷彿兩人彼此瞭解。其實事情發生得比我描述得還快：豪伊看著丹尼，丹尼閉上眼，把他推入水池。但就算這麼描述還是太慢，或許應該這樣寫：看，閉眼，推。

或只是**推**。

丹尼記得豪伊的重量傾倒，雙手亂抓，雙腳亂踢，但不記得有聽到聲音，連落水的聲音都不記得。豪伊肯定有大叫，但丹尼沒聽到喊叫聲，只聽到自己和瑞夫逃離那裡，拔腿狂奔，瑞夫的手電筒照得洞壁一閃一閃。兩人衝出洞穴，跑進一股暖風中，奔下兩座大山，回到野餐地點。沒人發現三人不見。丹尼感覺到自己和瑞夫身邊有個環，那個發光的環將兩人圈在一塊。兩小時後，野餐快結束時，兩人才談起自己幹的事。

丹尼說：「靠，他到底在哪啊？」

瑞夫說：「可能就在我們下面。」

丹尼低頭看著草地，說：「在我們下面，這話是什麼意思？」

瑞夫咧嘴笑說：「我是說不知道他往哪去了。」

所有人開始往四面八方散開，去尋找豪伊時，丹尼感覺有東西爬進腦，啃食出像地道的形狀，豪伊可能循著地道深入洞穴，此刻正在山底下。大家情緒冷靜，似乎都認爲豪伊過去就曾亂跑。他身材肥胖、個性古怪、沒有血緣，因此沒人責怪丹尼。但是阿美嬸嬸看起來很害怕，丹尼第一次看見大人露出如此恐懼的表情。她一隻手放在喉嚨上，彷彿知道失去了孩子，而且是唯一的孩子。看見事情演變成這麼嚴重，丹尼更加害怕說出自己知道必須說的話：「**瑞夫和我聯手戲弄他，把他丟在洞穴裡**。」因爲這些話會改變一切，大家會知道他幹了什麼事，瑞夫會知道他招供。除了想這些外，丹尼的腦袋一片空白。因此他不敢開口，只是等待著，一秒過一秒。每等一秒，他就覺得有個尖銳物體刺入身體越深。到天黑時，爸爸把手放到丹尼的頭上，示意**他是個好孩子**，說：「很多人去找了，兒子。明天你有比賽。」

搭車回家的途中，丹尼無法讓身體暖起來，拿幾條舊毯子裹著身體，把狗抱在大腿上，但牙齒還是用力碰撞在一起，惹得妹妹抱怨很吵，於是媽媽說：「你一定是生病了，寶貝。到家後我去準備熱水澡。」

之後，丹尼數度獨自回到洞穴。他會獨自走上山坡，到被堵住的洞口，聽到乾草的聲音中混雜著豪伊的哀嚎聲從地底傳來：「**不要啊**。拜託，**救命啊**。」丹尼會想：「好，現在，**就是現在！**」想像終於說出一直隱瞞的話，他就心潮澎湃：「**豪伊在洞穴裡，我和瑞夫把他丟在洞穴**

裡。」光想像坦白說出口，丹尼就不只瞬間感到如釋重負，幾乎要暈過去；同時感覺周遭發生改變，彷彿天地互換位置；感覺到不同的生活即將展開，既明亮又清楚；感覺到當下才發現早已失去的某種未來。

太遲了，一切都太遲了。三天後大家在洞穴裡找到意識模糊的豪伊。每晚丹尼都以爲爸爸會到自己的臥室用力敲門，因此拚命演練開脫之詞：「是瑞夫幹的，**我只是個孩子**。」直到這些話反覆循環：「**是瑞夫幹的我只是個孩子是瑞夫幹的我只是個孩子**。」就連丹尼做功課、看電視或拉屎時，仍反覆播放：「**是瑞夫幹的我只是個孩子**。」直到丹尼生活中的一切事物，似乎都成了他需要的證據，證明他仍然是他自己，仍是丹尼．金，和以前完全一樣：「**瞧，我得一分了！瞧，我和朋友玩在一起！**」但他並沒有百分之百置身其中，一部分的他也在旁觀看，希望大家都能被說服。而大家眞的被說服了。

月復一月這樣欺騙後，丹尼漸漸再度信以爲眞。從離開洞穴起，發生在他身上的一切日常事務，將那天覆上一層殼，日漸變厚，直到丹尼幾乎忘了殼裡是什麼。

豪伊漸漸好轉，終於能獨處一室，不用媽媽陪伴，睡覺時能關燈，但卻變了樣。經過這次創傷事件後，善良本性消失殆盡，他染上毒癮，最後還買了支槍，企圖搶劫 7-Eleven，被送進感化院。

三年後，瑞夫去世後（在密西根州在自己的小貨車裡殺了兩個同班女生），家族停止舉辦野餐，再度舉辦時，丹尼就不再回家了。

這是第二段記憶。

現在回來看丹尼。他雙手舉高，手機打開，走過這裡，姑且不管這裡是地下室或深牢或哪裡，總之是在豪伊的城堡裡。他長途跋涉來見堂弟，理由很現實：賺錢，離開紐約。不過丹尼也很好奇，因爲這些年，關於豪伊的消息不斷透過家族這個高速廣播系統傳到他耳裡：

1 債券交易員
2 芝加哥
3 富甲一方
4 結婚生子
5 三十四歲退休

每次丹尼聽到消息，就會想：「瞧，他沒事嘛。他很好。他好得不得了呢！」感到放心後，隨即又有股感覺襲來，使他原地坐下，發呆凝視。因爲有事情本來應該要發生在丹尼身上，卻沒發生。或許是因爲發生錯誤的事情；或許是因爲發生太多小事，卻沒發生任何大事；抑或許因爲發生的小事不夠多，沒辦法湊成一件大事。

最重要的是，丹尼不知道爲什麼自己會不遠千里來豪伊的城堡。我爲什麼參加寫作課？我以爲是想遠離室友戴維斯，但我開始認爲除此之外，另有原因。

「你？你是誰啊？」現在肯定有人這麼問。這個嘛，我是說話的人。總是有人負責說話，只是很多時候你不知道是誰，或者他們的理由爲何。這是我的老師荷麗告訴我的。

一開始上課時，我態度惡劣。第二堂課，我寫了篇故事，描述一個男的在掃具間幹自己的寫作老師，後來門倏然開啓，掃把、拖把、籃子乒乒乒乒乒全掉出來，兩人赤裸裸的屁股被光線照得發亮，當場被抓包。我朗讀時大家哄堂大笑，但停止朗讀後，教室便安靜下來。

「好。」荷麗說，「有人要發言嗎？」

沒人要發言。

「拜託，各位同學，我們的工作就是幫助雷寫出最棒的作品啊。就我聽來，這不是最棒的。」

依舊安靜。最後我說：「我只是開玩笑。」

「沒人在笑啊。」她說。

「剛剛有啊。」我說，「他們剛剛有笑啊。」

「難道你是笑話，雷？」

我心想：「幹，什麼啊？」她盯著我看，我卻無法逼自己回盯她。

她說：「我打賭會有在座的同學告訴我：『是的，雷是笑話。』他們會告訴我，你是垃圾。

我說的對嗎？」

有人低聲說：「**哦，幹，怎樣啊，雷老大？**」我知道他們希望我被激怒，我也知道我應該發火，而且我**眞的**很火大。但不只如此，還發生了其他事。

「門在那。」她指著門告訴我，「你怎麼不直接走出去？」

我紋絲不動。我確實可以走出門，但出去後我就得在走廊上罰站。

「那個大門呢？」她指向窗外。黑夜裡，大門被燈照亮，刺絲線圈沿著門上延伸，塔裡有個狙擊手。「那你的牢門呢？」她問，「區門？浴室門？餐廳門？或訪客進出的門？各位常摸門把嗎？這就是我要問的。」

第一眼見到荷麗，我就知道她以前沒在監獄裡教過，不是因爲她的外表，她老大不小了，而是我看得出來她還無法放輕鬆。在監獄教書的人都包覆著剛強的外表，但是荷麗卻沒有。我聽得出來她很緊張，關於門的那番話，活像每個字她都預先想好。奇怪的是，她竟然說對了，上一次我出去時，我是站在門前，等門開啓，我都忘了自己開門是什麼感覺。

「我的工作就是告訴各位，有一扇門各位能打開。」她輕敲頭頂。「它能通往各位想去的地方。」她說，「這就是我在這裡的任務，如果各位不感興趣，請別浪費我們的時間，因爲這個獎學金只給十位學生，而我們一星期只上一堂課，我不要把大家的時間浪費在狗屁權力鬥爭上。」

她走到我的書桌旁，往下看。我也抬頭看回去。我想說，我這輩子聽過幾次很棒的激勵演說，但她說的眞難懂。腦袋裡有個門，**拜託**。她講話時，我感覺有東西在胸膛裡發出啪一聲。

「你可以到外面等。」她說，「只剩十分鐘而已。」

「我要待在這。」

我們四目交望。「很好。」她說。

丹尼最後在城堡的地下室看見光，發現那是一扇門，周圍有光透進來，心臟在胸膛裡發出啪一聲。他走過去，推開門。門的另一邊是彎曲的樓梯井，有一處光源。我知道那個景象看起來是怎樣。不是因爲我是丹尼或他是我之類的屁話，這些全是某人告訴我的；我之所以知道，是因爲荷麗提到我們腦袋裡的那扇門後，我頓然明白，那扇門不是眞的，其實沒有門，那只是比喻的文字，也就是說那是一個字，一個聲音，門。但我還是打開走了出去。

---

1 歷史悠久、聞名全球的旅行箱品牌。

2 原文Alto，丹尼從自己所知的詞彙中，挑選來表達自己的意思。在本書中，用來描述自己與世界（或是一個人）兩者之間產生的心靈默契，一切的想法都心照不宣。（編註）

3 深紅之王樂團（King Crimson），英國前衛搖滾樂團，其音樂所描寫的主題包括黑暗、死亡、詭祕、憂鬱。

4 原文Worm，丹尼從已知的詞彙中，挑選出來代爲形容自己想表達的意思，非一般我們所認知的原意。丹尼的「蟲」，指涉一種負面的情緒，類似憂鬱症，從輕微、中度到重度，會逐漸侵蝕一個人的心靈。（編註）

第二章

新豪伊和丹尼兒時記得的豪伊有相似處，但很模糊。第一，新豪伊是金髮。頭髮會從棕色變金色嗎？金髮變棕髮，丹尼聽過許多例子，半數跟他睡過的女孩聲稱自己以前髮色很金：「你絕對不會相信我小時候髮色有多金。」正因如此，她們把半數的薪資花在挑染頭髮，想恢復天生的原色。但是棕髮變金髮？丹尼倒是聞所未聞。答案顯然是豪伊把髮色弄淡，看起來卻又不像弄淡的，而且新豪伊不像是會把髮色弄淡的人；另外必須一提的是，他不再是豪伊，而是豪爾，今天早上緊緊熊抱丹尼前，他就開門見山說了。

新豪伊體態穠纖合度，甚至稱得上健壯。腰間贅肉，渾身女兒肥的洋梨體型，都不見了。是抽脂？運動？還是歲月自然造成？誰知道。不僅如此，他還一身古銅色，這點眞的讓丹尼摸不著頭緒，因爲豪伊以前皮膚連深層都是白的，不只像沒曬太陽，看起來還像太陽曬不到。現在臉、手、腳（他穿卡其短褲）都是古銅色，手背也是古銅色，連上面也都是金色毛髮。那應該是眞的吧？誰會把手背的毛色弄淡？

然而最大的改變不在身體上，在於豪爾擁有權力。權力這東西，丹尼懂。這項技能是他在紐約求學、訓練、工作數年後學會，他當時學會的諸多技能合起來後，變成一份用隱形墨水寫成的特殊履歷；舉例來說，當爸爸看他的履歷時，只看到一張白紙。丹尼只要走進房間，就能知道誰有權力，就像有人判斷空氣便能知道即將下雪一樣。若掌權者不在房間裡，丹尼也會知道，當掌權者出現，通常還沒開口，有時甚至還沒完全進門，丹尼就能認出來。關鍵在於房間內的其他人，以及他們如何反應。和豪爾共處一室的人如下：

1他的妻子小安。亮麗的深色頭髮，及肩的學生頭。瓜子臉、灰色大眼。她長得很美，但不同於丹尼所想像的債券交易員妻子。她沒化妝，牛仔褲和棕色毛衣一點也不性感。躺在灰色石地上，任由一個穿著粉紅色睡衣褲的嬰兒爬上自己的肚子。丹尼從粉紅色睡衣褲猜嬰兒是女孩。

2員工。員工都很年輕，戴著防塵口罩，在各處忙碌工作。忙到一半，風風火火通過兩扇搖擺門，進入廚房。有時員工會拿著工具。豪爾告訴丹尼，這些是伊利諾大學企業管理碩士班和康乃爾大學飯店管理學院的研究生；豪爾的翻新工作是他們的暑期課程，換句話說，他們做這個工作是爲了取得學分。但就丹尼看來，他們大多在學木工。

3豪爾的「老友」米克。丹尼昨晚就見過這傢伙，在圓形樓梯井裡喊了老半天哈囉，最後就是他出現，後來才知道樓梯井裡的門都沒有門把。米克有種威脅性，倒三角型的身材，強壯，接近枯瘦，赤裸的肌肉連在一塊。帶丹尼到房間，拉開大古董床週圍的天鵝絨簾子時，米克從頭到尾沒露過笑容。當時丹尼注意到他的雙臂上有許多施打毒品留下的舊血管瘀痕，現在看不見，因爲他穿長袖。米克是豪爾的跟班，丹尼和兩人共處一室時，立刻明白這點。掌權者要不是有一個跟班，就是需要一個，或已經有了，卻還需要一個；也就是說，雖然身邊已經有跟班，還需要一個不同類型。

室內就這些人了。

不過現在房裡空蕩蕩的，因爲大家都在一個大型的中世紀廚房裡。裡面有個大到人能走進去的磚砌壁爐，鉤子上掛著像浴缸一樣大的鍋子。牆上有張掛毯，圖案是一位國王用矛刺一隻生物，繪製者認爲那是獅子。廚房裡還有幾張長木桌和長椅，長椅上有些研究生開始拿下防塵口罩，懶洋洋地坐著。豪爾正在一個德國高科技多口爐前，炒著裝滿蛋的大平底鍋。

一陣微風從貼滿菱形玻璃的四扇小窗吹入，丹尼把其中一扇打得更開，身體探到外面，植物的味道從幾層樓下朝臉撲來。昨晚從牆頭看到的那片漆黑，此刻已變成濃密的綠林，他無法看見綠林下的任何土地。約莫一百呎外，昨晚看見的那座塔，聳立於綠林中，又方又直，莫名雄偉。

此時豪爾告訴丹尼，自己如何向一家德國飯店公司買下這座城堡。

豪爾說：「他們翻新甚至不到三分之一，先翻新南翼兩層房間，我們現在全睡那裡；接著翻新這個廚房、大廳和兩座塔的樓梯井。然後就開始現金週轉不靈，兩年來工程斷斷續續，即將破產時，急忙把城堡賣給我們。」

小安在地上說：「用他們的收購價不到三分之二，還獲得他們投入的所有抵押資產！」

「這樁買賣我們不能放過，不過這樣，我們就得放棄小安最中意的那座城堡，在保加利亞。」

小安說：「天啊，那可美了。」

他們在找話聊，展現友善，像初次見面一樣自我介紹。通常丹尼能輕鬆面對人，這是他的另一項隱形才能：他有雷達，能偵測別人想聽的說話方式，而且能不假思索就變換對不同人的說話方式。但此刻丹尼的雷達失效了，這裡不在偵測範圍內，或許需要把偵測範圍重新設定爲這個新地方，衛星接收器亦然。最重要的是，在豪爾身邊，丹尼覺得不自在。不自在聽起來不怎麼強烈，然而丹尼心中的感覺卻很強烈，很糟糕。他無法明確說出怎麼糟糕，甚至無法描述症狀，只知道想要立刻離開。

丹尼沒料到竟會如此。之前他與豪爾數次透過電話與電子郵件，安排到這座城堡工作，一切順利。眞正來到豪爾面前，卻截然不同。豪爾今天早晨出現在房間時，丹尼立刻感覺僵住。

豪爾說：「噢，老兄，瞧你的模樣！」

丹尼說：「瞧你的模樣！」

「我都快認不出你了，兄弟。」

「彼此彼此。」

「天啊，好久不見。我都不知道多久了。」

「久得嚇人啊。」

「我不想知道，因爲那會讓我覺得老了。」

「那我們就不談囉。」

當時從頭到尾，丹尼的腦袋裡一直大聲響著一句話：「幹，我在這裡幹嘛啊？」

在豪爾的中世紀廚房，丹尼不知道該站哪，於是繼續站在窗邊。他突然感到手臂皮膚刺痛，這給他帶來希望。這是另一項隱形才能，他的隱形才能可多了。丹尼的皮膚表面能感應到無線網路訊號，尤其是二頭肌和脖子後面最靈。這項才能在紐約讓丹尼受益無窮，讓他不用付費卻一整天都能查看電子郵件。今天早上他在中世紀大床上醒來立刻感應到，像是起雞皮疙瘩或四肢麻木。結果卻是丹尼感應出錯，他打開筆記型電腦後，發現沒有訊號，一格也沒有。房裡連一個電話線插孔都沒有。吃完早餐後，他打算先去架設衛星接收器，可以的話就架在那座塔的塔頂。

窗戶旁邊有個單筒望遠鏡，丹尼把它移到定位後，透過它往外看。塔的石塊滿是凹痕，而且帶著砂子，瞬間映入眼簾，彷彿近在咫尺。角落看起來像受到侵蝕，窗戶又小又尖。丹尼把望遠鏡緩緩指向頂窗，尋找昨晚看見的紅光，不知道紅光是否仍亮著，至少他看不見。

丹尼說：「那是什麼塔？」

豪爾沒聽見，他的老友米克聽見了。米克在長桌前，將玻璃杯斟滿水後，走到窗旁向外看。

米克說：「那是塔樓。」

丹尼說：「是深牢嗎？」

這個問題讓丹尼第一次看見米克微笑，讓米克冷酷的臉孔露出笑容，變得英俊，即便經歷吸毒的歲月，容貌依舊俊美。

米克說：「不，不是深牢。塔樓是城堡被入侵時所有人躲藏的地方，有點像最後防禦碉堡。」

丹尼透過望遠鏡又看了看。即便米克站著不動，丹尼還是感覺到他散發出緊繃的氣息。除了知道他是豪爾的跟班外，丹尼對他一無所知。不過那是了不起的事，非常了不起，如果從積極搶占跟班的席位來看，就不會覺得丹尼在紐約的十八年**漫無目的**、**亂七八糟**（這八個字是他爸爸說的）：他過去一而再、再而三，拚命想坐上掌權者身旁的空位，直到成爲第二天性。不過丹尼現在不再那麼做，因爲從沒成功過，似乎總是以暴力收場。

丹尼發現塔樓的一扇窗內有動靜，不是頂部，而是往下一層的地方。他稍微調整望遠鏡的角度後，等待著。又有動靜，簾子動了一下，接著被拉到一旁，丹尼看見一個女孩，年輕，金色長髮，一眨眼就消失無蹤。丹尼轉頭問米克她是誰，米克已經走開了。

一個小男孩衝進廚房，戴著灰色塑膠面甲，穿著護胸甲，拿著一把塑膠劍。一個女孩看似是他的褓母，跟在他後面進來。豪爾向丹尼介紹她叫諾拉。她綁著白人女孩的細長辮子，舌頭有穿洞；她說哈囉時，丹尼看見金屬光澤閃現，聽到喀啦的聲音。她的手抖得很厲害。看到這裡有同樣懂造型的人，丹尼鬆了一口氣，極力忍住想咧嘴而笑的衝動。綁著細長髮辮的女孩不喜歡咧嘴的笑容。

丹尼說：「我以前在哪見過妳嗎？」

諾拉說：「只有在你的夢裡。」

她偷偷露出微笑，沒有露出牙齒，從眼角偷瞄丹尼。諾拉所見如下：一堆黑色的衣服蓋著丹尼用嬌生嬰兒粉變得更白的大片白皮膚；染黑的直髮長到頸下一吋；一邊耳朵戴著一個嵌著一顆紅寶石的白鑞圓耳環；今天（不是天天）擦土色的唇膏。這是丹尼的造型，這幾年來他百變造型中的其中一種。起初他以爲造型就是表現本我，能完美表達內在，但最近他開始感覺造型像僞裝，像分散注意力的事物，讓自己移動時能藏匿其後，不會被看見。他認爲全身赤裸站在鏡子前，能把自己看得最清楚，能看見以前扮演諸多身分留下的殘痕：當雙性戀俱樂部宣傳人員時，在屁股上刺一個黑桃A；當助理時，在暗房惹火攝影師，左手被香菸燙出一個傷疤；任職的網路公司公開上市那天，撞到掛在牆上的旗魚鰭，額頭被割破一道傷口；寧願求助高利貸業者，也不向爸爸借錢，結果被高利貸業者用一串鑰匙打得一邊太陽穴腫一個包；手腕永遠會發出喀的聲響；一隻前臂有被油燙傷的疤痕；陰囊因爲穿洞感染而腫一塊；左手小指無法彎曲；一邊耳垂裂開……各位想像一下吧。加上現在又跛腳，丹尼祈禱著不會永遠跛腳。向前女友瑪莎・穆介紹這些傷疤，讓丹尼覺得很有男子氣概。他認爲那些是戰爭傷疤。當瑪莎說「可憐的孩子」，然後輕吻他的額頭時，他嚇了一跳，因爲一般女友這麼做是再尋常不過了，但對瑪莎而言卻是不尋常的。**可憐的孩子**。而且沒來由的，丹尼竟然差點哽咽。

那個小孩突然拿劍砍丹尼身旁的桌子，大叫：「**喝啊啊啊！**」丹尼嚇了一跳。小孩抬頭看他，把頭向後仰到看似會從脖子上斷掉。

小孩悶聲說：「我是亞瑟王。」

丹尼沒回答。小孩掀起面甲，丹尼心裡一震，暗忖：「白皮膚，棕色軟捲髮，跟豪伊一樣。」

「他不會講英語嗎，媽媽？」

這讓房裡響起笑聲。

「他當然會講英語。這是爸爸的堂哥丹尼。丹尼，這是小班。」

「那他爲什麼不講話？」

笑聲又響起。照理說丹尼應該覺得小孩可愛，卻怒火上湧。

丹尼說：「我沒什麼話可以說吧。」

「你可以說哈囉啊。」

「哈囉，小班。」

「哈囉，丹尼，我四歲又三個月大。」

丹尼沒有回應。他不喜歡小孩，也不怎麼喜歡有小孩的父母。不管你以前多酷，一旦有了孩子，就變成傻蛋，拿湯匙餵發脾氣的黃口小兒吃黏糊糊的食物，口袋裡放著奶嘴，衣袖沾著一條條鼻涕，露出開心卻又愚蠢的表情，但丹尼認爲那根本就是震驚的表情，就像腿被炸斷後成天閒坐說笑的人。

小班一直往上盯著丹尼，丹尼試圖回盯他，無奈沒辦法，小孩令他緊張。

小班說：「爲什麼你要擦唇膏？」

這引起了至今最大的笑聲。

小安說：「小班！」但她也在笑。

丹尼說：「爲什麼你的褓母有紫色辮子？」

「因爲她覺得那樣好看啊。」

「這就對了。」

「你覺得你擦這樣的唇膏好看嗎？」

「是啊。」

「我覺得不好看。」

小安說：「小班，夠了，沒禮貌。」她彎下腰，正對小班的面，「說對不起。」

「不要。」

「那你就不能再玩了。」

「不要！」

丹尼說：「嘿，沒關係啦。」他若無其事地揮揮手，其實很惱火。小班抬頭瞪著丹尼，丹尼也低頭回瞪他。

豪爾說：「好啦，各位，我們趁熱吃吧。」

米克在一扇窗外搖鈴，鈴聲透過空氣傳播，更多研究生湧入，一共約二十人。每個人都在爐子前盛滿盤子，有香菇炒蛋、烤土司、三種甜瓜，然後端到長桌。丹尼端著盤子走到研究生坐的長桌，遠離小班、小安、諾拉，也希望遠離仍在爐子前的豪爾。丹尼看著堂弟，想從舉止、聲音等特徵，尋找那個人和自己記得的豪伊有什麼相似處，卻找不到。

那道炒蛋是他這輩子吃過最好吃的。

丹尼掃視著研究生，想找出自己落在哪個年齡層。他喜歡當房間裡最年輕的人，但這對上星期滿三十六歲的他變得很難。丹尼已經不再否認紐約有人比自己年輕，嚴格來說算是成人，也就是說有工作、公寓、情人、甚至配偶。一開始只有四、五個這類的成人比丹尼年輕，接著突然之間變成數百、數千、一整個世代，這嚇到他了。尤其是女孩，穿黑色胸罩，手提包裡放五顏六色的保險套，在床上喜歡做古怪的事。這嚇到他了，因爲如果那些人是成人，那他必然也是。他確實是成人，不過是哪一種呢？丹尼的朋友都很年輕，保持年輕，因爲老朋友結婚生子後，友誼就會消逝，他就會結交沒幹那種鳥事的新朋友，取而代之。天性使然，丹尼喜歡對紐約的生活遊戲保持新鮮，他需要保持年輕，否則關於他的一切就會失去意義，他將變成一事無成的失敗者、輸家，和他老爸說得一模一樣。丹尼避免去想那些，因爲那些想法很危險。

有人在跟他說話，是他左邊的研究生，年紀頗大（光這點就讓丹尼喜歡他），太陽穴上頭髮花白。他叫史提夫，握手很有力。

史提夫問：「你是團隊成員嗎？」

「我——我猜是吧。我是豪爾的堂哥。」

史提夫咧嘴笑說：「那你要加入革命囉？我們稱之爲結束生命。」

「你是指……飯店嗎？」

「是，就是飯店。只不過——嘿，顯然這只不過是開始而已。」

丹尼問：「開始什麼？」

史提夫愣了一下，發現原來丹尼一無所知，接著說：「豪爾的目標不單是賺錢。我們許多人都熱衷於注重社會責任的企業，因此想把握這次機會，見識如何從頭打造這樣的企業。」

丹尼問：「你們在這裡多久？」

史提夫思考半晌後，對坐在另一頭的米克大聲說：「米克，幾天了？」

米克沒有抬頭看，立刻回答：「三十八。」

丹尼問：「那你們到底都在做什麼？」

史提夫說：「呃，一言難盡。我們……開很多會，討論，做了一些企業規劃工作——」

「木工！」有人說。引發一陣笑聲。

史提夫說：「是啊，木工，什麼活都做。你說對吧，米克？」

米克抬起頭看，仍咀嚼著。他的眼睛很藍。其餘研究生似乎都專心聆聽。他說：「對。」

談話暫停，令人感到壓迫。

丹尼問：「所以你們是，呃，用勞力在翻新這個地方囉？」

談話又暫停。史提夫看著米克。

米克說：「到目前爲止，我們做的事有點繁瑣。」

在爐子前的豪爾說：「什麼意思？」

米克雖然背對豪爾，但沒有轉身，直接大聲回答，丹尼覺得語調聽來輕快，卻重重落下：「你堂哥想知道我們這幾個星期都在這裡做什麼，我告訴他事情有點繁瑣。」

豪爾轉頭看著米克說：「怎麼個繁瑣法？」

廚房裡的人全靜下來，專心聆聽。米克似乎掙扎著。「也就是說，我們在做小事，很多小事，沒做什麼眞正的大事。」

他違反了跟掌權者打交道的基本規則：不能公開跟他們頂嘴。丹尼從幾次教訓中學到這點。豪爾走到桌邊，握著鍋鏟，雙眼掃視著眾人，看似不安。此時丹尼閃現一種感覺，發現這個豪爾和記憶中的豪伊之間的相似處了。

豪爾問：「你想幹什麼大事，米克？」

米克說：「我能想到的就有五十件。翻新北翼；把水池弄乾，整理池邊的大理石；挖掉小教堂，我們已經稍微清理過墓碑附近，但教堂仍有一半在地底；還有塔樓——」

豪爾說：「不能碰塔樓。」

「我知道不能進去，但可以整修外面，清理底部附近——」

「不能碰塔樓，米克。」

小班情緒激動，傳來憂慮的聲音：「爸爸，你們在吵架嗎？」

米克說：「我是爲士氣著想，豪爾。」

冷汗直流。

小安說：「噓。」她面露痛苦神情。丹尼覺得自己該負責，感覺是自己挑起事端，發現自己

「爸爸——」

豪爾問：「誰的士氣？你的嗎？」

「爸爸，你們——」

豪爾說：「好，聽著，我們就公開來談這件事。各位，你們的士氣如何啊？」

鴉雀無聲，丹尼覺得太久了。

最後丹尼隔壁的史提夫開口說：「很好。」

「很好。」另一張桌子有個人也說。接著依序有人說「很好」、「非常好」、「好極了」，很快地，所有人都高興地齊聲附和。因為說這種話令人心情愉悅，因此他們都想繼續說，尤其是看到豪爾露出大感寬心的表情。

豪爾說：「我想這是你的問題，米克。」

米克說：「好吧。」

沒人移動。豪爾站在原地，像在等待。

最後小安開口：「不過，我還是要問，目標不是讓人人都滿意嗎？」

豪爾說：「只有一個人不滿意。」

他真的那麼認為嗎？丹尼不得而知。權力是孤獨的，這是舉世皆然的定律，正因如此，跟班

才那麼重要。

米克站起身，看起來像被擊敗一樣，把餐盤端到大型洗碗機，放進去後，便走過搖擺門，離開廚房。緊綳的氣氛隨他一起消失，大家又開始談話。

小班問：「媽媽，他在難過嗎？米克叔叔在難過嗎？」

小安說：「我不知道。」

「還是在生氣？」

「我不知道。」

「我要去找他。」

「好吧，去吧。」

小班衝出廚房，忘了拿劍。他的聲音迴盪在走廊：「**密意意意意克叔叔！**」接著有人回答。

研究生們和豪爾聚在爐子前，重新盛炒蛋。雖然他們認同米克，但豪爾有權力。

最後，豪爾端了個盤子到桌上後，坐下來。做完菜後，他認眞吃著食物，彷彿食之無味，純粹爲了塡飽肚子。他把一隻胳臂彎起來，放在餐盤附近，好像有人會搶走餐盤。丹尼看著堂弟，心神不寧，感覺眼前看到的是以前的豪爾，和現在的他不搭調。小安沿著長椅滑向豪爾，把一隻手搭在他身上。他吃完後把餐盤推開。

大家紛紛離開。丹尼把盤子拿到洗碗機，站在那裡，納悶就這樣走出廚房會不會失禮。雖然他不想和豪爾獨處，但實在無處可去；連要回去之前睡覺的房間，他都不確定要通過哪些走廊、門道、轉角。

豪爾說：「丹尼，等等。」

丹尼慢慢走回桌旁，小安、諾拉和四、五名研究生還在那裡。嬰兒扶著長椅站著，粉紅色睡衣褲的膝蓋髒了。丹尼坐到豪爾對面。

豪爾說：「你的家人好嗎，丹尼？」和米克爭論令他失去活力，他的語氣變得沉悶平淡。

「我猜他們很好。我不常見到他們。」

「我一直很喜歡伯父。」

「我知道。近來他對我不是很滿意。」

豪爾抬起頭看，說：「爲什麼？」

幹，他幹嘛提啊？有那麼多人，幹嘛偏偏跟豪爾解釋呢？不只這一次，他一再傷爸爸的心。第一次是拒絕就讀爸爸的母校密西根大學，反而就讀紐約大學。雖然這樣有挑戰性，又刺激，還有一些有的沒的，但也很危險，因爲「自我探索」自以爲美好的外在，總是危險的。結果丹尼的外在比多數人虛弱，在紐約市看起來一無是處，就像他的一件馬球衫，他在華盛頓廣場附近的宿舍寢室裡，從行李箱拿出來後，就再也沒穿過。父母來訪時，爸爸穿著淡綠色毛衣，站在宿舍寢室裡，拿著丹尼裝在網袋裡的足球，說：「我們下榻的飯店就在中央公園旁邊，星期日早上我們可以去踢球。」

丹尼說：「好啊。」他正在穿新靴子。

沉默良久。

爸爸說：「我們不一定要去。」

丹尼說：「是啊，或許沒必要。」

爸爸說：「眞的？」

他轉向丹尼，感到錯愕，好像在街上被人用力撞了一下。爸爸的頭髮已經白了，皮膚刮得一乾二淨，看起來像五歲孩童。丹尼在紐約的前幾年，爸爸都保持那樣，一直處於驚訝的狀態，直到丹尼三年級時從紐約大學輟學，爸爸的驚訝轉變成沉痛的失望。丹尼現在不知道怎麼做才能讓他驚訝。

豪爾說：「以前你和伯父看起來總是很親密。」

丹尼說：「是啊，以前我們是啊。」

他曾以爲兩人會再度變得親密，但現在不再那麼想了。丹尼在人生中成就了許多事，像是奧圖、人脈、進入權力核心、知道如何在暴風雨中招計程車、如何賄賂餐廳經理、在外行政區要到哪裡找好鞋。丹尼所知道的這一切知識，相當於博士學位。除此之外，**別人也認識他**，許多人認識他，因此他走在下百老匯大道時，認得**每張臉孔**，這對他而言並不奇怪；不過只要跟丹尼一樣，在俱樂部和餐廳當那麼久的掛名負責人，也能有這項本領。他必須一直點頭打招呼，有時疲累不堪，他會決定只跟眞正認識的人寒暄，實際上根本沒有這種人。但丹尼無法那樣做，無法躲避別人，看見有人將臉轉向自己，他就無法不去理會。這一切，這麼多成就，每件事，就算在最稱心如意的時候，丹尼還是認爲，各位想要或需要知道的每件事，在爸爸的眼中，加起還是一事無成，完全一事無成，一無是處，一張白紙。丹尼無法忍受那樣的想法，因爲那樣想會引蟲進入，而蟲會將人生吞。

豪爾說：「聽我解釋一下。顯然昨晚給你添了麻煩，很抱歉。其實大門沒鎖，問題是那裡沒燈光，燈具的電線還沒接好。」

丹尼說：「嘿，別放心上。」

「不過，我——我還是想知道你的感想，就是，第一次來這裡看到什麼。」

「沒問題。」

豪爾靠向桌子對面的丹尼，丹尼克制住想移開的衝動。

「呃……看見城堡時，你覺得看起來怎樣？」

就在此時，丹尼第一次感覺到新豪爾和自己記得的豪伊有關聯，是豪爾的表情讓他這麼覺得。豪爾的雙眼沒有閉起來，以前他叫丹尼說冥王星上有座住著一群海盜的冰城堡的故事時，也是如此。豪爾是想要聽人說故事，被取悅，不管臉上表情爲何，丹尼都看得出來，也記起來了，這讓他大感寬心。

他向豪爾娓娓敘述來龍去脈：「我在那個破舊的小鎮等公車，無意間抬頭看，在紫色的天空下，看見城堡的黑色剪影。」

豪爾專心聽著一字一句。「接著怎麼了？你走過來。看見什麼？」

他從短褲拿出一本黃色筆記本，開始記錄。丹尼一五一十描述：步行、山坡、大門、樹林、城牆、景色。感覺很簡單，好像兩人以前做過一樣，而兩人以前確實做過好幾年。這讓丹尼不禁納悶，這整個城堡計劃是不是豪爾的另一個遊戲。一個人要是有這麼多錢，根本不用捏造事物，直接買就好了。

最後離開廚房的是抱著嬰兒的諾拉。丹尼感覺到她們離開，現在他和豪爾獨處。

豪爾說：「所以你是從射箭孔爬進來的囉。難以置信！裡面是什麼樣子？」

丹尼說：「有拱門、滴水。我猜那裡可能是下水道。」他沒提自己當時很害怕。

「為什麼？有臭味嗎？」

「沒有特別臭，聞起來像洞穴。」

即將說出的瞬間，他才發現那是自己最不想說的詞，但話還是衝口而出：洞穴。

丹尼臉皮發燙，強迫自己看著豪爾。但豪爾看著窗戶，光線打在臉上，照出皺紋，彷彿用鉛筆畫出來的。就在此時，丹尼第一次徹底認出堂弟。是雙眼讓他被認出來，相同的棕色眼睛，帶著哀傷，那是豪爾。丹尼等待著，不然他還能幹什麼？

豪爾問：「洞穴聞起來是什麼味道啊？」

他看著丹尼，露齒而笑。往事消失了，徹底消失了，彷彿不曾發生，豪爾釋懷了。丹尼瞬間感覺大大鬆了口氣，彷彿氧氣灌入腦袋。丹尼眞的笑了起來。

豪爾說：「繼續說，兄弟，我想聽完。」

第三章

早餐後，丹尼試圖溜去架設衛星接收器。想要恢復通聯的渴求令他不安、分神，就像頭痛或腳趾痛，或像某種輕微身體不適，過一陣子後開始引起全身不適。不過豪爾卻想帶他參觀城堡，最後丹尼採用自己應付掌權者最後通常會採取的做法：順從。

第一部分導覽看到的，和一般人想像的中世紀城堡一樣。一套套盔甲裝，牆上有舊油燈留下的燒痕，有間像教堂的小房間，裡面有扇彩色玻璃窗。讓丹尼印象最深刻的是大廳，裡面擺了張有雕飾的長桌，金色的天花板橫梁，吊燈上滿是燭火形狀的燈泡。看起來就像走入另一個世紀。不過全都不是眞品，德國人翻修過這些房間，在裡面擺滿古董。丹尼光聞味道就知道：新地毯、新刷漆。丹尼總是注意氣味，因爲就算有人說謊，氣味還是會說實話。

豪爾說：「這些全是德國人弄的。現在我們去看看以前的模樣。」

他帶丹尼從大廳走到外面，走在一條戶外短步道上，兩側都是俯瞰的景色。他用鑰匙打開另一扇門，示意丹尼進門。丹尼走進一個又冷又暗的地方，觸目所及一片荒廢：牆破了，門板不見了，到處都是一堆堆腐爛的垃圾，像被破壞過。還有氣味：鐵鏽、黴菌、腐爛。看起來和感覺起來，跟兩人之前見到的一切事物截然不同，因此丹尼半晌後才發現空間格局其實一模一樣：窗戶、拱門、走廊、門。這個走廊是丹尼房間所在的那個走廊的鏡像，不過時代不同。

丹尼說：「哇。」

豪爾咧嘴笑著，站著搖晃身體。「八十八年來沒人碰過城堡的這個部分。不可思議吧？」

丹尼推開仍掛在門框上的門，進入房間。風從空無一物的窗洞吹進來，傢俱被動物拆毀了。在某間房裡，有數百隻白鳥窩在一起，發出像喘氣的聲音，空氣中彌漫著牠們的濃厚硫磺味。遍地屎堆，羽毛飄蕩。牠們看起來像鴿子，但是和在紐約看到的不同。這些鳥是紫白色的，雙腳附近的羽毛凌亂。

豪爾說：「我們很篤定牠們的祖先是戰時用來傳訊的信鴿。」

豪爾焦慮憂鬱的情緒消失了，不只消失了，還慢慢變得像亢奮。這是城堡造成的。這個地方的每個畫面與聲音似乎都令豪爾興奮激動，他喜愛看那些畫面、聽那些聲音，看再多、聽再多都覺得不夠。但那些廢棄的房間卻令丹尼心情黯然，立刻有種肚子遭受重擊的感覺。有一些過去歲月留下的小東西：一頂男帽仍掛在架子上，一個打開的玻璃罐擺在模糊的鏡子旁，一個手套懸在抽屜外，一瓶葡萄酒和一個杯子擺在盤子上，盤子裡有棕色小碎片翹起剝落，丹尼幾乎可以聽到蟲在底下大快朵頤。

丹尼問：「誰住這？」

「奧斯布林克家族。他們死守這個地方九百年，你想想，九百年。難以理解吧。」

「他們爲什麼離開？」

「這個嘛，孩子們去世是直接原因，但我確定錢也有關係。很難想像經營這麼大的地方要花多少錢，我正加緊學習。」

跟隔壁房間裡的中世紀古董相較，這些廢棄房間裡的東西稱得上新，當然沒有像現代的東西那樣新，但是在這座城堡裡算新了。丹尼看見一臺打字機和一臺縫紉機，舊式沒插頭的，但仍能使用。這使他出現一個古怪的感想：在久遠的過去，一切事物都處於完美狀態，越是接近今日，就有越多事物崩壞成這種廢棄狀態。

走廊一片漆黑，因此丹尼直到快走過掛在牆上的那具舊電話時，才看見電話。黑色錐形聽筒放在鉤子上，丹尼衝過去抓起聽筒，壓著耳朵，閉眼聆聽。那是生命的訊號，連線發出的回音嗎？或什麼都不是？那個微弱的感受，不管是不是訊號，至少讓丹尼明白自己沒時間了。他必須立刻恢復通訊，否則會發生可怕的事：他的頭會爆炸，某個房間會淹滿水，大型旋轉刀片會開始鋸斷他的脊椎。丹尼焦急了約三十秒，一心只想離開豪爾，去架設衛星接收器。

豪爾問：「怎麼了？」

丹尼小心將話筒放回。「沒事，我沒事。」他強迫自己冷靜，這是在紐約十八年所學到的。

走廊盡頭的天花板有洞，讓陽光照進來，溫暖事物。接著是一個沒有天花板的房間，開闊的天空下有個原本是床的粉紅色隆起物，現在長滿大片蕨類。這個房間部分在室內，部分在室外：

一棵樹擠穿牆壁，松鼠在一塊爛毯子上奔來跑去，爭搶一塊看起來像混凝紙漿的東西。小木塊飛起，一塊打到丹尼的靴子，他撿起來。褪了色的紅色，是印度宮廷十字棋[1]的棋板。

丹尼說：「要把這地方整修好，工程浩大。」

豪爾說：「沒錯。不過有些地方我可能會保持這個樣子。」

丹尼轉頭問：「你是認眞的嗎？」

「當然。這能讓人想起過去，這是……歷史。你應該瞭解吧？」

丹尼不瞭解。「那你什麼時候要開始請建築人員來呢？」

豪爾笑了起來。「你說話好像小孩喔。我不應該說小孩，應該說，你知道的，學生，我的員工。他們想要所有工作現在就展開。我以前也是那樣想，但我現在眼光放比較遠。」

「什麼意思？」

「意思就是等候良機，等待適當的時刻。我花了幾年幹毫無意義的爛差事，不停賺錢，賺到萬貫財富。我不是沒快樂過，有錢的地方就一定有快樂，但是連流氓都能交易債券。我那麼做只有一個理由：賺大錢，在三十五歲退休，利用餘生做我想做的事。」

「聽起來不賴。」

「而我成功了。這（他朝懸在電線上的壞掉燈具和變形地板上的壁紙捲揮動手臂），這就是爲什麼那些年我要用大便塡滿腦袋。我不會讓一群小鬼倉促完工的。」

「這間飯店？」

「沒錯。」

「這裡不單是一間飯店吧？」

豪爾微笑說：「太好了，你竟然注意到這點。」

在兩人頭上，鳥兒在樹上爭吵，把細枝和葉子碰落到長滿蕨類的那塊粉紅色物體上。有人曾經躺在那裡蓋被子睡覺。

「好吧，我們到外面，我想帶你去看看花園。」聽到要出去，丹尼興高采烈，跟著豪爾往回走過黑暗的走廊，走下一道彎曲的樓梯，很像昨晚把他困在裡面的那個，只不過這個沒有燈光，而且瀰漫濃濃的煤煙水臭味。豪爾拿著手電筒，兩人踏著緩慢的步伐。接近底部的牆壁上有塗鴉，丹尼看不懂那是什麼文字。除此之外還有啤酒罐、保險套、燃燒留下的餘燼。

丹尼問：「這都是誰幹的？」

「當地年輕人，長年在這裡開派對，把下面這裡的一些房間拆了。我想他們不敢太深入，算我們走運。」

底部終於有一些光線。樓梯通往一間施工中的房間，牆邊搭著鷹架，木質地板鋪了一部分。有一對舊式玻璃門面向外面。

豪爾說：「德國人把錢用完時，就是弄到這裡。」他扭開門把，打開門，地上玻璃碎片啪啦作響。丹尼先走，踏進自己從上頭往下看了一早上的那片清涼綠色葉海。

「以前城堡還在運作時，這裡有間麵包坊和幾座馬廄，還有一個駐防營區，騎士就在裡面睡覺。後來他們拆了鋪砌的路面，改建成一座大花園，造景，種果樹園，蓋噴泉，全面改造。如果挖開來看，你會發現很多舊物還埋在這底下。」

舊物確實埋在地下。丹尼可以感覺到陽光試圖穿過層層遮蔽照下來，不過泥土仍又冷又黑，上面有幾條白色物體形成的道路遺跡，看起來像破掉的貝殼。丹尼跟著豪爾沿其中一條路走，走過古老的林木、覆蓋黏液而變綠色的破塑像、一張被灰色花朵吞沒的長椅。

豪爾說：「我一來這裡就神魂顛倒，一看到，心裡就想：『**我得買下這個地方。**』」

兩人走到一堵柏樹構成的牆，又高又堅實，以前大概很好看，但現在看起來像個塡充物爆出來的大墊子。丹尼跟著豪爾通過柏樹牆的一個通道，看起來像最近才砍出來的。從另一邊擠出來後，他感覺到陽光照在臉上。他站在一塊空地上，地上鋪著有汙點的大理石，中間有個圓形游泳池，直徑約四十呎，黑色的池水裡滿是浮垢。一開始丹尼沒聞到，但臭味迅速撲鼻而來，是地底深處某種東西接觸到開放空氣的味道，金屬、蛋白質和血的味道很濃。

米克在游泳池對面，跪在地上用長刷刷大理石。他沒有抬頭看。

豪爾說：「那個水池所在的地方以前是座塔，圓形的。看見池邊附近的碎石嗎？那裡有口井，所以塔倒了之後，他們便在斷垣殘壁裡蓋水池。厲害吧？總之，他們就是在這裡淹死的。」

丹尼問：「誰淹死？」那股味道害得他流鼻水。

「奧斯布林克家的龍鳳胎，一男一女，十歲大。沒人知道到底發生什麼事。」他回頭看丹尼。「過敏嗎？」

「這味道造成的。」

「我的嗅覺不好，有時候我覺得這是福氣。」

兩人信步走向米克。米克袒胸露背用力刷洗，上身大汗涔涔。那上身健美極了！丹尼就算練個一百年也不可能看起來像那樣，連要接近都難。米克瞇著眼往上看著兩人。

豪爾說：「那把刷子比清潔劑還有效啊。」

米克說：「是啊，瞧。」他站起身，讓兩人看看一片毫無汙垢、光亮潔白的大理石。

豪爾說：「哇。」

米克說：「想像一下整個地方都像這樣。」

「別全部自己做，找些幫手。」

從兩人的對話，看不出來廚房的那場衝突，毫無痕跡。丹尼納悶是不是自己心浮氣躁，才會把事情想得太過嚴重。或是他們天天都會上演那樣的戲碼。

「我剛剛在跟丹尼說龍鳳胎的事。」

米克瞥了丹尼一眼，表情冷漠空洞，令他緊張不安，好像不管出什麼亂子，都是他的錯。幹，怎樣？丹尼試圖逮住米克的目光，要瞪得他俯首認輸，但米克又刷起地來。

丹尼問：「你是從德國人口中得知龍鳳胎的事嗎？」

豪爾說：「有一些是，但大部分不是。」吸了長長一口氣，轉移視線，「還有一個家族成員住在城堡裡。可以說是我繼承了她的財產。她是男爵夫人，住在那座叫塔樓的塔裡，那是這座城堡裡最古老的建築。」

丹尼順著豪爾的視線看去，看到塔樓，矗立在樹林上方，在正午的陽光裡，幾近白色。

丹尼說：「我想上去那裡。」心裡想著衛星接收器。

豪爾放聲大笑。「你有聽到嗎，米克？」

米克點點頭。

「我希望可以帶你上去，丹尼，可惜男爵夫人，該怎麼說呢？不完全支持我們的計劃。」

「她很年輕，對吧？漂亮嗎？」

米克和豪爾互看之後笑了起來。

豪爾說：「你怎麼會那樣想？」

丹尼沒回答，被兩人的笑聲激怒。

豪爾說：「她，呃……」

米克說：「非常非常老。」

豪爾說：「拜託，數字專家，直說啦。」

米克說：「九十八歲，我們猜。」

豪爾說：「不過她看起來絕對不超過九十歲。」這句話讓兩人捧腹大笑。丹尼看著塔樓，想著之前看見窗內的那位女孩。顯然豪爾和米克對她一無所知，而丹尼當然不打算告訴兩人。

豪爾強忍笑意，擦拭溼掉的雙眼。「抱歉，丹尼，若你知道這女人害我們吃了多少苦頭——」

米克說：「而且還沒結束喔。」

豪爾說：「對，還沒結束。」笑意逐漸消失，他用雙手順了一下頭髮。

米克說：「我還是認爲該開始整理塔樓，只整理外面就好。爲什麼要由她發號施令？」

豪爾說：「仔細一想，你說的或許是對的。」

米克又開始刷洗，刷子在大理石上移動。

豪爾轉向丹尼。「這樣你開始瞭解了嗎？」

丹尼說：「瞭解什麼……？」

「這個地方啊。」

「我——我想我漸漸瞭解了。」

「不是物品，不是建築，不是房間，都不是，而是**感覺**。這一切……由底下往上推的歷史。」

他專注看著丹尼。丹尼感覺到的不是歷史的推進，而是每次被掌權者全神注意時，就會出現的那種感覺，就像毛巾啪一聲甩在臉的附近。

豪爾說：「我的意思是這樣的。米克，停下來，聽我說。」

米克停止刷洗。豪爾緊抓丹尼的雙肩，雙手抓得他幾乎疼痛，令他驚奇的是雙手湧出的熱。難怪這傢伙穿短褲。

豪爾說：「你有聽到那些聲音嗎？蟲鳴鳥叫的背後有一種聲音。你有聽到嗎？那是——什麼？很像嗡嗡聲，但又不是。」

熱從豪爾的雙手傳過丹尼的外套和襯衫，充滿他的雙臂。他沒發現自己冷，其實打從他們進入城堡的這個破敗區域，他就開始發冷。丹尼專心聽，什麼也聽不見，這和他以前聽到的寂靜不同，多數的寂靜像暫停，像尋常的喧鬧聲裡出現一個空白點，這個寂靜卻是渾厚的，在紐約只有暴風雪剛過之後才聽得到這樣的寂靜，甚至更加安靜。

豪爾說：「我不希望失去那個聲音，我希望這個地方以那個聲音爲主題，不只是一般的渡假中心。」他放開丹尼的肩膀。豪爾的手臂和脖子都青筋暴露，丹尼知道自己最好瞭解他說的話，至少假裝瞭解。

丹尼問：「你希望飯店以寂靜爲主題？」

「可以這麼說。不能有電視，這點我已經決定了。我還在考慮不能有電話。」

「完全沒有？」

「我希望能做到那樣。」

「所以是像……靜修處？客人來做瑜珈之類的地方？」

「不，不是。」

米克說：「我能刷地嗎？」

豪爾說：「可以，刷啊。」

米克又開始刷地。他喜歡忙個不停，這點很明顯，完美的跟班。

豪爾說：「想想中世紀時代，丹尼，像是這座城堡建造的時候。當時人們經常看見鬼魅，看見異象，認爲基督和自己一起坐在餐桌前，認爲天使與魔鬼到處飛。我們現在看不見那些事物了，爲什麼？是因爲那些事以前會發生，而現在不會嗎？不可能。還是因爲中世紀時代的人全是瘋子？我不信。我認爲是因爲他們的**想像力**比較活躍，精神生活豐富神祕。」

（豪爾說話時並無停頓，不過我在這裡要暫停一下，告訴各位，丹尼沒有在聽。提到電話或沒有電話，讓他想起自己失聯太久，到現在約一個小時。發現已經過了那麼長的時間，他自然想到時間會繼續不斷飛逝。丹尼從經驗得知，當一群朋友中有人離開，不用幾日，大家就會看起來像他不曾存在，一切事物會改變、移動、重新安排，沒有人的位置會被保留。丹尼認爲那樣消失比死還糟。如果死了，那就算了；活著，卻沒人看得見，沒人聯絡得到，沒人找得到，簡直就像他以前做的一些惡夢。在夢中，他不能動彈，活像死了，每個人都以爲他死了，但他卻還能感覺到和聽到發生什麼事。就在思索此事的當下，丹尼發現豪爾在說重要的事，他看得出來，那些話急速從堂弟口中奔出，彷彿獲得自由。因此丹尼開始專心聽。）

豪爾：「**想像力**！它救了我的人生啊。以前我是被領養的胖小孩，朋友不多，不過我會揑造事物。我在腦袋裡創造了一個與現實人生毫無關聯的人生。中世紀時代的人又是怎樣呢？他們一輩子都住在同一個破小鎭，孩子感冒就暴斃，大人滿三十歲時嘴裡只剩三顆牙。人們必須想辦法刺激生活，否則會因爲生活困苦乏味而倒下，於是基督就來共用晚餐，女巫和小妖精就躲在角落，人們看著天空時，就會看見天使。我的想法——我的，我的……計劃，我的——」

米克說：「使命。」他沒有停止刷地。

「我的使命就是恢復人們的想像力，讓人們可以遊覽自己的想像力。拜託別說像迪士尼樂園，那跟我說的完全相反。」

丹尼說：「我沒有要說啊。」

豪爾說：「人們很無聊，人們死了！你去購物商場看看路人的臉。我觀察好多年，週末開車到商場，坐著觀察路人，試著想出解答。少了什麼？他們需要什麼？下一步是什麼？後來我想到了：想像力。我們失去了捏造事物的能力，把那項工作發包給了娛樂產業，我們就坐著痴等他們幫我們捏造事物。」

豪爾信步而行，時而轉身，時而揮手。米克一直在一旁輕輕刷地。

丹尼說：「你認爲有人會掏腰包買這個？」

這句話說得無禮，但豪爾似乎愛聽。「好問題！從做生意的立場來看，就只有這個問題。答案永遠一樣，丹尼：就看我們能把工作做到多好。」

我們包括丹尼嗎？丹尼不確定。豪爾和米克看起來像兄弟。

「終於找到你了！」是小安，穿過柏樹牆，走到陽光裡。她換穿綠色長裙，裙子鉤到樹枝，她只好停下來解開。她穿黑色無袖上衣，肩膀看起來白皙無比。

小安說：「老公，我們不是要帶小班去鎮上嗎？」

「天啊，幾點了？我顧著帶丹尼參觀——」

米克穿上襯衫站起身。「我要回去了。要我告訴小班你們要回去了嗎？」

豪爾說：「就說再幾分鐘，謝囉。」

米克拿起工具袋，走向柏樹牆。自從第一次露出不友善的表情後，他就沒再看過丹尼一眼。米克離開後，小安閉上眼，舒展身軀。

小安說：「陽光眞舒服。很難找到地方，眞正能感覺到陽光照在皮膚上。丹尼，你對我們的小王國有何感想啊？公國、采邑，隨便你喜歡怎麼稱它。」

豪爾說：「男爵的領地。」發出空洞的笑聲。

小安說：「沒錯。」

丹尼說：「很棒啊。但我——仍不清楚飯店的部分。客人訂房入住後，會發生什麼事？」

似乎沒人能馬上回答。

「我說說我想像的情況，可以嗎？」

豪爾：「請說。」

「一位女性獨自到這裡旅行，她心情難過，封閉自我，或許是因爲婚姻觸礁，或許是因爲孤獨，不管原因爲何，她變得麻木心死。於是入住飯店，把行李留在房裡，穿過花園，來到這個水池。不知道爲什麼，但我總是想像這會發生在夜晚。」小安一邊說，一邊走向池邊，深色頭髮在陽光中發出紫色光澤。「整個水池明亮亮的，池水潔淨，這個自然。而且池水是溫暖的，必須是溫暖的，因爲晚上這裡永遠很冷，即便夏天也一樣。她跳進池裡。」小安把雙臂高舉過頭，擺成白色的V字形，把身體拉長拉直，閉上眼。「這——這對她產生某種作用，泡在水中產生了某種作用：喚醒了她。她爬出水池後，再度覺得堅強，彷彿準備重新展開生活。」

小安把雙臂放回身旁，尷尬地對丹尼微笑。丹尼心想：「要求水池有這樣的效果太強人所難了。」但他沒說出口。他沒有那樣的感覺。不過小安說話時，他莫名其妙地被吸引。

豪爾說：「你知道我怎麼想嗎？我認爲這是想像力池，你跳進去，碰！想像力就會被釋放。想像力又是你的了，不再屬於好萊塢，或網路，或生活時間電視臺[2]，或《浮華世界》雜誌[3]，或任何你沉迷的垃圾電玩遊戲。你編故事、說故事，接著便獲得自由，想做什麼都行。」他轉向丹尼，「想像力池，你覺得怎樣？」

丹尼想著幾件事：

1 聽起來豪爾開始有點瘋癲。很多掌權者都是瘋子，丹尼不確定爲什麼。不過小安也瘋了嗎？還有米克呢？那些研究生就更別說了。會不會他們全瘋了呢？

2 這間飯店聽起來像極了丹尼想像中的地獄。

3 他需要架設衛星接收器。

丹尼說：「我有疑惑……」

豪爾說：「說吧。」

「你要我幹嘛？這是個……宏大的計劃，你已經有那麼多人在執行。看起來什麼都不缺。」

豪爾瞄了一眼手錶。「小安，妳要不要先帶小班去鎮上，我到那裡跟你們會合？」

小安說：「你是在問我要幹嘛，還是在告訴我會發生什麼事？」

丹尼說：「豪爾，拜託，去吧。我的行程……我是說，顯然我沒有行程。」

「不，我寧願——抱歉，親愛的。」

小安說：「好，到時候見。」

她迅速靜靜離開，綠色裙子穿過柏樹牆消失。寂靜像膠水一樣，在丹尼的耳裡凝固。豪爾用腳摩擦刷過的大理石，回頭看丹尼，表情嚴肅。

豪爾說：「我給了你錯誤的印象。其實有缺東西。」

丹尼說：「缺什麼？」

「我不知道，我正在想。來，我們走走。我們——你想爬牆嗎？從牆頭可以看到美景喔。」

爲了架設衛星接收器，丹尼當然想爬，於是跟著豪爾穿過柏樹牆的另一個缺洞。樹林後頭約莫三十呎，有一處破牆，和丹尼昨晚爬的一樣。豪爾穿著短褲和登山鞋直奔上去，爬起來像山羊。而丹尼穿著天鵝絨外套和易滑的鞋子，在後面爬得氣喘吁吁，努力讓自己別看起來太狼狽。其實無所謂啦，因爲豪爾根本沒看他，正自顧自地欣賞風景。

這道牆建得像三明治，兩層石頭中間夾著許多水泥碎塊，和丹尼昨晚走的牆不一樣，這些碎塊容易塌落，必須抓住外層的牆，以防掉進缺口，扭傷腳踝。所以不能架設衛星接收器囉，不過景色確實美不勝收。丹尼的背後是昨晚鳥瞰山谷的那座懸崖；牆內的左側有一簇城堡建築；正前方是塔樓；黑色水池在下方，看起來像彈坑，像地上被打出的一個洞。

「看著這一切，丹尼，敬畏之情油然而生。但我仍只是在外面。有路可以進去，但我找不到。幹，我不知道該到哪裡找。」

「你怎麼知道有路？」

豪爾轉向他。「我感覺得到，就在這裡。」他用拳頭猛力打自己的肚子，丹尼忍住笑意。「那是——我不知道是什麼。地圖，線索，鑰匙，也可能根本不是東西，是想法。」

「呃……其他人也這麼覺得嗎？」

豪爾說：「他們也感覺到了，因此焦躁不安，要我帶領他們走向明確的方向，但我做不到，我陷入困境。」他說話時凝望遠處，丹尼循著他的視線看到塔樓。

「跟塔樓裡的老太婆有關嗎？」

「可能是。不過有時我認爲是跟塔樓本身有關。以前興盛時期，塔樓是城堡的心臟，但我卻碰不得。也可能是跟截然不同的事物有關。我必須找出答案，這個計劃非成功不可。我不只把婚姻賭下去，還把這些人都拖來這裡。我擁有的一切都投入這座城堡，所以一定得成功。」

他轉向丹尼，一臉渴望，接近急切。豪爾需要答案。

丹尼說：「今天早上，我用望遠鏡看時，看見有人在那裡面，在塔樓裡，是個年輕女子。」

「那裡面沒有年輕人。」

「我**真的看見了**，年輕貌美的金髮女子，豪爾，就在那扇窗裡。」

他指向塔樓。但豪爾沒轉頭看，反而看著丹尼，露出久違的微笑。

豪爾說：「沒想到那麼快就發生了。」

「你在說什麼啊？」

豪爾漲紅臉。「每個人來這裡都會這樣。第一次和小安來我就感覺到了，不到一小時，我就注意到感知開始搖擺變化，簡直就像做夢。」

丹尼覺得發冷，無法動彈。「你是說我正在產生幻覺？」

「我是說男爵夫人是千年母夜叉，看起來比較像死人，不像活人。我是說塔樓裡沒別人。我是說這個，你用望遠鏡看到的，就是我們飯店的焦點。就是這樣，碰！你就感覺到了。」

「好吧。」

蟲在他體內伸展開來。他認爲豪爾想要搞亂他的思緒，光是這個醜陋的念頭蠢動，就足以驚醒休眠的蟲。一般而言，丹尼很會對抗蟲，而且善於讓別人體內的蟲減慢速度。他會提醒別人，一小時內看到四輛橘色車子，並不表示有便衣警察在監視你的公寓，準備展開搜捕；或是走過星巴克的櫥窗時，聽到有人在笑，並不能證明他前一晚幹了你的女友。不過就連丹尼也無法對蟲完全免疫，沒有人可以。

「看得出來你不相信我，丹尼。我不怪你。只要——跟著我，保持心胸開闊。」

「好。」

豪爾的目光掃視著自己的地產，厚實的高聳外牆，每五十碼就有一座圓塔，牆裡綠地荒蕪，有一簇城堡建築，絕大部分都破敗崩塌，或快要崩塌，幾乎可以感覺到地心引力壓在上頭，想把城堡吸回地心。丹尼認爲這整個計劃很愚蠢，這個冒險注定要失敗。

豪爾說：「幾個星期前我和家人聊過，丹尼，他們提到你在紐約惹上麻煩。」

所以現在家人在說**他的**八卦了。不過丹尼早就知道了。

「我的直覺反應是：帶他過來。純粹直覺。丹尼需要幫忙，我需要幫忙，或許我們能互相幫忙。我必須告訴你，我做所有決定都是靠直覺；除非你的直覺奇準無比，否則你沒辦法像我一樣賺那麼多錢。」

「這樣啊，可是我的直覺老是把我搞得好慘。所以現在是你帶我過來的直覺，對上我答應過來的直覺。」

豪爾笑了起來，開懷大笑，聽到這種笑聲，會讓人高興自己能讓別人這樣笑。丹尼感覺蟲開始減緩速度。

豪爾說：「所以衝突在哪？如果我贏了，你也贏了啊。」

---

1 印度宮廷十字棋（Parcheesi），一種遊戲棋，源自印度，於美國相當流行。

2 以休閒娛樂爲主要內容的美國電視臺。

3 以時尚休閒爲主題的雜誌。

第四章

我在班上唸出我的文章後，湯湯說：「我想知道的是，在這些小丑中，哪個是你？」

「小丑？」我瞇起眼看著他。小丑對湯湯是敏感的話題，我沒想到他竟然會提到。

「好啊，」他說，「各位王八蛋。」

「別激動。」荷麗會這麼說，不是因爲湯湯說「各位王八蛋」，這個稱呼算客氣了，而是因爲他批評我寫的文章。在荷麗的規矩裡，「互相尊重作品」凌駕於「禁止肢體衝突」，從這也可以看出來她以前沒在監獄教過書。

沒人喜歡湯湯，不過從這點看不出什麼。湯湯喜歡沒人喜歡自己，因爲那表示他的理論肯定是對的：世界是一大坨屎。我想可以說湯湯喜歡自己是對的，更勝於喜歡自己被喜歡。

由於壁虎，我早就知道他是什麼樣的人。我們有一堂爬蟲課，同學必須讓光線持續照射蛋，把小蜥蜴或孵出來的爬蟲類養大到能賣到寵物店。湯湯養了壁虎。他的壁虎體型中等，鮮豔的綠色，前所未見。他會用線做成繩索，帶壁虎到外面，讓壁虎在土裡到處跑。他會撫摸壁虎發亮的小頭，親吻壁虎那個像蜥蜴的嘴巴。

約莫一年前，湯湯的壁虎在院子玩耍，一個令人膽寒，名叫昆斯的人走上前，用靴子硬生生踩扁一隻壁虎的頭。那段日子，我成天枯坐，**憂鬱**、**懶散**、**絕望**，**當該死的眼線**。至於我爲什麼成天枯坐，答案會因爲你問的人而異。那天我坐在長椅上，離湯湯約二十碼，對面是格網圍欄。他該跪下來感謝老天爺，那天昆斯只決定踩死一隻壁虎。不過昆斯一離開，湯湯的臉出現一種我從未見過的變化。他的臉皺成一團，垮了下來，好像靴子踩破了他的頭。他的嘴唇往兩側拉，嘴巴變成一個黑洞，但沒發出聲音。起初我以爲他要中風或心臟病發作了，片刻後才明白，眼前看到的是悲痛欲絕的表情，人只有在認爲孤獨無援時才會出現那樣的表情。

湯湯看到我在圍欄的另一邊，霎時間我心想：「我死定了。」如果他是眞正的傷害犯，那毫無疑問，我就死定了。不過湯湯不是傷害犯，只是吸毒犯，喜歡爬蟲類，痛恨其他所有事物。

「誰說其中一個王八蛋是我？」此刻我問湯湯。

「哼，這絕對不可能全是你編出來的。」

「這確實是我編的。」我說。因爲我想要荷麗那樣認爲，否則她會以爲全是別人告訴我的，因此，爲什麼不讓她對我印象深刻，而要讓她對別人印象深刻呢？

「沒人能編這種鳥事。」湯湯說，「太荒謬了。」

「有比穿小丑服走進銀行，開槍打中三個人還荒謬嗎？」哈邁德說。教室裡出現竊笑聲。哈邁德和我的關係很微妙，我們是朋友，但鮮少交談，或許正因如此我們才成爲朋友。

「去你的，屎袋。」湯湯說，雙耳發紅。

我寫下**屎袋**。

「嘿。」荷麗尖聲警告哈邁德，「不能提我們的罪，記得嗎？」不過她看著湯湯。看得出來她在想：「**小丑服**？」

「是涉嫌犯下的罪。」艾倫．胡說。他是我們的固定班長。

「我們的罪？」湯湯抬頭對著荷麗微笑，他的微笑好像蜥蜴的微笑。「妳剛剛是那樣說嗎？**我們**的罪？」

「純粹爲了表現友好。」荷麗說。我得承認她學得很快。

我想方設法要她看我：沉默不語、提問、發笑、舒展身體、把指關節壓得咖咖響。每星期我會帶文章來唸，唸完後她會向我這邊瞥一眼，因爲她必須這麼做，不過她的目光不看我，會看著我的旁邊、後面，甚至看穿我。我猜我寫有人幹自己的寫作老師的那篇文章讓她很緊張。我想告訴她：「寶貝，不是妳啦，可以嗎？**那個**寫作老師眞的是金髮，再說她還不到三十歲，眼睛附近沒有皺紋，身材曲線凹凸有致，妳就算整天只吃士力架巧克力棒，也不可能有那種身材。還有她穿**洋裝**。聽過洋裝嗎？她聞起來像草莓、芒果，或甘草。」該死，我不知道啦。不過在監獄裡改變了一切，外面世界你認爲普通，甚至完全不起眼，在監獄裡都變得珍貴，而且用途神奇，你絕對沒想過。壞掉的鋼筆變成刺青槍；塑膠梳變成柄子，也就是刀子；幾顆梅子和一片麵包能變成下星期的烈酒；酷愛（Kool-Aid）變成染料；通風管變成電話；兩根迴紋針放在燈座裡，加上一根鉛筆芯，就能點菸；像荷麗這樣的女人，在外面世界你大概懶得抬頭看，在這裡卻像公主。

「我不認爲妳友善。」湯湯告訴她，「我認爲妳和我們每個人一樣有罪。」

「爲自己辯護啊。」哈邁德說，一些人敲桌表示認同。

荷麗對湯湯微笑。她的眉毛是灰色的，雙眼有血絲，長長的鼻子有點尖；她的嘴唇很美，這點我承認，她從不擦口紅，即便沒擦口紅，嘴唇還是粉紅色的，形狀清楚柔和。她完全沒化妝，我仔細端詳她；對於從不回看你的人，你可以這麼做。當湯湯說她有罪時，荷麗的臉上泛起一股漣漪，透過漣漪，我捕捉到以前從沒注意到的一種情緒，現在才明白，那股情緒始終都在，從第一天起就在。那是痛苦。

「告訴我們妳的罪，荷麗・法洛。」湯湯說。

她仍微笑著。「靠，關你屁事，湯馬。」她說。

這只是一天，一天過一天，你只想要數星期、數月、數年快過去，希望在牢裡的時間像噩夢一樣結束，重返眞實生活。在牢裡待越久，就越覺得舊生活像夢。我當然想重返舊生活，但問題是，你什麼時候做過兩次同樣的夢呢？

在這裡什麼都不會變：四百二十五步到我的維修工作處，每條走道中間都有黃線，我永遠走黃線右邊；三百二十步從工作處到餐廳；一百三十二步從餐廳到D區；晚上十一點熄燈，隔天早上五點開燈實施第一次點名；接著還有四次點名，其中一次是下午四點在牢房裡站立點名；一星期三次限時使用健身器材；一年可收四次包裹，我通常少於四次，我僅有的一個親人是遠親，因此我的包裹永遠是我訂給自己的東西。

我的牢房，六呎寬、十呎長，牆上釘著兩個金屬托架，架上放著床墊，床墊看起來像從露臺椅子拿來、貼滿膠帶的舊坐墊。沒人想要上鋪，大家會爲了爭下鋪而拔刀拚命，但我偏偏喜歡上鋪，上鋪能清楚看見窗戶，五吋寬、二十四吋高。窗框上裝著特別的玻璃，把外面的景象變成灰色的模糊形狀，或許是要防止我們策劃大逃獄行動，抑或許是因爲能清楚看穿的窗戶太豪華了。不過聽我說，在荷麗的第二堂課，我腦袋裡的那扇門打開後，我坐在床上看著窗戶，突然能看穿窗戶，直到庭院，看見水泥、圍欄、呼吸新鮮空氣的人。我差點叫了出來，趕緊忍住，因爲最好不要在室友戴維斯附近突然移動或出聲。

現在我能在床鋪上待數小時，往下看人影在灰色中動來動去。我觀察著他們；要是我也在那裡，他們就會看到我，我反而沒辦法觀察。我注意到一些事：艾倫．胡會拔鬍子；哈邁德走路像猩猩；沒人在看時，櫻桃就會轉向圍欄暗自哭泣；湯湯會讓壁虎坐在耳後，爬上馬尾辮子。這比電視好看。

「你一直看，在看什麼？」戴維斯問我。

「沒什麼。」

「那你幹嘛看？」

「你幹嘛管我在做什麼？」

「我才不管你在做什麼哩。」

「很好。」我說完便繼續看，戴維斯則繼續走來走去，在這麼小的空間，他只能走近窗邊一步，接著走離窗邊一步，兩眼盯著我。戴維斯是清潔員，因此總是在附近。他會掃地、用拖把拖各層走廊。作爲回報，獄警們從不搜查我們的牢房，因此戴維斯可以在床底藏有的沒的；其實那個儲藏空間有一半應該是我的。天知道他在床底一共藏了多少東西，就我所知，有幾把柄子、一些違禁品、一個炸彈。他把一塊紅白相間的格紋桌巾塞到床墊下，讓桌巾懸到地板，遮住床底的東西。我從沒掀過桌巾，因爲我一接近，戴維斯就會抓狂。不過我很好奇。

「我問是有理由的。」他說。

「問什麼？」

「你在看什麼啊。」

「理由是什麼？」

「你回答我的問題，我就回答你的。」

「我的答案是沒東西，我沒在看什麼東西。」

「放屁，要是沒東西，沒人會看的。」

「不，沒東西你不會看，戴維斯，但沒東西我會看。」

「哼，那可眞是浪費時間。」

就戴維斯看來，我在這裡成天都在浪費寶貴的時間。他把一整天的每一分鐘都安排好了，拜託，就我所知，他還撥了五分鐘來跟我爭論窗戶的事。我們第一次被關在一起時，他教訓了我一番，大談修身養性、強身健體、追求目標、浪子回頭諸如此類，最後認爲自己是在對牛彈琴。不過有趣的是，我報名參加荷麗的課，就是想要一個星期有一晚能遠離戴維斯。自從開始上那堂課，我感覺一切事物都變了，變得更明亮、更銳利，但有點奇怪，彷彿我開始漸漸病了。

戴維斯有一項自己的活動，每天在牢房至少做七百下伏地挺身，快把我逼瘋了，我努力不讓他稱心如意。我不反對健身，但是拜託，七百下？重點是他滿身大汗，咿咿啊啊叫，最後一百下時，更會慘叫求饒，就算在健身房那樣大的地方也令人難以忍受，更何況在這小牢籠裡，根本慘不忍聽。同牢層的所有人都不滿地咆哮，以爲我對戴維斯幹了什麼事，搞得他叫得那麼淒慘。但讓我受不了的不是囚犯的咆哮，而是戴維斯的淒聲尖叫。

不過與窗戶玻璃變得清晰大約同一時間，戴維斯的健身開始給我不同的感覺，每當我聽他說話，就會感覺到。戴維斯做完伏地挺身後，如果顫抖得越厲害，越疲累，我們每天說的普通文字中，就會夾雜越多一定是他以前生活中使用的舊文字，像是呆子、**假屌**、**蠢蛋**、**你老母**。這些文字是從一段早已消失的人生留下來的。一旦注意到戴維斯用的舊文字後，我就會發現，不論到哪，都會聽見那些文字，因爲這個地方是文字的監獄，從我們的舊人生停止那一刻起，文字就被逮捕，困在這裡。所以現在每次爆發爭吵，我不會像以前一樣走開，反而會擠進人群，等待那些幽靈文字出現。我聽過木頭人、愛哭鬼、**帥哥**，聽過條子、**猶太佬**、**德國佬**、**黑鬼**、**老古板**、**幹架**、**低能兒**、**怪咖**、**媽寶**、**癌症棒**[1]、小妖精[2]、**狂歡派對**、**飛行員**、**指節三明治**[3]；別忘了，我們這裡有裝著人工髖關節和假牙的無期徒刑犯，一讓他們打開話匣子，他們就會大談在紐約包厘街[4]攻擊流浪漢的豐功偉業。我抓住這些詞語，關到腦子裡儲存起來，因爲每個詞語裡面都有一段完整人生的DNA，在那段人生裡，那些詞語適用，有意義，因爲其餘的人也都會使用。我會先記下那些詞語，晚點再打開筆記本，翻到荷麗叫所有人都要寫的日記，一個一個寫下來。不知怎的，這讓我心情愉悅，就像把錢存到銀行一樣。

———

下一堂課我又朗讀了文章，令人出乎意料的是梅文第一個發言。因爲梅文很少說話。哈邁德沒來上課。

「我要發言。」梅文說，「其實，我是要問問題，荷麗老師。」

「說吧。」荷麗說。

梅文清了清喉嚨，正經八百地說：「我想知道接下來會發生什麼事。」

荷麗等待著，以爲梅文會繼續說。當梅文不再說話，她才明白這就是梅文所說的問題，於是微笑說：「梅文，這是好事啊，表示故事吸引了你。」

「不，」梅文說，「這不是好事。」他的聲音輕柔，帶著喘氣，像有高血壓，跟身材很搭。他的身材看起來一個星期比一個星期胖，監獄裡的菜跟屎一樣難吃，我實在不知道他是怎麼吃胖的。他說：「這不是好事，因爲我覺得不安。」

你不會想讓梅文不安的，他塊頭大、人又笨又危險。聽說他試圖殺妻，把三百片維他命C磨成粉，撒在妻子的衣服和枕頭上，因爲有人告訴他，吸入維他命C會中毒。

「不安是什麼意思，梅文？」荷麗說。

「意思是說，我心裡有種不安的感覺，很像空虛的感覺。那是一種失望的感覺，就像我想知道會發生什麼事，但卻不知道，因此心情亂糟糟，就像雷有事瞞著我一樣。然後我開始覺得不爽。請原諒我講粗話，荷麗老師。」

「就我聽起來，你是在說期待。」荷麗說，「那不是問題啦，梅文。這就是作家希望創造出來的效果啊。」

「這是問題，因爲我不喜歡不安。」梅文說。他說話越是小聲，就表示越認眞。「告訴我發生什麼事，雷。」

「梅文。」荷麗說。她笑了起來，好像不相信。「你不能提出那種要求，那是不合理的。」

「我認爲雷讓我等才不合理。」

湯湯坐在我隔壁，他每星期都挑那個位子，沒人知道爲什麼。此刻他心癢難耐，最後轉向我，說：「拜託，雷，告訴我們發生什麼事啦。你當時在場，對吧？」

我看著他，露出微笑。我不知道爲什麼喜歡惹火湯湯，或許是因爲易如反掌吧。

「瞧，雷不說。」湯湯說，「他寧可坐在那裡，一臉吃屎的傻笑。」

「請原諒他講粗話。」櫻桃說。他和艾倫．胡笑了起來。

我在筆記本上寫下**吃屎的傻笑**。

梅文揮手示意不要笑，說：「你沒理由不告訴我發生什麼事，雷。」他的聲音就像在平底鍋上熔化的奶油。「我現在覺得，」他說，「要是你不說，我會生氣。」

我可不想得罪梅文。之前他把一支牙刷在鋪砌過的路面磨成柄子，拿去刺叫朱利安的傢伙，被關了三個月禁閉。他實在好狗運，因爲梅文在盛怒之下，不小心用刷頭去刺。

我再度開講，不過並不是要讓梅文高興，是要讓荷麗看我。在監獄裡，我們變回嬰兒，會爲了排球判決互相殘殺，拿食物和屎尿互丟，因爲沒有別的東西可以丟。我們還有其他東西嗎？我需要荷麗的注意，如此而已，我需要。

「這個嘛，」我說，「接下來丹尼會去架設帶去的衛星接收器，打電話給前女友——瑪莎．穆。」

「好。」梅文說，「說什麼？」

「你沒必要這麼做，雷。」荷麗說，雙眼看著我的左邊。

「主要是說，」我告訴梅文，「丹尼想跟瑪莎復合，但她不想。」

「我要聽講話內容。」梅文說，「現在你只是在製造噪音給我聽。」

荷麗等待著，但並不高興。

「好。」我告訴梅文，「內容是這樣：『嘿，瑪莎，我是丹尼……是，我過得還可以，我在這座古堡，和堂弟還有一些人在一起。我想妳。』」我的臉發燙，但我繼續說：「我希望我們可以……我希望我們可以——」我開始結巴，難以把話說出口。大家狂笑起來，荷麗也忍俊不禁。「我希望我們可以重新來過——」「噢，靠。」我痛苦地說，因爲我快中風了，快羞愧而死了。「我說不下去了啦，梅文。」

只有他沒在笑。「說得很好啊。」他說，「但是噢，靠之後就不行了。」「那當作我沒說噢，靠，我不會把噢，靠寫下來。」

梅文把空洞凶狠的小眼釘在我身上。「雷。」好像在跟小貓說話，他說，「之前，你是在畫畫，把氣氛營造得很好。現在你只是做出畫畫的動作，心卻不在。老兄，你已經不是在畫畫了。這種屁事讓我不安。請原諒我講粗話，荷麗老師。」

「我們在原地繞圈圈，」荷麗說，「我們往前走吧。」除非梅文允許，否則沒人可以往前走。他看著我。「繼續說，雷。」

「我說完了。」我說，「最好請小丑說。」我甚至沒看湯湯。

梅文開口說話，但聲音像蝴蝶震動翅膀，我聽不見。荷麗朝桌子走一步，她把每個老師都會掛在脖子上的緊急按鈕墜子放在桌上。荷麗每星期走進教室後，就會立刻把墜子取下來放桌上，我猜是要表示信任我們。現在她猶豫了，若她按下按鈕，課程就會結束，她不想失去任何班級，看得出來，她很重視每個人。

「坐下，湯馬。」荷麗說，因爲湯湯站著。

「只是舒展一下腳而已。」湯湯說，對荷麗露出討人厭像蜥蜴的笑臉。我想著穿著寬鬆褲子的她有多瘦小，就在此時，我頓然明白，她之所以穿那套服裝，就是要讓自己看起來和感覺起來像男人，甚至是男孩，把女性特質藏在服裝底下，讓自己不會覺得弱小。不過等到湯湯轉身面對我時，已經太遲，荷麗離墜子還有一段距離。梅文也站起來，對胖子而言，他的移動速度算快。

即便現在每個人都動起來，我還是可以用一百種不同的方法阻止這件事。暴力就這樣發生：一開始附近出現緩和的寂靜，猝然間，出現一大片空間，讓人能移動與重新安排事物，或停止事物。或許這只是事後你希望當初事情能有不同發展，才會這麼認爲。我感覺梅文和湯湯盯著我，兩人即便一邊行動，仍等待著暗示，但我不打算給兩人任何暗示。因爲我要讓事情發生，心裡有股力量拉著我那樣做。梅文用雙手抓住我的桌子，倒翻過來。我的頭啪一聲撞在地上。我躺在地上，閉著雙眼，金星在一片漆黑中飛舞。就在此時，我感覺到其中的神祕了：我讓事情發生了，現在，事情正在發生，即便我不知道是什麼事。

她嚇壞了，我感覺得出來。她跪下來，把手放在我的頭上。我感覺到她的肌膚、手掌、纖細溫暖的手指貼在我的額頭上，而且與那些手指相連的那個身體裡，有股生命力向外湧出。荷麗·法洛，她的手放在我的頭上。這個地方之所以古怪與可怕，就是因爲像手放在頭上這種小事都會變得很重要。

我盡可能等久一點，接著睜開眼，看著她。她也看著我，藍灰色的溫柔眼眸，帶著血絲，透露著憂慮。

「戲演夠了。」她說，「起來。」她去門口見獄警們。

那天課堂提早結束。

1 癌症棒（cancer stick），指香菸。
2 小妖精（fairy），指男同志。
3 指節三明治（knuckle sandwich），用拳頭迎面攻擊之意。
4 許多流浪漢徘徊於包厘街。

第五章

豪爾終於前往鎮上。他離開後，丹尼摸索回去睡覺的房間，找齊衛星接收器的零件，搬過花園，再度回到圓池。他繞著水池，想找出哪個點能讓衛星接收器以最直的距離傳輸訊號到那片優美的橢圓藍天。現在獨自一人，丹尼才注意到陽光清晰熾熱，滿是嗡嗡叫的昆蟲。他還注意到水池附近，草從大理石板的夾縫中往上擠，擠得石板高低不平，看起來像浮在水上。水池旁有個大理石長椅，隔著水池的正對面是一個頭像，嘴巴裡有個乾枯的水龍頭。丹尼發現那是美杜莎[1]，她憤怒的臉孔被大理石蛇包覆著。

此刻水池的臭味並沒有讓他心煩，或許是因爲他將要能打電話了。衛星電話怎麼會影響丹尼的嗅覺呢？有人大概會這麼問。這個嘛，打從搬到紐約後，他住過許多地方，有好地方，也就是別人的地方，也有爛地方，也就是他自己的地方，但全都不曾有家的感覺。很長一段時間，這一直讓丹尼心煩，直到兩個夏天前的某天，他走過華盛頓廣場，一邊用手機跟朋友札克講話，札克當時人在暴風雪侵襲的馬丘比丘[2]。就在那一刻，丹尼頓然領悟自己那一刻就是在家裡。他不是在華盛頓廣場（那裡平常總有不修邊幅的搞笑藝人，待在空無一人的噴泉裡，被成群的觀光客輕蔑地品頭論足），也不是在祕魯（他這輩子從沒去過祕魯），而是同時在這兩個地方。在某處，卻又不完全在該處，對丹尼而言，這就是在家。而且這絕對比住到像樣的公寓來得容易，他只須要手機或網路訊號，或同時擁有兩者，甚至只要心裡盤算要離開所在地，迅速前往他處就可以了。待在一個地方，想著另一個地方，能讓他感覺在家，這就是爲什麼知道即將能打電話，會讓水池的味道似乎變淡，因爲他已經把那味道拋在腦後了。

他選擇美杜莎附近的一個地方，走過去開始架設。丹尼不是什麼工程師，但他能照手冊的說明，完成架設。他先架設實體設備，包括外形像長摺疊傘的衛星接收器、三腳架、鍵盤、電話（又重又粗，像十年前的手機），接著設定程式，每次碰到死胡同就倒退重試，像是國家代碼錯誤、外國接線生、用他不懂的語言說的記錄語音。不過沒關係，他聽見聲音，和某人連上了，這股喜悅，經歷將近七十二小時徹底與世隔絕，讓丹尼帶著微笑一一解決小問題。

一小時後，他輸入紐約語音信箱的密碼。胸膛裡產生碳酸化作用，讓他有點頭暈目眩，每次太久沒確認時間就會出現這樣的症狀。每跳出一則新訊息，丹尼的心就會延伸，彷彿要去抓住什麼，但每次看完訊息內容，他就感到強烈的失望。媽媽留言：「現在你在哪啊？」那個疲憊的聲音他已經習以爲常，不再讓他感到內疚。他用少於兩個英文字標示身分的帳單收費員們也有留言，他把留言刪了。妹妹英格麗也有留言；她是間諜，不然怎麼會她上次到丹尼擔任經理的餐廳，不到二十四小時後，爸媽就發現那間餐廳是「黑幫大巢穴」。妹妹留言說：「只是問問你過得好不好。」才怪。還有十幾個朋友留言，告知有關酒吧、派對、俱樂部的事，全是好消息，卻都不是**那件大事**。丹尼也不知道那件大事是什麼。他只知道在生活中，幾乎一直在期待隨時會發生大事，改變一切，顛覆世界，讓整個人生成爲成就完美的故事，因爲每個轉折、小障礙、錯誤，都可能會引發這樣的大事。出乎意料的事一開始都會讓他以爲就是自己期待的大事，像是他給過電話卻忘了的女孩突然來電、朋友告知賺錢的妙計，更讓他心動的是，他從沒聽過的人**想跟他談談**。丹尼收到這類訊息眞的會頭暈，不過一回電瞭解細節，對方只會談論更多計劃、可能發生的事、策略，最後一切都維持原狀。

丹尼關掉紐約的語音信箱，把來電直接轉到新電話。接著設定新語音信箱，開始撥電話：札克、湯米、阿庫、擊掌、唐納、正午、卡蜜拉、瓦利。他大多只留言，目的是要把新號碼盡量傳到多一點電話裡。完成後，在失聯那麼多小時裡不斷增加的那股壓力便消失了。他實際與別人談話的時間約佔五分之一，談話類似這樣：

丹尼：「嘿，還好吧？」

朋友：「丹尼小子，你回紐約了嗎？」

丹尼：「快了，快了。」

那是騙人的，他連回程票都沒有。不過丹尼知道要在別人的腦子裡待在中心位置，最好裝得好像根本沒離開一樣，不管實際是在多遠之外。他忙著打聽那七十二小時的八卦，同時沉浸在從八卦**附近**漏進來的紐約吵雜聲，這完美平衡了水池、樹林和微弱的嗡嗡聲，讓他感覺在家裡。

他等了半晌才撥瑪莎・穆的辦公室電話號碼。他喜歡先準備一下。

瑪莎說：「雅各生的辦公室，您好。」她的室內電話讓丹尼獲得至今最好的通話品質。丹尼聽到她的沙啞聲音無比深沉柔軟，彷彿她是在丹尼的腦袋裡說話。

他說：「瑪莎。」

她降低音量說：「寶貝，你不在紐約嗎？」

「我在很遠的地方。」

「那些傢伙今天早上又開車來我家，開黑色林肯。我告訴他們你走了。」

「一字不漏地告訴我妳說了什麼。」

「我說：『他走了。馬的，馬上給我滾。』大概是這樣。」

「要是我，就不會對那些傢伙說馬的。」

「來不及了。」

「他們怎麼說？」

「我想是『賤貨』吧。他們早就把車窗捲起。」

丹尼說：「妳當時怕嗎？」他喜歡想像瑪莎害怕的畫面。

瑪莎哼了一聲，說：「如果老娘是二十二歲又金髮，或許會害怕。」

她四十五歲了，是丹尼目前睡過最老的女人。丹尼在提款機排隊時遇見她，接著尾隨她到公車站。一開始丹尼被她的香味吸引，後來發現瑪莎不抹香水，但會把新鮮鼠尾草和內褲放在一起。她的紅髮夾雜許多白髮。三個星期前，她跟丹尼分手，說兩人在一起的畫面不堪入目，但兩人分手後又做了幾次愛。她在床上狂野又淫蕩。當瑪莎說「**滾開，混帳**」，就表示「幹我吧」。

「瑪莎——」

「別說。」

她猜對了，丹尼想說那句話，而且還是說了：「我愛妳。」

「拜託。」

「妳也愛我**啊**。」

「你瘋了。」

丹尼聽見她點菸。她當祕書很久，而且演技很好。當她工作十五年的辦公室禁菸時，她仍我行我素抽菸，直到被炒魷魚，接著利用失業在全球數一數二的菸草公司菲利普莫里斯找到工作。

瑪莎呼了口氣說：「那不是愛，那只是性幻想。」

「愛就**是**這樣**啊**。」

「承認感到無聊吧，丹尼。」

「**對**妳？」

「對這個談話。」

兩人通常最後會談到性愛。丹尼用力磨著牙，忽然想到可以聽著她粗啞的聲音在這裡打手槍，但一看到臭烘烘的水池，性慾就消失殆盡。

丹尼說：「我一點也不覺得無聊，我可以講個不停。」

丹尼愛她。她的臉龐看起來狡詐自負，全身每個部位都有一撮看不見的毛。她讓丹尼以前睡過的女孩變得彷彿可以互相替換；那些女孩都是模特兒或媲美模特兒，都是將成爲模特兒、可能成爲模特兒、希望成爲模特兒、被誤認爲模特兒、自豪不是模特兒之類的女孩，臉蛋有彈性，吃很多爆米花和青椒。每當丹尼滔滔談論賺錢計劃，她們總會恭敬地點頭，但瑪莎有一次卻說：「看你是要浪費大半人生後才發現那是狗屎，還是現在就承認那是狗屎，直接放棄。」

一場奇蹟讓丹尼離開那群相貌相仿的女孩，投入瑪莎的懷抱。

瑪莎說：「膝蓋還好嗎？」

「很痛。」

「有給醫生看嗎？」

「我什麼時候會幹那種事？」

「膝蓋當時發出古怪的啪一聲耶。」

「我不記得有聽到啪一聲。」

「就在那個胖子用手勒住你的頭，另一個傢伙用力踩你的——」

「好，好，不過瑪莎——」

「我要掛斷了。」

「別掛！」

平衡開始傾斜。在家意味同時處於多個對等的地點，就像翹翹板上坐著兩個體重相同的小孩。只處於所在地是不完整，但完全不在所在地（因爲正用手機談的話令你心煩）更是危險至極，就像走在車陣前面。丹尼此時正心煩意亂，開始踱步。

「我四十五歲，奶子下垂了。我還養貓耶，拜託，老天爺啊。而且現在我這年紀的女人做試管嬰兒不會成功，頂多只能找人捐卵子，這表示我永遠不能生孩子，至少沒辦法生自己的孩子。而男人，尤其是年輕的男人，基本上都想傳宗接代。這點你不能反駁，丹尼，因爲這是天性。」

「但是妳不想要孩子！我也不想要孩子！我就喜歡妳不能生小孩，因爲這表示我永遠都不會有小孩。我認爲這是好處！」

「你現在竟然說這種話。」

「不然我什麼時候才能說？我們現在在講話啊。我只有現在！」

「你現在自己也還只是孩子啊。」

丹尼站著不動。這些話他百聽不厭，他等著、盼著，就是要聽這些話。此時聽到瑪莎說這些話，感覺就像被肉叉叉成肉串。丹尼又開始踱步，但腳立時鉤到東西，身體失去平衡。靠，他忘了自己在哪。此刻臭烘烘的水池往上橫目瞪著他，他倒向水池！丹尼雙手朝反方向胡亂揮舞，最後摔到大理石上，左肩承受全部體重的衝擊，痛得流淚。

一個微弱的聲音說：「發生什麼事，丹尼？」是瑪莎的聲音從電話裡傳來，電話掉在幾呎外。丹尼用沒有麻痺的那隻手摸索著電話，黑暗的柏樹牆和藍色的天空在頭上瘋狂轉動。

「發生什麼事？你沒事吧？」她聽起來完全不害怕，但很焦急。不過丹尼痛得高興不起來。

「我沒事。」他氣喘吁吁，汗水扎著腋下和鼠蹊部。他吃力地坐起來。

瑪莎說：「說話啊，是膝蓋痛嗎？」

她關心丹尼，顯而易見。丹尼一直發現這點，就在他沒指望的時候，就在他已經放棄瑪莎的時候。不過等到他一想通，瑪莎又會讓他忘光。此時，丹尼瞬間覺得眼前一片清晰，一切多餘的事物彷彿消失，只看見眞正存在的事物。他看見自己和瑪莎在一起，感覺祥和。接著電話漸漸斷線，丹尼盯住某個東西，一開始沒領會過來，後來才看明白。噢，靠，他看明白了，衛星接收器在黑色的水池裡往下沉。

丹尼大喊：「不！」

他跳起來，衝向沉入水裡一半的衛星接收器。肯定是他絆到時踢進去，不然難道他絆到的，就是衛星接收器嗎？衛星接收器離池邊太遠，丹尼無法抓住拉回來，於是他平趴在大理石上，上身打直，全力向外伸到水池上，屁股繃緊，雙手各用兩根手指抓住衛星接收器邊緣小心拉回來，試圖不要彎腰把頭浸到水裡。就在此時，他聞到味道。噢，天啊，臭死了。那不是腐爛的味道，而是腐爛後的味道，是一種發霉的空虛味；那味道就像變味的花粉、口臭、幾年沒開過的舊冰箱、發臭的蛋、某種毛織品溼掉、丹尼六歲養的貓波利的胎膜、牙醫第一次鑽開他那發痛的牙、白蒂姑婆吃得肝醬流到下巴的那間療養院、學校附近橋下有許多應該是人拉的大便的那個地方、媽媽的浴室水槽下的垃圾桶、第一次走入學校餐廳。丹尼趴在水池上時，曾經讓他感到一絲噁心的每種味道都撲面而來，那些味道都曾讓他短暫覺得（但後來都又忘了）正常生活很輕薄脆弱，就像一個輕薄的東西在另一個截然不同而且又大又怪又暗的東西上面延展。

丹尼閉上眼，努力用嘴巴呼吸，緥緊背部的所有肌肉，直到發抖，把上半身打得直挺挺，想把長長的手指當筷子用，夾起衛星接收器。但池水把衛星接收器吸住，不肯放開。丹尼必須把雙手、頭、全身都探入水裡，必須跳入水裡，才能取回衛星接收器。但他辦不到，那股味道告訴他別跳。「**別跳。**」那股味道說，「**走開。發出這種味道的東西會弄死你。**」

因此丹尼沒有探到水裡，沒有碰水。接著衛星接收器消失了。

他小心翼翼把身體挪回大理石上，渾身發抖，掛著鼻涕。他找到手機撿起來，心想或許幸運或奇蹟出現，抑或像因爲沒繳費而被斷線之前電信公司會給的寬限期，瑪莎可能還在線上。沒有，一片死寂，不是開放線路那種像在隧道裡的死寂，而是無聲的聲音，相較之下，開放線路的那種死寂，就像天使在天堂歌唱的聲音。那支手機成了一個虛有其表的物體，無法引發任何事，無法聯絡任何地方與任何人。

丹尼說：「噢，天啊！不！我不能——不！怎麼——不！——饒了——不！」

一般人在無法接受剛剛發生的事時，會做沒有用的事，他都做了：彎腰蹲下，跳來跳去、繞圈圈，用拳頭打頭，用靴子猛力踩草，用多年沒施展的甩臂技術把電話丟到柏樹牆裡。每個動作都是丹尼在回答腦中閃過的新念頭：一千五百美元的押金沒了；信用破產了；無法聯絡瑪莎．穆了；紐約的語音信箱會把來電轉到無法使用的號碼；無法收發電子郵件；被困在鳥不生蛋、雞不拉屎的地方，通訊被切斷，他和多數人一樣，需要通訊才能移動或生活。各位或許會問：「爲什麼他那麼需要通訊？他又不是經營通用汽車公司。」這倒是眞的：丹尼現在沒什麼事要忙，也沒有確定即將到手的工作，但說不定很快就會出現機會。他現在就在想那些機會。

最後丹尼冷靜下來，開始找手機。他在柏樹牆裡尋找，把夾克的線都扯開了，把小肥鳥嚇得吱吱飛上天，時間過越久，他就覺得那個沉重的塑膠物越發寶貴，就像遺物，純粹想存留。最後終於找到了，卡在兩根樹枝之間。丹尼突然好想哭，忍不住再次把手機拿到耳邊。

一個聲音說：「放棄吧。我們這邊收不到訊號的。」

是褓母諾拉，通過柏樹牆的通道，朝水池走來。雖然不確定是否眞是諾拉，但看到人，丹尼高興極了。他把手機塞進口袋。

諾拉說：「不是故意要嚇你。」

「我看起來像被嚇到嗎？」

「是啊。」她走到池邊，坐在美杜莎頭像對面的大理石長椅。丹尼跟過去，諾拉要給他一根駱駝牌香菸，但他不拿。他覺得脆弱，諾拉不可能看得出來。知道諾拉看不出來，讓丹尼一、兩分鐘後開始覺得沒那麼脆弱，再過一、兩分鐘後，又從感覺沒那麼脆弱漸漸變得感覺堅強些。雖然我說幾分鐘，其實不是幾分鐘，是幾秒鐘，甚至只是一秒。由於時間極短，因此丹尼只注意到突然感覺好些。

諾拉問：「時差症還好嗎？」

「時好時壞。」

她深吸一口菸。她抽起菸，看起來像吃東西，手不再發抖，或許吃過藥了，或許菸就是藥。

她穿著軍褲、綁鞋帶的黑靴子、有褶邊的白色短上衣，讓丹尼能清楚看見她那不大不小的胸部。

「我得說，妳看起來不像褓母。」

「拜託，我是幼兒照護專家。」

「那是碩士學位嗎？」

她笑說：「博士，我的論文主題是《歡樂滿人間》[3]。」

丹尼說：「那把雨傘暗示陽具崇拜？」[4]他不知道自己從哪聽來這句話，只是脫口而出，逗得諾拉露出微笑。這讓已開始感覺好轉的丹尼更加舒坦，心情達到愉悅的最低標準。

「未婚看護人員暗示女權主義。」

「我差點相信妳。」

「別那麼容易相信人。」

「怎麼說？妳說謊嗎？」

她把抽了一半的菸彈到池裡，菸漂浮一下便沉下去。她說：「我不喜歡事實。」

「我不喜歡名詞，或動詞。形容詞最糟。」

「不，副詞才是最糟的。他爽朗地說。她滿懷希望地想。」

「她無助地悲嘆。」

「他僵硬地奔跑。」

「妳是因爲這樣才來這裡嗎？想逃離紐約的所有副詞？」

「誰說我從紐約來？」

「不是嗎？」

諾拉把頭側彎，說：「你的短期記憶有問題嗎？」

「噢，對了，妳不喜歡談事實。」

「總之，根本沒辦法逃離副詞。副詞到處蔓延。」

「她焦急地招認。」

「副詞存在我們的腦袋裡。」

「她悲痛欲絕地哭泣。」

「希望你不是眞的那樣寫作。」

「我不會寫作。」

「我很會寫作。」

「她自鳴得意地說。」

「不是自鳴得意地，是實實在在地。」

「嘿，妳爲了自誇，打破原則。」

諾拉又點了根菸。丹尼覺得自己贏了。不管你認爲他和諾拉剛剛在做的事是什麼，對話，或鬥嘴，丹尼感覺那就像用靜脈注射注入歡樂。他覺得和諾拉相連，這讓他的問題似乎也成了諾拉的問題，這表示如果衛星接收器剛剛沉入滿是臭水的水池，沒有讓諾拉心煩，或許代表那是不值得大驚小怪的事，甚至根本沒發生。丹尼沒有把這一切想透澈，只是覺得好一點了，因此，假設他之前是達到了第一級快樂，那現在就是跳到第三級。而且因爲他最近覺得很糟，其實是亂七八糟，所以從第一級快樂跳到第三級，就像搭電梯迅速經過許多樓層到頂樓，使得胃往上撞向肺。

丹尼問：「所以，妳喜歡幫豪爾工作嗎？」

「豪爾是天才。」

「她……諷刺地說？」

「豪爾是不能拿來諷刺的。這是他了不起的地方。」

「妳在說笑吧？」

「我不會拿豪爾說笑，說眞的。」

丹尼盯著她，仍然無法置信。「妳完全相信他那套想像力和想像力池的屁話？」

「他告訴你多少？」

「足以知道注定失敗。沒有電話？拜託。」

諾拉正眼看著丹尼的臉，或許這是第一次。「你一直在忌妒他嗎？」

丹尼啞口無言。

「我不是在指責你。」

丹尼說：「喂，等等。我們……倒帶一下。」他突然難以言語。「我——我眞希望妳看過他在高中的樣子。」

「高中？你不覺那是陳年往事嗎？」

丹尼本想叫她滾，最後只緩緩吸口氣。「所以這像是一種教派嗎？豪爾是你們的領袖嗎？」

「滾。」

「我剛剛就想叫妳滾，但我沒說。」

「危險地活著，丹尼。」

「滾。」

「幹得好。」

「這是吵架嗎？我們是在吵架嗎？」

「我們沒辦法吵架，因爲我們互不相識。」

「那妳說這次談話是什麼？」

諾拉站起身。「瞭解我們之間的隔閡。」

「沒有隔閡啊。我們簡直心靈相通。」

「現在你嚇到我了。」

「我對妳一見如故。」

「我知道你的意思，但那是錯覺。」

她走向柏樹牆，像要離開。丹尼感覺內臟刺痛了一下，好像吞下一根釘書針。他不想獨處。

丹尼說：「她含糊其辭地說：『那是錯覺。』」

諾拉說：「她坦白地說。」

「才怪。不祥地。」

「你很偏執。冷漠地。」

「冷酷地？」

「不是冷酷地。」

「至少不是熱情地。」

「其實是憐憫地。」

「眞的？」

諾拉說：「我得走了。」接著便離開。

諾拉離開約莫五分鐘後，太陽也消失了，落到樹林後頭。太陽一消失，水池和附近的景物全變得黯淡，變化甚鉅，彷彿日蝕。不只光線改變，心情也變了：心情變得陰鬱。不只因爲一切事物突然被陰影籠罩，不是因爲橢圓的藍天看起來又小又遠，也不是因爲水池變得更黑，昆蟲變得安靜，丹尼感覺皮膚和頭髮不再溫暖，而是因爲這個地方的氣氛……變得陰鬱。丹尼坐在剛剛諾拉坐的長椅上，雙肘靠著雙膝，拳頭頂著下巴，往上看。塔樓矗立在樹林上方，在橘色陽光下顯得模糊。丹尼好希望能到上面，從那扇窗戶往下看。

在其中一扇窗裡——是嗎?丹尼坐直身體，揉揉眼睛，認爲又看到那個女孩了。沒錯!在這麼遠的距離，丹尼無法看清她，但那確實是她，陽光照在臉上，金髮發出光澤。接著她移開了。

此刻丹尼因爲倒時差覺得好難受，至少他是這麼認爲。但其實讓他難受的不只是倒時差，還有過去半小時他失去的東西：

1 衛星接收器
2 女友
3 與城堡以外的人的聯繫
4 第三級快樂
5 與諾拉的連結
6 在這個古怪的地方感覺到在家的機會
7 個人信用
8 太陽

這一切讓丹尼感覺像腳被砍斷，導致他甚至沒體力坐在沒椅背的長椅上，至少沒辦法維持坐姿。他趴到大理石上，頭放在雙臂上，看著水，沒有被浮垢覆蓋的部分，映照出樹林和蒼穹的溼黑倒影。蟲子用長著毛的腳點水。丹尼趴在那裡出神，漸漸打起盹。就在此時，水池起了漣漪，好像有東西落水，他在水面的倒影看見有動靜。他躺在那裡，不想動，要等剛剛動的東西主動來到眼前。卻沒有人走到他眼前或打招呼，於是他趕緊坐起來，看向水池對面剛剛出現動靜的地方，就在美杜莎頭像旁，但那裡沒人。什麼都沒有。丹尼用目光慢慢掃視柏樹牆，尋找有沒有人躲在後面或裡面。當他看向反方向時，動靜又出現了，隔著水池的正對面有東西迅速動了一下。接著水動了，彷彿有個龐然大物落入水裡，或要從水底竄出。

「幹，那是什麼啊？」

在丹尼的內臟某處，蟲醒來開始伸展。誰在搞他？他站起來，極其緩慢地轉身，三百六十度，不只看著四周的那圈柏樹牆，更專心聆聽有沒有吱嘎聲、劈啪聲、腳步聲。風變大，枯葉沙沙飛過大理石，落入水池，停在浮垢上，片刻後才開始下沉。但是沒有人聲。

接著，丹尼看著美杜莎頭像附近時，不是直視，又從眼角看見了。是兩個像人的形狀或人影，就在池邊附近。他們一開始是分開的，後來合爲一，抑或是其中一個消失。他們不是眞人，是頭昏眼花造成的，就像吃迷幻藥時，會看見揮動的手指出現殘影。

丹尼繞過水池，走到美杜莎頭像，站著聆聽，他知道沒人在搞他，是他在搞自己。始終令丹尼驚奇的是，缺乏睡眠竟然像極了嗑藥的恍惚感，唯一的重要差異是疲憊一點也不好玩。丹尼感覺糟透了，雙膝無力，渾身是汗，卻又覺得冷。除此之外，還感到刺痛，從手臂、脖子後側，一直到頭皮，因此他感覺到頭髮豎起來。在紐約街頭，要是感覺到這種刺痛，丹尼就會坐到門階上或靠著牆，打開筆記型電腦，因爲十次有九次，不應該是二十次有十九次，甚至一百次有九十九次，表示他接收到無線網路訊號。那是感應空氣的能力，是一種潛在技能。丹尼此刻又感應到訊號了。深怕擾亂訊號，或移出收訊範圍，他小心翼翼地從口袋拿出手機，撥給瑪莎，腦袋裡出現像祈禱的聲音。丹尼覺得外面的世界就像義肢，重新接上會刺痛、發癢、疼痛。但電話只是搜尋著，不停搜尋。丹尼一邊等，一邊想，或祈禱，也許最後會搜尋到結果，或許能在這片空白中找到缺口。他等待著，看著手機，直到絕望。失落感再度襲遍全身，不過這次他沒有大叫或亂踢，只是無法相信，極度渴望某種東西，竟然無法用渴望的力量讓它出現，無法讓它回來。

「死亡就是那樣。」丹尼心想，「想跟人說話卻沒辦法。」

他收起手機，擦擦臉，揉揉眼，用手指順順頭髮。他想離開，離開黑暗的水池，離開刺痛，離開一切。

丹尼爬過柏樹牆，進入花園。花園像蓋子一樣罩在他上方，花園下面宛如夜晚。他絆到樹根，難以避免地摔倒。他讓眼睛調適後再繼續前進，但不是朝城堡前進，是朝塔樓前進。

---

1 希臘神話中的女妖，頭髮被雅典娜變爲毒蛇。直視美杜莎雙眼的人，會化爲石像。

2 位於祕魯。

3 原爲小說，後來改編爲電影與舞臺劇，主角爲神仙褓母 Mary Poppins，幫助一個家庭度過難關、重拾歡樂。

4 指神仙褓母攜帶的那把傘。

第六章

接近時，丹尼又看到那個女孩。此時接近日落，在石砌高塔的頂部，光線變成粉紅色。她站在一扇尖形窗內，若從夠遠的地方看，她看起來就像金髮美女一樣美。

五十呎外的男爵夫人就是那樣。

再走近，丹尼發現她不是女孩，是女人，意思是說她和丹尼是不同年齡層，和丹尼同年齡層的女性叫女孩。她看起來像丹尼年輕時（換句話說，就是現在這個年紀）的朋友的媽媽。她穿著藍綠色無袖洋裝，手臂又長又白，靠近肩膀的部分有點柔嫩；金髮從頭上向下垂擺，看起來有經過設計。她揮著手，這是最棒的部分，表示她在邀丹尼進去。

三十呎外的男爵夫人就是那樣。

無法明顯看出如何進入塔樓，底部沒有門，只有一條窄石梯，繞著塔的外部，沒有圍欄。丹尼爬出樹林時，風變大。風力迅速增強，宛如飛機飛到雲端上。除此之外，還可以看見日落景緻，宛如被火燜煮的粉紅色太陽，懸在水平線上。

階梯一直順著塔樓的外側繞，最後丹尼走到一扇有雕飾的門。打開後，進入一處漆黑的小空間，裡面有往上與往下的石階，瀰漫塵土和止水的味道。正前方有另一扇門，又重又厚，彷彿是幾世紀前留下來的。丹尼推開那扇門，走進方形房間，滿是厚重的窗簾和點亮的蠟燭，大片金色，到處都有金色，房間看起來像某個國王的奢華寢室。走在裡面，丹尼感到一股激動之情湧上心頭，雙腳彷彿騰空。

有四扇窗，每道牆中間一扇，在其中一扇窗前，那個女人正站在椅子上。她身旁全是日落餘輝，很難看清楚她，但丹尼看得出來她比想像中還老。有些她的容貌特徵，丹尼原以為是天生，結果竟然是靠化妝畫出來；或許很久以前，在她還是丹尼在外面以為的年紀時，確實曾經擁有那樣的容貌。

「這個窗簾我弄不好。」她的聲音像男人，而且像吸菸過量，經常吼叫，來自外國，或許是德國吧。丹尼從來就不善於判斷口音。

十五呎外的男爵夫人就是那樣。

丹尼每走近一步，男爵夫人就變得更老一些，金髮變白，皮膚彷彿液化，洋裝的腹部先凸起來再下垂，像一朵花凋謝的縮時攝影畫面。走到她身旁時，丹尼無法相信她是站著。但她確實是，還穿著高跟鞋，奮力弄著窗簾桿。

兩呎外的男爵夫人就是那樣。

丹尼說：「嘿，小心！」要是窗戶突然打開，她會像花盆一樣掉下去。

男爵夫人咯咯笑說：「我比你想的還強壯啦。你很高，我想你不用椅子就能修好這個。」

丹尼扶她下來。碰到她的手，觸感令丹尼大吃一驚，活像柔軟的皮囊包覆著會游移的細枝和金屬線；他從沒摸過那麼柔軟的皮膚，好像兔子的耳朵，或兔子的肚子，或兔子某個更柔軟的部位。她的黑色眼珠眼神凶惡，嘴唇長而豐潤，對老女人而言，這很稀罕。她的額頭很高，下巴有個凹窩，濃密的白髮裡還有些微淡黃色。她走起路來急躁、不耐煩，好像要擺脫討厭的人。她的衣袖很長，原來，丹尼只看得見她的手掌和手背。

丹尼不需要椅子。他看著窗簾桿，發現支撐桿子的托架根本沒固定在牆上，老舊的螺釘鬆脫到洞外。丹尼雖然不善於居家維修，但能修好這個。

丹尼問：「有螺絲起子和錘子嗎？」

「當然沒有，你應該帶需要的工具啊。」

丹尼轉向她。**幹，什麼跟什麼啊**？他差點說出口。

男爵夫人說：「哪有維修工不帶工具。」

丹尼比她高至少一呎，把身體挺得直直的，低頭看。男爵夫人的雙眼也回看他，好像兩枝標槍。

「妳覺得我看起來像維修工？」

男爵夫人說：「在我看來，每個人都像維修工。」說完便笑了起來；笑聲聽起來濃稠，好像可以繼續笑下去，抑或會突然變成咳嗽。丹尼懂了：她在扮演自己，某個**角色**。丹尼喜歡這種人，因為他們差不多已經告訴你，他們要你怎麼反應，而他們也喜歡丹尼，因為丹尼會配合他們。

丹尼說：「如果有和維修工相反的角色，我就演。」

男爵夫人伸出柔嫩削瘦的手，丹尼緊張地再度碰觸，沒有握緊，沒有搖晃，只是握一下，好像他發現那是快斷氣的脆弱生物。他納悶男爵夫人的全身肌膚是否都這麼柔嫩，這個想法讓他感到有點噁心。

「我是奧斯布林克男爵夫人。這座城堡是我的，還有城堡周遭四面八方的土地，只要你觸目能及，也都是我的。」她向窗外瞥了一眼，日落餘輝在黑色樹林上延伸數哩。

「包括那座小鎮？」他配合表演。

「當然包括小鎮，數百年來小鎮和城堡都互相協助。你叫什麼名字？」

「丹尼，丹尼・金。豪爾・金的堂哥。他瘋狂地認為自己擁有這個地方。」

「哼，他付錢買下，現在住在我家。美國人的作風。」

「對此，妳知道什麼？」

男爵夫人瞇起眼睛。「我嫁給一個美國人四十三年。錢德樂。」她粗厲地大聲說出這個名字，因而咳嗽了起來。接著強忍住咳嗽，說：「他是頂尖的高爾夫球選手。」

「錢德樂，錢德樂……」丹尼喃喃唸著這個名字，像在回想是否聽過，不過這完全是演戲。用不到一秒，他就能判斷出以前是否聽過某個名字。他從沒聽過錢德樂。

從頭到尾兩人都站在窗旁，丹尼可以看見城堡建築的邊緣在左邊，窗內透出燈光。

「妳和錢德樂過去住美國嗎？」

「住過。先生在世的四十三年，我們偶爾會住美國。我的孩子們現在都住美國，住在土桑（Tucson）、蓋恩斯維爾（Gainesville）、亞特蘭大（Atlanta）。他們的美國味比你更濃。我的兒子們夏天都穿短褲。你絕對不會看到歐洲男人穿短褲，絕對不會！男人的腿那樣外露，眞……眞是低級得可憐。」

「我就看過很多歐洲男人穿短褲。」

「顯然那些不是眞正的男人。」

「這話是什麼意思？」

男爵夫人微笑。「來，坐。」她用一根手指指向角落壁爐旁的兩張軟椅子，示意丹尼坐下。壁爐佔據了這間小房間相當大的空間，裡頭有兩根木頭在燃燒。丹尼坐下，灰塵和一股老人的體味飄到身邊。男爵夫人身體前傾，雙肘靠在形狀明顯的膝蓋骨上，雙眼打量著丹尼的臉，說：「你是同性戀。」但說成**同性念**。

「怎麼說？」

「你化妝。」

「哦。」他笑了起來。「那只是造型啦。」

「別人不會因爲你化妝而以爲你是同性戀嗎？」

「我想有些人會吧。」

「正常人不會認同男人化妝。」

「正常人是指錢德樂嗎？」不知為何，他就喜歡說這個名字。

「錢德樂不喜歡同性戀，但他隱藏得滴水不漏。他是紳士。你不會懂紳士是什麼意思。」

「妳說得對，我確實不懂。」

「美國沒有紳士。」

「其實，我認為在美國，同性戀是紳士。」

男爵夫人微笑，美麗的嘴巴張了開來，年輕時肯定令人神魂顛倒。這讓丹尼打了個古怪的寒顫，因為想像那個畫面時，簡直就像真的看見。

「你很有自信，肯定有所成就。」

「正在努力。」

「哦，那或許你很愚笨。」

「妳跟我爸肯定會有很多話可聊。」

「這我就不敢肯定了。」

丹尼看看手錶。他一直覺得該離開，但想起除了回城堡，無處可去，這讓他覺得像被拋棄。看到這位老婦坐在身旁，他感到一絲慰藉。男爵夫人坐得直挺挺，脊椎活像根竿子，盯著他。

丹尼問：「妳說城堡是妳的，這話是什麼意思？」

「我的意思是我出生於此，每個櫥櫃、抽屜、石塊、廳堂、門，我都瞭如指掌。在我這一代之前，奧斯布林克家族有八十代，我身上現在流著他們的血。他們蓋了這座城堡，在裡頭生活、戰鬥、死亡。現在他們的軀體化爲塵土，成了土壤與樹林，甚至成了我們此刻呼吸的空氣。我是他們每個人，他們在我身體裡，他們是我，我們彼此無法分離。」

「妳在這裡出生？」

「我剛剛有說清楚了，不是嗎？」

「是，我只是……」他訝異豪爾竟然沒提此事。「所以妳知道這一切——以前的模樣囉？」

「不是像現在這樣慘不忍睹的斷垣殘壁，這點我敢說。以前這裡很美麗，很完美。」

「那些美麗的歲月都過了，妳還回來？」

「我自然要回來。錢德樂去世後，我回來是理所當然。」

「妳——呃——某天就突然出現嗎？」

「是啊，跟工人一起來。城堡被遺棄了，我找了一群工人來整修。幾年後，德國人要來蓋飯店，要我離開。我告訴他們，我絕不會離開這個地方，我**就是**這個地方，我是九百年來住過這裡的每個人，我不只擁有這個地方，我就是這個地方。」

這個想法讓丹尼陷入深思，所有世代啊。有時他甚至難以相信，從在紐約的第一天到今日此刻，是由一個個日子串聯起來，那麼多年竟然能如此緩慢地度過，一天天度過。但那段時間跟男爵夫人所說的時間相比，卻又微不足道。數個世紀啊！他想到就不寒而慄。

「德國人幹了什麼事？」

「唉，當然是設法趕我走，寄傳票之類的蠢事，他們全幹過，還報警。我不讓他們進來，怕他們把我拖進森林裡割喉嚨。但我從那扇窗對他們說話，就是那一扇。」

她從躺椅上起身，蹣跚而行。丹尼跟她走到另一扇窗。男爵夫人拉開窗閂，推開窗。

「你看外面。」她說。丹尼把上身探到窗外。燃盡的落日在天空下側留下一處橘色。花園看起來像一片黑海，在塔樓底部波濤洶湧，散發著腐臭味和甜味，但又夾雜著風從某處吹來的一股清新味道。窗旁，在塔樓的外牆上，有條白色繩子綁著鉤子，沿著塔下垂，消失在樹林裡。

丹尼回頭大聲問：「那條繩子做什麼用？」

「繩底綁著一個籃子。有人會從鎮裡來，帶食物和我需要的東西給我。年長的鎮民還記得我的家族，我把需要的東西寫在籃子裡，下次他們就會帶來。」

收身進入窗裡後，丹尼感覺好像洗過臉一樣。「所以妳是從上頭這裡跟德國人講話囉？」

「他們成群站在那些樹下。我對他們說——」她先把頭伸出窗外，接著把整個上身探出去，就在丹尼沒注意時，她對著黑夜大叫，「——**我還是男爵夫人。或許這對你們沒意義，卻是眞的。這個頭銜是眞的，傳承了數百年歷史。**」

男爵夫人的腳掌沒碰觸地板，雙腳因為聲嘶力竭大喊而翹起，鞋子懸在削瘦的腳跟上。丹尼走近，準備在她的身體開始傾斜時抓住臀部。

男爵夫人嘶啞地說：「我告訴他們：『**你們對付的不是一個老太婆，你們對付的是成就過我**

的每個人，包括歷代國王和伯爵、查理大帝、征服者威廉一世、斐迪南國王、路易十四——』」她倏地轉頭看丹尼。丹尼嚇得往後跳，不想要她看見自己站得那麼近。「——當然這對你毫無意義，因爲美國根本沒有貴族，你們全是雜種。在你們家的櫥櫃裡，最老舊的東西是一九五五年的網球拍，而我的地下室裡卻有第十三世紀的石棺。不過任何一個歐洲人都瞭解這些事。我的重點就是我的地位高於他們。」

丹尼無法壓抑臉上的微笑。不只因爲男爵夫人是怪人（他喜歡怪人），也因爲男爵夫人說的話影響他，使他滿腦子都是國王、騎士、騎馬打仗的人。丹尼以前一直覺得那些事物是虛構的，彷彿只存在於書本或遊戲裡。但這個女人卻透過許多年、日、時、分構成的一條細鏈，與那些事物相連。這讓丹尼感到興奮，那種感覺就像饑餓，是**身體上的感覺**。他必須知道更多，必須讓男爵夫人繼續說。

「德國人做了什麼？只是站在下面聽妳咆哮？」

男爵夫人把身體拉回窗裡，脖子上的血管強烈搏動。「淑女才不會咆哮，我那時說話既清楚又冷靜。」

「有用嗎？」

「我呸。他們展開愚蠢的翻新工程，希望完工前我就會歸天，結果我比他們還長命。」那充滿黏液與唾液的笑聲，又從男爵夫人的體內深處緩緩發出，彷彿不是從她體內發出，彷彿是從她下面、從塔樓發出。她走回壁爐坐下，剛剛的咆哮使她渾身發抖。丹尼站在她的椅子旁。

「眞奇怪，他們竟然沒有直接進來這裡趕走妳。」

「趕走我？」因爲震驚與憤怒，男爵夫人表情嚴重扭曲，丹尼擔心她是不是要中風了。她搖搖晃晃站起身，喉嚨因爲剛剛在窗外大叫而刺痛，因此用粗啞的嗓音說：「塔樓是城堡裡最高、最堅固的建築，城牆被破時，所有人都會逃到塔樓。這座塔樓九百年未曾失守，你竟然問爲什麼他們沒趕走我？」

「好，好。」

「如果他們笨得膽敢那樣做，他們爬樓梯時，我就用滾燙的油淋他們的頭。我手邊隨時準備一桶油，就是要對付那種情況。此外，我也有調配希臘火的原料，碰到希臘火的人絕對會被燒成重傷。現今史學家仍在爭論希臘火的配方，但我有父親傳下來的配方。父親是向我的曾曾祖父取得，而曾曾曾祖父是向他的叔公取得，就是這樣代代相傳。」

「我懂了。」

「我也有武器。更不用說，有數把劍、一把長弓、一把弩弓，甚至還有一隻貓，外行人稱之爲破城槌。當然還有數把左輪手槍。你儘管告訴你堂弟吧。」

「我堂弟？」丹尼一開始聽不懂，他把豪爾忘得一乾二淨了。接著裝傻說：「他也要妳離開這裡嗎？」

「肯定是那樣，不是嗎？」她露出奸笑，「不過你堂弟比那些德國人聰明。他知道我派得上用場。」她坐回椅子上。

「派得上什麼用場？」

「哼，城堡最初的深牢在這座塔樓底下，有個房間擺滿刑具。想像一下，要是他能向旅客展示那些會怎樣？但他不知道從何找起。除此之外，還有數以千計像那樣的東西，像是地道與通道，這座城堡底下與附近有一整座城市，那些東西你堂弟找一百年也找不到。如果我走了，他就會失去那一切，世世代代的知識與祕密就會消失，再也找不回來。」

她的聲音變了，向外傳遞，呼喚著別人。她是在跟豪爾說話，不是丹尼。這讓丹尼感覺堂弟就在房裡，倚著幽暗的牆壁，站在舊畫和用布蓋起來的傢俱旁。

丹尼說：「聽起來妳和豪爾需要協商一下。」

「你不是爲此而來的嗎？」

「我？不是啦。我——我只是路過，看到妳在……」

不過丹尼已經變得不確定。他爲什麼來塔樓？

男爵夫人身體往前傾，兩人的臉相距只有幾吋。她把重心放在腳跟上，身子搖搖擺擺。丹尼害怕她呼吸的氣味，不過聞到後發現竟然乾乾的，帶點甜味。

她說：「你堂弟和我沒什麼好商量，牌全是我的，你儘管告訴他。」

她對著丹尼微笑。這個又老又醜又瘦的老太婆，孤獨、虛弱，如果她以爲自己一個人使得動破城槌，那肯定也瘋了。不管怎麼看，她都是手無縛雞之力，卻自認爲強壯，而且似乎因爲這樣而眞的變強壯。這讓丹尼驚訝不已，他以前從沒見過這樣的情況。

「妳一定想要什麼，每個人都是這樣。」

「我要的東西，你堂弟沒辦法給我，否則我早就提出要求，這點你不用懷疑。現在，我們把工作擺一旁，去喝杯葡萄酒吧？」

「好啊。」丹尼興高采烈，好久沒有這種感覺了。

他說要幫忙拿葡萄酒，但男爵夫人說不用。丹尼聽到她尖尖的鞋跟叩叩踩在石階上。丹尼添了一根木材到火裡，等待時，一個關於豪爾和男爵夫人的想法逐漸萌生，片刻後他才知道是什麼想法。他想到一個問題：他的工作，也就是豪爾從千里之外把他請來的原因，是不是要趕走男爵夫人？一想到這個問題，丹尼就確定答案是肯定的。

晚餐鈴聲肯定響過，但他沒聽見。外面天空變黑了。男爵夫人離開好久。丹尼猛然想到，她會不會不回來，即便眞是如此，似乎也不算特別奇怪。

焦躁不安的他離開椅子，開始到房間邊緣窺視傢俱布下方。有一架大鍵琴，一個龐然大物，上頭約有一百個象牙抽屜，一面金色邊框的鏡子，一幅畫，但他無法看清楚，於是打開口袋型手電筒，把光束瞄準那幅油畫。畫裡有一個男孩和一個女孩，灰白的皮膚，褐色的眼睛，面容極其神似，活像同一個孩子穿不同服裝。兩人的耳垂附近有深色的捲髮。男孩穿短褲和紫色天鵝絨外套，倚著樹幹；女孩穿著同樣紫色天鵝絨材質的洋裝，站在他身旁，一手搭著男孩的脖子。此時男爵夫人來了，站到丹尼身旁，用力呼吸。

男爵夫人說：「我們一開始以爲兩人離家出走，最後池水流乾後，發現兩人躺在池底，抱在一起。故事就是這樣。」

這一切聽起來好耳熟，在哪聽過呢？丹尼旋即想起來，那就是溺斃在水池裡的龍鳳胎。她剛剛是說**我們**。丹尼轉向男爵夫人，看見她的嘴巴跟龍鳳胎的嘴巴好像，長而豐潤的雙唇，在兩人的小臉上和在她的老臉上一樣，看起來都是那麼突兀。她一定是兩人的姊妹。

「他們年紀比妳大嗎？」

「大四歲。」她看似疲憊。「她是個鬥士。」丹尼暗忖，「但沒敵人可打時，她就失去了生氣。」

丹尼注視著畫，難以確定兩人的確切位置。兩人好像緩慢移動著，慢得無法看見兩人在移動，但他把光束移開兩人身上再移回去後，卻又發現兩人確實移動了。

「來吧，我斟了葡萄酒。」在那裡，壁爐前的搪瓷桌上，有罐酒瓶看起來像剛從墳裡挖出來。「從父親的酒窖拿的。」男爵夫人說，「酒窖仍完好無損，和以前一模一樣，而且只有我知道在哪。」

「我還是不喝好了。」

「喝。」她說完便笑起來。

丹尼也笑起來，不過是對著酒瓶笑。一八九八年份的勃根地！他不是葡萄酒專家，接觸過不少葡萄酒，知道一八九八年份的勃根地就像一九六〇年擺到現在的牛排，雖然隱約記得有腐臭味，其實幾乎忘了是什麼味道。

不過玻璃杯裡有種看起來像葡萄酒的東西，丹尼撈出來聞，是黴菌和溼木頭。玻璃杯薄薄的，手工吹製，杯底附近有彩色泡泡。丹尼喝了一口。味道怪極了，腐臭味夾雜還沒被腐臭味汙染的某種清甜味。他迅速喝光，急忙喝下那股清甜味，以防被腐臭味消去。須臾後，他又斟了些，也幫男爵夫人斟。他又喝掉，擔心美味消失。不過還在。丹尼必須強迫自己別一口氣喝光。

丹尼問：「有人攻擊過這座塔樓嗎？比方說用武器。」

「當然有，很多次，最浩大的一次是韃靼人。史學家說韃靼人[1]不曾渡過維斯杜拉河[2]。根本是痴人說夢。曾經有一群韃靼人騎著白馬包圍我們的城堡，他們的工兵在地底下放火，燒倒東牆。韃靼人湧入城牆後，我們把自己鎖在這座塔樓，給養足以維持八個月。我的祖先巴提・哈格多恩，把一處祕密要塞的騎士從地下坑道帶到城牆內，切斷韃靼人的補給線，把他們困在城裡，二十四天後他們就完蛋了。」

她看著丹尼，兩眼炯炯有光。葡萄酒沒了，兩人喝光了。男爵夫人坐在軟椅上，身子向後靠，金白相間的頭髮披散在天鵝絨靠墊上，說：「這就是爲什麼在塔樓裡我覺得安全無比，瞭解嗎？」

「瞭解。」他眞正瞭解到的是，男爵夫人宛如磁場，左右他的想法。

只有在丹尼站起身時，酒力才會猛烈衝擊。他覺得怪怪的。瞧，我這裡有個問題，因爲我一直說**丹尼覺得怪怪的**。不過**丹尼確實覺得怪怪的**。那這股古怪感和他之前感覺到的各種古怪感有何不同？**這個嘛**，不同之處就是，其餘的古怪感一點也不平靜、不舒服，這股古怪感**卻是**既平靜又舒服。丹尼覺得既平靜又舒服，但也像在睡覺，至少沒有醒著。他的腦袋被切離身軀，身軀已經離開椅子，跟著男爵夫人走向門。

丹尼問：「我們要去哪？」他聽見自己的聲音，但卻不知道自己說了那些話。

「你要求看塔頂的，不是嗎？」

打從那一晚從城牆上看到塔頂，丹尼就一直想上去。但他有告訴過男爵夫人嗎？他跟著男爵夫人走出那道重門。男爵夫人開始爬丹尼一進入塔樓就看到的窄階梯，丹尼跟在後頭。兩人經過一扇又一扇的門，感覺已經爬到高過塔樓的高度。兩人爬得越高，階梯就變得越窄，後來丹尼的肩膀碰到了兩側的牆，最後他甚至得側身才能通過，活像被擠壓在肌肉與皮膚之間。男爵夫人不斷停下來喘氣，丹尼聽到空氣進出她胸部裡潮溼的腔室，呼呼作響。

最後兩人爬過一扇地板門，來到塔樓頂部。那裡是一處石砌平臺，大小和形狀都與兩人剛剛坐的房間一樣。外緣是丹尼在城牆上看到的方形城垛。除此之外，觸目所及全是天空，浩瀚的蒼穹，布滿星星，他第一次看過那麼多星星，撒得亂七八糟，像垃圾場，幾乎令人生厭。

丹尼凝望星空，感覺口袋裡有東西，於是拿了出來。是手機，他都忘了。他盯著手機，驚奇地想著，自己竟然曾經按那些按鍵，和千里之外的人說話。這就像奇蹟，就像對著那些繁星呼喊，結果眞的有聲音回應。

丹尼拿著手機，知道手機不能用了。他身在別處。

他猛力扔掉手機，肩膀和手肘發出啪一聲。手機掉進黑暗中，他沒聽到落地聲。

男爵夫人問：「有許願嗎？」

她站在塔樓的另一邊，看著丹尼，聲音一樣是刺耳的男聲。但是丹尼轉頭看她時，卻發現她年輕了至少三十歲，洋裝裡的奶子變得緊實，灰白的雙臂又變得清晰可見了。丹尼明白自己一直在等待此刻，看她再度變回這個模樣，知道此刻會出現。

丹尼每走一步，她就變得越年輕，直到她的白色長頸附近，金髮濃密。丹尼握住她的手，感覺柔嫩肌膚裡的削瘦骨頭。丹尼貼到她身上，緩緩將她往後扶到石頭上，石頭經過人們數百年踩踏，光滑平坦。兩人接吻時，她的嘴巴嚐起來就像剛剛的葡萄酒，令丹尼狂飲，追尋剛剛那股甜美的味道。

---

1 韃靼人一詞通常泛指蒙古族，俄羅斯人也以韃靼人稱境內的蒙古人。今日俄羅斯境內有「韃靼斯坦共和國」。

2 波蘭境內最長的河流。

第七章

我夢見困在陷入火海的塔裡，睜開眼後，有支手電筒近在臉前，我感覺得到小燈泡發出的熱。我被照得看不見拿手電筒的是誰，不過聽到聲音時，我便想起自己在哪。那個人是戴維斯。

「我有你的號碼，老兄。」他告訴我，「沒錯，我現在有了。」

他以前就用過這招。「我有你的號碼了。」我早就寫下了。

「打從第一天你就有我的號碼了。」我告訴他。

戴維斯把手電筒稍微往後挪，但仍照著我的眼睛。他盯著我瞧，彷彿我的皮膚裡藏著他想看的東西。

「錯，我第一天沒有你的號碼。」他說，「昨天也沒有，不過現在有。這種假裝腦死的騙術已經不流行了。」

我聽不懂戴維斯在說什麼，不過司空見慣了。我說：「昨天起發生什麼事？」

他突然蹲下，燈光終於從我身上移開，在我眼前留下一大片綠影。我把頭探到床緣外，看見戴維斯縮著身體，在蓋著床下物品的桌巾下找東西。他重新站起來時，手裡拿著一疊上頭有打字的紙。紙一張張滑落，飄到地上。我猛然用一隻手肘撐著身體，另一手急忙伸到床墊下，查看文稿是否還在我放的地方。這是錯誤的舉動。戴維斯扔下手電筒，用鎖頭功勒住我。

「那些是我的嗎？」我好不容易用低啞的聲音說出。

「上頭有你的名字。」他說。他已經慢慢收力，使用鎖頭功是戴維斯的反射動作，無關私人恩怨。能動之後，我馬上把手伸到床墊下，摸索我頭下的地方，結果找不到文稿。我心痛不已，但沒表露出來。

「你全讀過了？」我問他。

「別表現得那麼驚訝嘛。趁你晚上睡覺，我在床上把整本書讀完。我善用時間。發現你也一直善用時間，我很訝異，我很震驚啊，兄弟，絕無虛言。」

「兄弟？」

他放開我，我猛力吸幾口氣。戴維斯流著汗的手把我的頭髮弄溼了。

「那垃圾不是我的。」我這樣告訴他，原因有二：第一，我不想讓戴維斯知道我在乎文稿；第二，我要他停止用那種表情看我。

「現在別想逃避。」戴維斯說，「對自己的行爲負責！」不過戴維斯無法用普通的聲音說責任，他必須用吼的。

「幹，閉嘴啦！」羅意斯從隔壁牢房大吼。

「我是說那不是我杜撰的。」我柔聲告訴他。

戴維斯哼一聲。「顯然那不是你杜撰的。」

文稿散落一地，下星期我才能使用電腦，因此如果新打的文稿有任何缺失，我就沒辦法在明天交給荷麗。這是從打架後的那星期開始，當時艾倫·胡占用整堂課，唸關於氣候變遷的一篇長篇文章，下課荷麗要離開時，走到我的書桌說：「雷。」她沒看我，即便打架事件過後，她仍不願看我。不過現在情況不同，現在就像我們同意不看對方，因爲目光交會似乎太過私密。我只想要與她獨處一室時與她目光交會，但在這個地方要與她獨處幾乎是不可能。休息時間都有一堆人蜂湧跑到荷麗身邊，全想要吃點豆腐，而我則會出去走廊。

荷麗看著我的文稿，說：「把那個給我。」

我交出文稿，她匆忙塞進提袋裡。隔週她交還給我，仍沒看我。每頁邊緣都寫了些字體漂亮的綠色評語，像是「好！」、「停？」、「這個多點？」、「小心」、「粗暴？」、「奇怪」、「緊張氣氛很好」、「還有？」、「多點？」、「多點？」、「這個多點？」、「沒錯」、「哇！」、「沒錯」、「很棒！」我認爲在這裡這是最接近談性說愛，所以我當然看得樂極了。我從不看我寫的部分，也就是她評論的內容，誰在乎啊？我只想要更多，而獲得更多的唯一方法就是寫更多，因此每星期我都寫得更努力，希望獲得更多**沒錯**、**好**、**哇**。但我不是胡扯瞎寫，而是眞的努力想寫得煞有介事。

我要的是握住她的手，其實我做過這樣的夢。我還記得打架後她的手放在我額頭上的那種感覺，記得那些乾涼的手指；而且專心想像時，我仍能感覺到那些手指在我的額頭上，彷彿手指留下了痕跡。荷麗交還文稿時，我會想辦法在接過手時，用我的手指滑過她的手指，哪怕只是瞬間掠過，這樣我就能像她摸我的頭時一樣，感覺到她的身體。可惜就是沒運氣，摸不著。我想要在這裡握她的手，簡直就像要在外面幹她。

我慢慢下床，以免又被戴維斯鎖頭。我蹲下開始撿地上的文稿。我們流著汗的頭把一張文稿沾溼了，弄糊了荷麗的綠色墨水，於是我用衛生紙吸乾。這段時間，我都蹲在戴維斯的床邊。他在床下藏了東西，通常都像狗一樣守著床，此時卻看著我，活像我是準備開始變把戲的魔術師。

「瞧瞧你。」他說，「在這裡這幾個月，你一直裝得不甩任何事。」

我把找到的文稿依序排好清點，心臟蹦蹦狂跳，因爲倘若數目不符，我就得補齊，解決這個問題，否則我無法做其他事。

「我少了第四十五頁。」我告訴他。

戴維斯充耳不聞，於是我直接氣憤地告訴他：「四十五頁，戴維斯，我需要第四十五頁。」

「瞧瞧你。」他說，宛如墜入愛河，狂野的臉孔看起來像小狗的一樣溫和，一直斜著頭，雙眼對著我放電。

「別看著我啦。」我告訴他。因爲你不會想看戴維斯墜入愛河的樣子。

「別緊張啦。」他說，「我們會把你的鬼故事恢復原貌。」

「鬼故事？」我說，「幹，你說什麼啊？」

「別跟我裝蒜。」他說。而我聽到了。**裝蒜**。但少了那一頁令我心慌意亂，無心多管。

我把找到的文稿放在床上，趴到地上找第四十五頁，在這麼小的牢房裡，一張紙沒多少地方可跑。床頭後面、水槽下面、窗戶附近，我都找遍了。「這篇故事裡沒有鬼。」我告訴戴維斯。

「哦，是嗎？那告訴我那些人在哪？」

我抬頭看他。「什麼人？」

戴維斯揮動我留在床上的文稿，文稿啪啪作響。「**這些**人啊。」他說，「我看得見他們，聽得見他們，**知道**他們，但他們不在這個牢房裡，不在這個牢區，不在這座監獄或這座城鎮或這個國家，甚至不在你我所在的這個世界。他們在其他地方。」

我暗忖：「要是那疊文稿再掉出一張，我就用雙手把戴維斯的頭壓爆。」但我卻只是說：「拜託，老兄，那只是文字。」

戴維斯把手電筒拿在臉下，臉上凸出的五官、汗水、雙眼，還有他用光線那樣照出來的模樣，讓我從頭到腳打了寒顫。「他們是鬼，兄弟。」他說，「不是活的，也不是死的，是處於死活之間。」

我雙手與雙膝著地，無法看著他，於是站起身。「對任何一個故事，你都能那樣說啊。」我告訴他。

「你說出我的心聲了，兄弟。」

「幹嘛一直叫我兄弟？我和你什麼時候成了兄弟。」

「不只是兄弟。」戴維斯說，「我們心靈相通。」

只有極度賞識一個人時，他才會說這種恭維話。「我要給你看一個最高機密的東西。」他說，「因爲你是兄弟。我就保存在這兒。」

他彎下身，掀起遮住床下空間的紅白格紋桌巾。戴維斯把手電筒照向床底，我清楚看見一大堆垃圾，包括杯子、塑膠叉、蓮蓬頭、芥末醬包、報紙、指甲刷、瓶蓋、橡皮筋、塑膠袋、一本破爛的電話簿、汽水罐。看起來活像倉鼠蓋的窩，只不過戴維斯身高六呎二吋，能推舉三百五十磅，在這個牢房待超過一年，而且這個窩比較像是一萬隻倉鼠蓋的。就在上面，有一張白紙，我拿出來，是第四十五頁。

腦袋裡的思緒平靜下來了，我站起身，把第四十五頁歸位，用文稿輕敲床墊，直到紙邊整齊後，塞進床頭底下。

戴維斯在窩裡翻找，找出兩個滑板輪、幾頂兒童派對紙帽、一疊監獄表單，包括工作指示單、准條，全是違禁品。我還看見一些棉球和一本賞鳥指南。最後他拉出一口漆成橘色的硬紙箱，就鞋盒那麼大；其實那就是個鞋盒，我看得見漆裡透出愛迪達的商標。他掀開蓋子，我往盒子裡看，看見灰塵、絨毛、毛髮、皮毛，有不同顏色與厚度的灰塵，許多塵球聚成一大坨。戴維斯把盒子拿在我的臉下。

「聽好。」他低聲說。

我在等戴維斯說話，他卻閉上眼，彷彿也在聆聽。現在是監獄最寂靜的時候，我聽見寂靜，但我越聽，就聽到越多寂靜開始消散，聽見四百一十二個人在金屬床架上呼吸的微弱聲響，還有背景聲響，一個嗡嗡聲，難以聽見，但確實存在，或許是一整天門和鎖鏗鏘關閉所殘餘的震動吧。

「那不是尋常的無線電。」戴維斯柔聲告訴我。

我看著他。「無線電？」

「仔細瞧瞧這臺革命性的機器。」戴維斯說。

盒子的一面上有幾個旋轉調節器，戴維斯從其他機器收集已經損壞的調節器，在硬紙板上打孔裝上去。現在他開始旋轉調節器，瞇起眼，看起來全神貫注。「有了。」他低聲說，「等等，有了！你有聽到嗎？好，讓我調好……接收到了。你聽，一清二楚。有聽見嗎？」他看起來煞有介事，我必須一直看著他正在轉動的調節器，才不會忘記我們在這裡搞的是一個裝滿塵土的鞋盒。

「我們要在你這臺無線電上聽什麼？」我問。

戴維斯瞥了我一眼。「你知道啊，兄弟。現在別再跟我裝蒜。」

「好吧，我知道。但還是說一下嘛。」

「死人的聲音。」戴維斯說。他看起來溫和，彷彿這個想法傷了他。他說：「一切愛，一切痛，人們的一切感受，不只我和你，兄弟，是所有人，是曾經走過這個美麗綠色星球的每個人，那一切怎麼會在人死的時候消失呢？它無法消失，因爲它太大、太強、太……永恆了，所以它變換到人類聽不到的頻率。數千年來，都沒人發現如何接收那個頻率，只是你知道，偶爾會有人誤打誤撞接收到斷斷續續的訊號，但沒有收到穩定清晰的訊號。」

「直到你？」

「直到這個。」他高舉裝滿塵土的盒子，「我一直在做的，就是開發這臺機器！設計、尋找需要的零件，組裝、測試、修改、再測試，你瞧，終於做出眞正有效的原型！」

他的眼睛像小男孩一樣炯炯有光。打從第一天起，我就說戴維斯瘋了，但一直以來我都沒發現他是眞的**瘋了**，是瘋子，貨眞價實的神經病，以爲自己發明能跟鬼說話的機器。

「那個表情我懂。」戴維斯說，「你在想：『老戴維斯在耍什麼把戲？他是不是想假冒巫師？』不過你想想，兄弟，新技術看起來不是總像巫術嗎？一八七七年愛迪生打開那臺包著錫箔紙的留聲機時，你認爲大家相信那是眞的嗎？當然不信。大家說那是腹語術，是巫毒法術，認爲沒有機器能有那樣的功能。還有馬可尼的無線電，把聲音從一個地方傳到另一個地方，你認爲當時人們相信那套鬼話嗎？哼，這個也一樣，你不瞭解這項**技術**，自然認爲匪夷所思，但如果你是工程師，如果你從頭開始製造這個東西，就不會認爲匪夷所思了。」

他把盒子往外遞，我打開蓋子，再次往裡看。聽完他講的話，我不知道自己在期待什麼，看到不同的東西嗎？不過裡面和之前一模一樣，只是我現在看得出灰塵裡的東西：一根燒完的火柴、一個吸管包裝紙、一隻死蜘蛛、半顆鈕扣、一塊像炒蛋的東西、一片磚塊碎片、一根針、許多香菸濾嘴、一堆毛髮（頭髮、胸毛、陰毛，大多是深色，但有些是淺色，有些是灰色）。在這些東西之間和附近，都是灰塵，包括沙礫、細沙、粉塵、碎石。有些和細沙或玻璃一樣閃閃發亮；有些像灰泥一樣是一塊塊；有些是一條條，比線還細。有人告訴過我，百分之九十的灰塵是死掉的皮膚細胞，看起來戴維斯盒子裡的灰塵，可以拼湊出一整個人。

「外面死人那麼多，」我說，仍配合他，沒有理由不配合，我會損失什麼嗎？「你怎麼判斷聽到的是誰的聲音？」

「問得好。」戴維斯說，竟然還輕拍一下我的背。「其實啊，」他說，「現在我完全無法控制。這機器就像舊式民用無線電，隨時接收剛好出現的任何訊號，需要數年來改善，每種新發明都是這樣。拜託，貝爾一開始推出電話，每條線路都是共用線路[1]，用戶根本沒辦法進行私人談話！我們手上這個只是原型，不過是重要的原型，最後其他發明家也會參與，進行改善與修改。一百年後，成群的小孩會在校外教學到某個博物館時，透過展示窗看這個老舊的原型，嘲笑這個古董簡陋極了。」

「我不知道你竟然是工程師。」我告訴戴維斯。我其實是要嘲笑他，卻說得極其嚴肅。

戴維斯咯咯笑起來。「我們徹底騙倒對方！我一直以為除了剛好關在這裡之外，我們沒有共通點，結果這段時間，我們竟然都在做同樣的事：找鬼。我們是在同步齊走，兄弟，我們就像雙胞胎。」

「沒那麼誇張啦。」

「我們才剛開始而已。你不會相信我們能用這臺機器聽到什麼，你聽到的聲音可是會讓眼窩裡的眼珠子瞪大喔。」

他對我微笑。天殺的，他的牙齒有夠白，我第一次見過人頭裡的牙齒那麼白。我們。我們代表提議，希望我相信他的鬼話。我看著戴維斯把耳朵貼到「無線電」，閉著眼點頭，猛然間我想到：「我怎麼知道這不是眞的？好，這是個裝滿灰塵的鞋盒，紙板穿出幾個旋鈕。但要是這眞的有效呢？要是這眞的具有戴維斯說的功能呢？」我瞬間從假裝變成相信，彷彿一切的假裝使我相信了，但這沒道理啊，因爲假裝跟相信是對立的。我不知道發生什麼事，或許是這個地方，或許是如果放了很久的水果能變成下星期的酒，牙刷能割喉，握女人的手等同於幹她，那裝滿毛髮的盒子或許能變成無線電。或許在監獄裡眞是如此。

抑或許這一切要回到荷麗身上。如果你相信可以走過一個字——門，而且像我一樣走過去，或許門外就沒有你不能相信的東西。

「你要教我做這東西嗎，戴維斯？」

「噢，雷，沒有。」他解釋說，「我在等取得專利，取得專利之前，設計藍圖是國家機密。不過你不需要自己做一臺啊，兄弟！你隨時都能用我的。」

「謝囉。」我說。

「最重要的是，我們開始工作吧！我們好好利用時間吧！」

「善用！時間！工作！」他大吼。勞區裡的人開始敲打吼叫，我想戴維斯根本沒聽見。

「你打算做什麼工作？」我問他。

戴維斯看著我半晌。他一整晚都對我露出那種表情，好像他一直等著看某種東西，但我擋了他的視線。我漸漸習慣了。

「你還要在這裡關多久，雷？」他問我。

「這只是開始。」我說，「這部分算有趣的。在這裡關完後，我得去其他地方受審。」

「我出去以後，」戴維斯說，敲敲無線電，「你需要一臺這個聯絡我。但我不能等了，雷，我不能等了。」

他抓緊裝滿灰塵的盒子，瘋癲古怪、飽經風霜的臉精神抖擻。

「我加入。」我說，但我根本不知道那是什麼意思。

「你早就加入了。」戴維斯說，「從一開始就加入了。正因如此，我們才會談這件事。」

1 即多具電話共用一條線路，若其中一具通話中，其他電話便無法撥打，但能聽見通話電話的談話。

第八章

醒來後，丹尼不知身處何處。房間看似廢棄，附近一堆堆破舊物品、蜘蛛網，活像五十年沒人來過的閣樓。他在床上，蓋著被子，那大概是他這輩子摸過最軟的被子，因爲很舊，舊得在他腳掌附近的部分都破破爛爛。他一絲不掛，而且看不見自己的衣物。

丹尼感覺很糟。其實他在很多不同方面都覺得很糟，因此說他頭痛或胃痛是不對的，那會讓人以爲很糟的感覺只來自頭或肚子，實際上是同時來自各個部位，包括頭、胃、胸、手、頸、臉、膝、眼、腳。宿醉跟這種感覺差遠了，他的每個部位都疼痛或覺得糟糕透頂。以往在未知的房間、未知的床上一絲不掛醒來，通常十秒鐘內他就會起身，這種情況以前發生過不止一次。這次他卻無法起身，感覺實在太糟，起不了身。

房間昏暗，小窗外的太陽看似明亮，鳥兒時而啁啾時而尖叫，這一切讓丹尼覺得好像錯過什麼，來不及了，好像必須到某地，或必須打電話給某人，或忘了必須參加某個活動。通常這種感覺會讓丹尼跳下床，設法掌控局勢，但那股糟糕的感覺使他無法動彈。最後他想起來，是衛星接收器，不是人，也不是事。而且沒有人即將到來，沒有事即將發生。

這一切是好的部分，至少跟壞的部分相較，算相當好。壞的部分就是閃過丹尼腦海的畫面：碰觸男爵夫人的手、她那充滿黏液與唾液的笑聲、她的嘴巴、從畫裡往下看的龍鳳胎。這些原本都沒那麼可怕，甚至一點也不可怕，但由它們所引發的事，現在似乎變得極度可怕。丹尼想到那部分，也就是它們引發的事，就像在想已經毒害他的食物。他眞的幹了男爵夫人嗎？從腦海中的畫面判斷，答案似乎是肯定的。當時他以爲自己在做夢，他和正在發生的每件事之間，都隔著一層模糊。但現在那層模糊燒掉了，腦海中的畫面眞實得殘忍，眞實得令人噁心，而且裡面都有他。他漸漸想起從沒經歷過的事！

丹尼閉上眼，靜止不動，用整顆頭和雙耳聆聽，想搞清楚在這個房間裡，尤其在這張床上，是不是只有他一個人。他沒聽見其他人的聲音，甚至沒感覺到其他人的震動後，猛然睜開眼，轉頭去看另一邊……緩慢地，非常緩慢地……準備在看到或感覺到有人時立即停下，以免面對對方。

床上只有他一人。確定這點後，丹尼大感寬心。沒人在那裡，謝天謝地！他奮力用一隻手肘撐起身體後，卻發現有人躺過那裡。黃色舊枕頭有凹痕，那一側的床單破了，像博物館展覽的陳年布料一樣，破成一條條。沿著邊緣有一朵朵縫上去的花，丹尼一碰，綠色的長莖就掉落。除了一張褪了色的綠色天鵝絨毯子，還有一種東西，丹尼看到後趕緊掀開毯子和底下的床單，查看身旁的地方。他發現下層床單上有一種殘餘物：一條約莫五吋長的粗糙灰色粉末，像灰塵，或灰燼，或被壓扁的蛾屍體。

看到那個，儘管感覺糟透了，丹尼仍碰一聲跳下床，因爲他感覺糟透了。他之所以下床，是因爲要嘔吐，於是他吐到離床最近的尖窗外。他身體裡沒有太多食物，他上一次吃固體食物是昨天午餐時。他把身體縮進窗內後，渾身發抖。

他尿很急，本想往高及胸口的窗外尿，但鑒於四肢猛烈抽搐，審慎思考後認爲最好還是尿到別處。右邊有扇窄門，門後有塊石板上開了個洞，從下面傳出一股明顯的味道。找到了。甚至還有個粗簡的石製水槽，而且水槽內還有流水。丹尼尿完後，在水槽裡盥洗手和頭，水溫比冰高個一、兩度，讓他感受到今早前所未有的舒服，也就是接近非常非常非常糟的上層範圍。他接著潑洗整個赤裸的身體，直到原本就抽搐的他開始發抖。

由於膝蓋受傷，丹尼走起路一跛一跛。出來後，看見自己的褲子掛在老舊的中式屏風側邊，看起來像被丟上去。這讓丹尼真的大聲說出：「別去想。」指把褲子拋飛到六、七呎高的那個畫面或時刻。「**別去想，把褲子穿上就對了。**」丹尼用力把溼漉漉的腳伸進褲子。接著又發現襯衫、外套、內衣、襪子，也在同一個公共區域的不同部分，似乎全是被丟過去的。「**別去想，把衣物穿上就對了。**」最後只有內褲沒穿上，他把內褲塞到外套口袋裡。丹尼不去想事物的技巧高超，他會想像把事物刪除，把事物與腦袋切斷連線，讓事物像數位資料一樣消失，毫無記憶。但有時他仍會感覺到消失的事物如影隨形在身邊徘徊。

片刻後丹尼著好裝，但沒穿靴子。他在床附近找不到靴子，於是走到床後頭，搜尋傢俱底下，心想靴子可能被塞或被滾或被丟到底下，但立刻又告訴自己別去想。最後只找到葡萄柚那麼大的塵球。他越找，心就揪得越緊。那雙是丹尼的幸運靴，他只有那雙靴子；不過幾年來他花在修補和換鞋底的錢，少說也能買五、六雙新靴子。剛到紐約後，他就買了那雙靴子，當時他剛想清楚自己不是誰（**乖寶寶**丹尼・金），興奮不已地想弄清楚自己到底是誰。他在下百老匯大道偶然看見那雙靴子，記不得是哪間店，大概老早就不在了。那雙靴子遠超出他付得起的範圍，但當時他還能指望爸爸幫他補足缺額。那家店的音響設備播放著動感十足的舞曲節奏，從此以後，丹尼經常聽那種節奏，長達十八年，在商店、俱樂部、餐廳。現在很少注意到那種節奏。不過那天在鞋店，丹尼感覺宛如進入世界的祕密脈搏。他把腳伸進靴子，站在長鏡前，看著自己隨著節奏擺動，腦海突然閃過未來生活的樣子，認爲新生活將是狂野的、神祕的。丹尼因爲興奮而緊咬牙根，心想：「**我是穿這種靴子的人**。」這是他瞭解自己的第一件事。

丹尼想出去，不管有沒有幸運靴，他想立刻逃離塔樓和男爵夫人，以及他此刻沒有在想的一切鳥事。但他知道，要是光腳跑出去，遲早會想念靴子，他想找回靴子，因爲帶來城堡的鞋子，只剩另一雙拖鞋。表示必須回到這裡，這個主意比現在留下來找靴子還糟。於是丹尼留下來找，一開始隨意翻找，掀開罩單，發現幾張倒放的椅子和一張細桌腳的桌子，上頭擺滿綁著黃色細絲帶的紙張、帳本、信件。最後他有條理地找，找完一堆垃圾後再找下一堆。尋找時，他心裡感到噁心、畏縮，因爲不時會遭到男爵夫人攻擊：兩個鑲著寶石的戒指擺在銀架上、一把卡滿黃色與白色頭髮的象牙梳子、一副假牙放在水杯裡。每次丹尼都會感到一陣噁心和想跑的衝動，當他沒跑時，腦袋裡就會產生一股壓力，那是他沒有在想的所有事物造成的。

看到假牙後，丹尼便離開房間，灰塵造成的頭痛襲來。門外就是狹窄的樓梯井，轉彎處有扇窗，丹尼推開窗，把頭探出去。他在塔裡的高處，樹林看起來在很下面。塔樓的這一側沒有面向城堡，因此丹尼只能看見外牆，接著是一道綠坡；第一晚他帶著行李箱辛苦爬上去的，肯定就是那道坡。他在坡底看見了小鎮的一部分，他就是在那個小鎮等公車。丹尼感到訝異，小鎮看起來竟然如此漂亮，有許多紅色屋頂和一個教堂尖塔，因爲他等公車時，覺得小鎮又醜又暗。或許是日光造成差異吧。

丹尼聽到小鎮傳來的聲音，是喊叫聲，可能是小孩吧。那種鬧哄哄的人聲，在紐約隨時都會聽到，因此聽起來就像無聲。這對他起了作用，宛如吸力，把他吸向世界，他到得了那個地方。那裡應該有網路咖啡廳，至少一定有手機店。想這些事時，丹尼感覺好像咖啡因衝襲腦袋。他必須去，必須去鎮上，必須找出該死的靴子，好逃離附近的那股古怪絕望感；不是在他身上，不全是，但太近了。

丹尼調頭回房時，看見靴子整齊擺在門外，肯定是昨晚從塔頂下來後脫掉的。此時他又告訴自己別去想。看見靴子，丹尼熱淚盈眶，他就是這麼愛這雙靴子。他眞的把靴子貼到臉上片刻，再穿到腳上，往樓下走。

下一層樓有另一扇窗，丹尼看不見小鎮了，但他聽得見人聲，人聲更加大聲。原來聲音根本不是從小鎮傳來，是塔樓外有人。這表示丹尼不能離開，因爲他絕不想冒險讓別人看見，寧可再次面對男爵夫人，也不要冒險讓豪爾發現自己上過男爵夫人。

他沿著樓梯又下一層樓，但沒有停下來，因爲那層樓就是他一開始進來的樓層，這表示男爵夫人可能在隔壁房間，兩人就是在那裡喝酒。他告訴自己別去想。下一層樓有最後一扇窗，接著樓梯轉進黑暗中。丹尼打開手電筒往下照，但黑暗吞噬了光束。他有股衝動，想繼續深入黑暗，這股發自內心的衝動和想到鎮上的衝動一樣深刻強烈，但是目標不同，剛好相反。

階梯上有腳掌那麼大的凹陷處，丹尼把腳踩進凹處，開始往下走。空氣聞起來像黏土，他感覺胸部又重又涼，好像黏土在身體裡，把他壓入塔樓的更深處。在樓梯轉彎處，他又聽見人聲，此時更加清楚，從上方的窗戶傳進來，令丹尼無法繼續專心，於是他爬回上頭查看是誰。

窗戶在樹林頂部上方約十五呎，離樹林近，丹尼可以看見某些地方的樹枝之間。米克和兩名研究生在下面，脖子上掛著防塵口罩。一些對話傳到丹尼耳中。

米克說：「……可以從這裡開始……」

女研究生：「……擋住……」

男研究生：「……沒有太多……」

他們全笑了起來。米克繼續看著塔樓，不是往上看著丹尼所在的地方，而是下方樹下，那裡肯定還有人，是豪爾嗎？丹尼猛然把頭縮進去，就在此時，那個人走到光線中，丹尼看見那是小安，用背帶把女嬰抱在懷裡。

他們全又笑起來。

小安說：「爲什麼不搭個天篷？」

她的聲音聽起來尖銳清晰，有點刺耳，像小孩的聲音。丹尼又把身體探出窗外。

米克說：「……僱個狙擊手。」

笑聲再度傳出。米克像變成搞笑藝人。即便天氣溫暖，他仍穿長袖，深色頭髮往後綁成一條馬尾，臉上有汗水。地上擺著一堆木板，研究生似乎要離開了。

女研究生：「……到午餐嗎？」

小安說：「四十五分鐘。」

男研究生：「所以我們……」

米克說：「別讓……」

笑聲再度傳出。現在丹尼知道時間了，十二點十五分，難怪太陽快要在他頭上鑽出洞。他希望他們離開，這樣他才能離開，趕上午餐。他頭昏眼花，原因很多，饑餓絕對是其中之一。

米克說：「等等。」

這句話說得清楚，他是對小安說。小安已經走開，跟在研究生後面。嬰兒睡著了，頭垂向一旁。小安轉身。她穿著黃色短袖上衣，臉頰看起來像曬傷，抑或許只是發燙，深色頭髮肯定吸飽陽光。

小安說：「什麼事？」

米克說：「……跟妳談談……」

兩人站在那裡，似乎沒人說話。

米克說：「……一直無法……」

小安笑了起來。「那是誰的錯？每次我出現你就消失。」

米克說了些話，丹尼聽不見。米克的微笑消失了，小安也變得嚴肅。

小安說：「你好像很不開心。」

「……一直……」

「是啊，我想我瞭解。」

「……想……搞得我……」

小安後退一小步。「米克，你得控制住，這你曉得的，對吧？」

丹尼第一次感到心裡有東西被鎖起來。他本來一直心不在焉地聽，等待米克和小安離開，擔心隨時可能聽到男爵夫人蹣跚走下樓梯井來到身後。但現在他心想：「等等，他們在說什麼？」其實令他專心的不是聽到的話，而是看到的畫面：兩人站得好近。小安竟然沒走開，米克神情痛苦。

小安說：「我說真的，你得忘掉那件事，否則我們會惹禍上身。」

米克說：「……還在想那件事？」

小安說：「我沒有！我努力不去想！」

（聽不見米克的聲音）

小安說：「好，但那不是昨天發生的。六年在現實世界這裡是很長一段時間。我當時甚至還沒有孩子！」

「……沒錯……每個……」

「我不想聽這個。」

米克把雙手插入口袋，往下看。丹尼以爲小安會離開，但她沒有。她用手掌貼著嬰兒的頭，閉上眼。丹尼知道她在想什麼，彷彿在攔截她的思緒：她想逃離，卻不能，因爲她得解決這件事，把它控制住，否則事情會爆發。如此一來豪爾就會知情，嘿，看起來他會知道米克和小安六年前曾搞在一起。

小安走近米克，從熟睡的嬰兒頭上，往上看著他的臉，說：「我們直接告訴他。」

米克半晌後才反應過來，說：「妳說什麼？」這是丹尼第一次完整聽見米克說出的句子。米克嘴唇發白。

「他很堅強，承受得了。或許會難受一陣子，但我想最後會沒事。」

「不行，不行，不行，不行，不行。聽見了嗎？」

「聽見了！」

米克心慌意亂地踱著步：「……割了我自己的喉嚨……以爲我在開玩笑……？」

「好啦，放心，我只是想想而已。」

「永遠……我絕不……不敢相信妳竟然……」

「噢，去你的，米克。」

米克靜下來，看著她。

小安說：「那你告訴我該怎麼做。你要我怎麼做？如果你繼續表現得像在演戲、大吵大鬧，他會發現。我跟你保證，到時候情況會更糟。」

「別告訴他。」

「你以為我想告訴他嗎？拜託！那是我最不想做的事。聽著，我懷裡抱著睡覺的嬰兒，竟然在跟你談這事。老天爺啊！」

「……小聲點。」

小安哭了起來。丹尼震驚地看著，無法相信此刻所見所聞，無法相信能見聞這一切。這使丹尼激起混亂的思緒，無法釐清，心中五味雜陳：

1可憐豪爾。他不知道老婆和摯友給他戴了綠帽。

2幸災樂禍豪爾的美滿人生並沒有之前以為的那麼美滿。

3更加可憐豪爾。因為在一個人生活不美滿時，我們比較容易去可憐他。

4很興奮能看到、聽到、知道這一切。

第四個感受，也就是知情的那種興奮感，把丹尼體內某個從來到城堡後就陷入冬眠的部分喚醒了。這個部分就是思考，他的這個部分很活躍，把時間全花在弄清楚周遭發生什麼事，讓他知道何所適從。這個部分讓丹尼這些年能保持活躍。周遭世界自動移動，重新排列，丹尼又成爲自己了。也就是說他不僅知道事情，而且知道比別人更多；還有他能看見所有連結，但其他人卻只能看見一些。資訊，過去幫了丹尼，過去確實如此！幫了許多年。不是因爲他會運用資訊，運用資訊是危險的，相較之下，資訊比較可能會在運用的人面前爆炸，而不是其他人。不過光掌控資訊、知道所有人的立場，就能獲得權力。丹尼有個詞可以描述這一切，兩個字：**奧圖**。

米克握住小安的手。「好戲上場囉。」丹尼心想。

（聽不見）

小安嗚咽說：「只是……我盼望來這裡那麼久，但現在卻……難以成眠。」

她站在那裡哭，米克握住她的手。片刻後，小安不哭了，擦擦臉，親吻嬰兒的頭，查看手錶。

「如果我……就會變得簡單。」

小安說：「是啊。但是你不能離開，所以講這個沒意義。」

「哇。」丹尼心想，「你不能離開？」

（聽不見）

小安說：「我同意。就現在的情況看來，那確實是爛主意。不過你既然來了，就回不去了。」

丹尼思緒翻騰：「爲什麼米克不能離開？是什麼原因呢？」

（聽不見）

小安說：「不用道歉。我是成人，禍是我自己闖的。我只是——我找不到出路。」

她放開米克的手。

太陽移動了，丹尼看不見兩人的臉。米克試著向小安解釋，但降低音量，變成咕噥。丹尼什麼都聽不到。小安靜靜聽著。丹尼再往窗外挪一點，聽到**裡頭**、**時間**思考、**形式**，但不明白意思。再挪動咫尺，就能聽出意思。丹尼腳離地，以肚子爲平衡點，雙手在前、雙腳在後擺晃。他把身體又往外挪幾吋，結果挪太多了。

丹尼頓時明白，自己忽視自然界的主宰地心引力，將大部分的體重傾向窗外。此時地心引力把他往下推，只剩褲子與石製窗框之間的摩擦力抓住他，才沒掉下去。丹尼差點叫出來，硬是忍住。他用手胡亂抓扒窗沿附近，想找到手指能抓住的地方；同時扭動屁股，想把身體挪進石製窗框，好讓地心引力把他往窗裡吸。有那麼一瞬間，看似可能成功，他開始緩緩往回挪，但摩擦力卻來壞事。石頭鬆開褲子，接著汗水開始從腳流出，滲進布料，使布料變滑，抑或許是**他**在褲子裡變滑。無論如何，丹尼掉下去了，刷一聲，他無法控制。他滑下去、往下掉、扯嗓大叫。頭朝下掉出窗時，誰不會大叫？

他用腳掌鉤住身體，腳掌猛力繃起，腳趾鉤住窗框，使身體停止掉落，掛在那裡，至少現在是這樣。米克和小安叫了起來。

米克說：「那是誰啊？」

小安說：「我不知道。我想——是豪爾的堂哥嗎？丹尼，是你嗎？」

丹尼想回答，但若繃緊肚子的肌肉說話，即便只說一個字，都會讓腳掌流失攸關生死的能量。

米克說：「天啊，他——噢。好，我這就上去。撐住啊，丹尼，我很快就到……」他的聲音在塔樓外側附近漸漸消失。

小安說：「撐住啊，丹尼！他很快就到了。撐住。」

丹尼把每一滴能量都灌入腳掌，因爲繃緊腳掌而全身發抖。不過他能撐住，沒問題，必要時，他能用這樣的力道繃緊腳掌一小時。問題是靴子，靴子似乎抓不住腳掌。像折磨人，腳掌一次滑動一點點，漸漸滑出靴子，這表示靴子太大了。或許靴子是被他穿過這些年後撐大，抑或許是丹尼縮小，抑或許是襪子太薄，抑或許靴子始終都是這麼大，只是他現在才發現。但丹尼不這麼認爲。他剛買的時候，靴子完美合腳，這是他買的原因之一，因爲感覺起來就像命運：他將穿這雙看起來像是爲他專門打造的靴子面對未來。此刻丹尼的頭像個重物，把其餘部分往下拉。腳掌漸漸滑出靴子，一開始是在汗水中一滑一滑，最後整個一次滑出來，使他和靴子永遠分離。

第二部

第九章

諾拉說：「請問你到底是想死，還是眞的只是容易出意外？」

她坐在丹尼附近，丹尼睜開眼，發現自己躺在不認得的地方。這快變常態了。

丹尼問：「我在哪？」

「你的房間。」

這可把他搞糊塗。他的房間？丹尼視力模糊，難以看清周遭。須臾過後他就認出古董床上頭的木製華蓋，初到城堡時他就是睡這張床。他還看見石砌高牆、壁爐、腳後方的一片朦朧橘色。還有窗戶，一片漆黑，所以現在一定是晚上，除非他的眼睛有問題。

不過出問題的不是眼睛，而是腦袋。眼前事物看起來彷彿融化、液化一般，這讓丹尼想起多年來服用的止痛藥。但爲什麼他現在會吃止痛藥呢？就在問這個問題的當下，丹尼注意到從睜開眼就存在卻微弱的一種感覺，用力想了一會兒才想出來那是疼痛。不是頭痛的痛，頭痛的痛和這種痛相比，簡直像打手槍。這是頭受傷的痛。丹尼觸摸頭發出疼痛的地方後，發現一團繃帶。

接著記憶全回來了。記憶排山倒海湧現的感覺，像極了滑出靴子時的感覺。幹，他因爲藥物作用而恍惚。

「他們對我幹了什麼？」

諾拉聳聳肩。「打針。」

她說的一字一句都得通過一條彎曲的長管，才能傳到丹尼的大腦。回答也得通過另一條長管傳出大腦後，丹尼才能說出口。當打針這兩個字最後通過管子後，丹尼猛然跳起。又過一陣子後，他才問：「打什麼針？」

「我不確定。醫生說的語言很奇怪，這附近的人都說那種語言。」

「豪爾能跟他溝通？」

「不能，沒人能。」

丹尼使盡吃奶的力氣，用雙肘撐起身體。「妳是說有個沒人能溝通的傢伙給我打針？」

「別緊張。住在塔裡的那個老太婆，男爵夫人，她有翻譯。」

「在這？在這個房間？」想到這，他慌了起來。

「不是啦，她不肯離開塔，連開門都不肯。所以豪爾和醫生站在塔外，醫生往上對著窗戶大聲說話後，男爵夫人就把意思大聲向豪爾轉述。」

丹尼躺回去，閉上眼。這太複雜了，他無法理解。諾拉驟然跳起，拉扯他的毯子。

諾拉說：「不能睡！不能睡！你又想睡了嗎？不能睡！」

丹尼睜開眼。「妳有什麼毛病啊？」

諾拉看著手錶，手又抖起來。她從腰帶取下一臺機器，丹尼聽見靜電音。

諾拉對著機器說：「他醒了，完畢。」

爆裂聲說：「多久？完畢。」

「十分鐘。完畢。」

「……我過去了。」

諾拉露出微笑。那是丹尼殷殷等待的微笑，切穿了她的態度、髮辮、不友善的眼神交會、對事實的厭惡，把她變回最初那個美麗的鄉下女孩。不過丹尼沒看見微笑；我是想說他的眼睛黏住諾拉手裡的無線電對講機，其實不只黏住，是貼在上面，**壓成薄片**。我該怎麼描述丹尼看見對講機的感覺呢？就像絕食抗議的人看見盤子上的烤牛肉從眼前端過；就像終生監禁、不得假釋的囚犯看見《好色客》雜誌的中央摺頁圖片上有美女在跳鋼管舞。不過這些例子無法準確描述，所以我還是告訴你丹尼的**身體**發生什麼變化：流口水、肚子咕咕叫、喉嚨縮緊、鼻子刺痛、眼睛盈滿淚水、發出一聲長聲呻吟。

諾拉說：「什麼？什麼？」她焦急跑到丹尼身旁時，恐懼開始震動。

「那是……那是什麼？」他的腦袋裡開始砰砰作響。

「那是對講機。需要——我想豪爾已經過來……」

丹尼的腦袋裡，有個瘋子開始拿棍子敲門，門不夠堅固，關不住他。

丹尼問：「妳怎麼拿到？」他回想起來，又或許是在幻想：「拿著那臺機器，對它講話，聽到聲音回覆。」想到這個，他的五臟六腑就融化。

丹尼渴望擁有那臺機器的力量，碾磨著他沒有那臺機器的事實。

「我們每個人都有，這樣我們才能找到彼此……」

瘋子敲得更用力，蓋過她的聲音。

諾拉說：「奇怪，豪爾竟然沒給你——」

碰，**碰**，**碰**。門啪一聲開了，丹尼暈過去了。

「聽得見嗎？丹尼？丹尼？」

丹尼睜開眼，首先看到天花板，很高，有幾根黑色橫梁；接著看見豪爾在床邊。

豪爾說：「好啊，太好了，你醒了。」他查看手錶。「好，九點四十八分。上次多久？」他是在跟某人說話。是諾拉，她站在豪爾身後。

諾拉說：「十三分鐘。」

「你還醒著嗎，兄弟？」

「醒著。」

豪爾看起來不一樣，姑且不管哪裡不一樣，至少讓丹尼覺得豪爾更加熟悉，更像以前。也可能是丹尼終於漸漸習慣這張新面孔。

豪爾問諾拉：「妳剛剛有想辦法讓他保持清醒嗎？」

「有啊，我跟他說話。」

「妳沒有給他壓力吧？」

諾拉說：「我認爲沒有。」她回答得直言盡意，沒有諷刺，沒有挖苦，沒有含糊其辭。這簡直就像看著彩色照片變成黑白。

丹尼說：「幹，發生什麼事？」

豪爾說：「好問題。問得太好了，丹尼。你記得你掉出窗外嗎？」

丹尼點點頭。

豪爾說：「嘿，一棵樹減緩了你掉落的速度。謝天謝地啊，兄弟。雖然談這個沒用，但老天爺啊，你知道我的意思嗎？你重重撞到樹上，頭頂撞破幾個傷口，必須縫起來。至於內傷，就是顱內的傷勢，醫生很確定只有嚴重腦震盪。」

丹尼問：「是不會講英語的那個醫生嗎？」

豪爾表情扭曲了一下。「對，聽說他醫術一流，在巴黎學過醫，諸如此類。但跟他用語言溝通是場噩夢，無庸置疑。無論如何，問題解決了。他給你打了幾針，防止腦部腫起，我想這點在頭二十四小時必須注意。在這段期間，我們每三十分鐘就得叫醒你，防止你陷入一種叫『握睡』或『抓睡』的情況。這個詞可能翻譯得有點問題，但我非常篤定，他說的不是昏睡，只是一種難以醒來的沉睡。」

諾拉說：「別忘了還有夢的事。」

豪爾說：「沒錯，謝謝。醫生要我問你是否一直多夢。」

丹尼說：「我覺得沒有。」

豪爾說：「瞧，太好了。因爲陷入握睡或抓睡似乎會做很多怪夢，夢境逼眞，讓人無法分辨自己是在睡覺或醒著。所以聽到你說都沒做夢，我——我實在太高興了。」

他又把身體湊近，雙眼端詳著丹尼的臉，呼吸帶著濃烈的薄荷味，像剛刷過牙。丹尼注意到豪爾的髮際線上冒出汗珠，頓然瞭解在堂弟臉上看見的新事物就是恐懼。豪爾在害怕。

豪爾說：「總之，你持續保持清醒兩小時後，我們就不用再每三十分鐘檢查一次。」他查看手錶，「還有，你在大約九小時前受傷，只要你在受傷十五小時內持續保持清醒兩小時，我們就不用採取下一步行動。」

「什麼行動？」

「這個嘛，下一步就是把你空運到醫院，檢查腦部。」

這句話他說得若無其事，好像沒什麼大不了，卻因此露餡。豪爾害怕丹尼受重傷，足以致死。不過丹尼見到這個情況，並不害怕，心裡的感覺跟害怕幾乎相反。好像豪爾的恐懼會保護他，好像感到害怕的工作已經被處理好，也可能是他因爲藥物作用而太過恍惚。

豪爾說：「不過我和醫生都認爲不會發生那樣的情況。我是說，你已經醒——」再次看錶「——將近十分鐘，而且看起來很清醒。」

「我覺得很清醒。」

「好，好。」

沉靜片刻。丹尼覺得疲憊像潮水一樣，又湧回體內。他努力別閉上眼。

豪爾說：「所以，啊——對了，有件事我想問你，丹尼。有點難說。」他瞥了一眼諾拉後，諾拉便離開走向窗邊。豪爾把身體湊近，雙肘靠在丹尼的床墊上，薄荷味的呼氣灌滿丹尼的鼻孔，使得鼻孔內側有點刺痛。

豪爾說：「我——本來不還想談這個，但醫生說我們必須讓你保持清醒，可是又不能給你壓力。如果你覺得有壓力，必須馬上說出來。可以嗎，丹尼？」

「沒問題。」

「你現在沒有感到壓力吧？」

丹尼想了一下。他感覺好像頭骨被人用小斧把劈開，但那種感覺和感到壓力不一樣。於是他說：「沒有。」

豪爾說：「我要問的是你摔下窗的事，那……我想是意外吧？」

丹尼腦中的管子在傳遞這個問題時，似乎特別長。他看著諾拉身體探出窗外，納悶諾拉是不是在抽菸，也注意到諾拉的屁股很好看。豪爾的問題最後傳抵大腦時，丹尼笑了起來。

丹尼說：「我要是想自殺，你不認爲我會多爬幾層樓嗎？甚至在紐約就跳樓不是更好嗎？省得讓時差折磨。」

「好，好。很高興聽你這麼說。不過……我不是那個意思。」

丹尼搖搖頭。

「呃，我想基本上你已經回答問題了。但是你沒——從頭到尾都沒人幫你出去那扇窗嗎？」

「你是說**推我**嗎？」

「或者應該說，你知道的，輕輕推你。」

丹尼問：「男爵夫人？」

「這聽起來牽強，我知道，但——你見過她，對吧？」

丹尼對這個問題沒有準備，透過床罩看著膝蓋的形狀。床罩是紫色天鵝絨的，很像男爵夫人的綠色床罩，不過是新的。他感覺像被熱燙的東西砸到臉。豪爾似乎認爲這樣的反應表示兩人見過面。

「所以你應該知道，她是瘋子。我不知道她的極限是什麼。」

丹尼笑了起來，從胸口發出緊張的笑聲，像不會停止，不過最後停了。就在他問自己，男爵夫人是不是有把自己往外推時，笑聲停了。會不會是男爵夫人推得很輕，因此他什麼都沒感覺到？用細長的手指輕碰他，讓地心引力把他吸下去？當時他到底有感覺到嗎？腳掌有被輕推嗎？

這太荒謬了。藥物作用使他思緒混亂。

丹尼問：「她會幹這種事……是因爲你試圖把她趕出塔樓嗎？」

「試圖，對。她不肯離開塔樓，我們談不到五分鐘。她說怕我把她鎖在外面，割了她的喉嚨。她當我的面這樣說。我覺得她其實不怕，這只是計謀。她想要我做某件事，好讓她可以做某件事。但我不知道是什麼事。」

「她那裡有武器。」

豪爾本來一直看著火，此時猛然把頭轉向丹尼。「武器？」

「一把長弓、一把弩弓、一臺破城槌、準備往人頭上淋的油。」這些他本來想保密，等到派得上用場時再說，但豪爾的驚訝表情實在令他難以抗拒。再者，豪爾還沒猜到關於男爵夫人的事，而丹尼讓他明白，他猜不到，永遠想不到，揭露這樣的事實也令丹尼難以抗拒。此外，豪爾無法想像丹尼幹男爵夫人這種事，在這種人身旁，讓丹尼感覺或許自己其實沒幹那件事。

「你見過那些武器？」

「沒見過，但我喝過她從酒窖拿的一種怪酒。」

坐在椅子上的豪爾往後倚，用不同的眼神看著丹尼，丹尼覺得那種眼神來自豪爾的經商生活。「我很訝異，丹尼。說眞的，你來這不到四十八小時，卻能說出我不知道的事。太……厲害了。諾拉，時間多久了？」

諾拉仍在窗前。她查看手錶後說：「將近四十五分鐘。」

豪爾啪一聲從椅子上站起來，說：「太好了！這很久耶，丹尼，是截至目前你清醒最久的時間。我們努力保持下去，可以嗎？我們盡量保持清醒久一點。」

有人肯定會問：「等等，七頁前丹尼才醒將近十分鐘，現在你卻說四十五分鐘了。你在騙人嗎？」我頂多用五分鐘、花七頁就能重述他們說的一字一句，這表示丹尼應該頂多清醒十七分鐘。不過等等，讀者，您忘了兩件事：第一，任何人說的每句話都得通過長管才能傳到丹尼的腦袋，他的回答要說出口之前亦然；第二，房裡還發生其他事，只不過我沒寫出來，因爲那得寫上好幾頁，我沒辦法寫那麼多頁。再說，那樣寫有多無聊，像是豪爾起身撥火、諾拉關窗、豪爾抓頭和用白手帕擤鼻涕、諾拉到走廊和某人講話後又回來、豪爾手忙腳亂地關掉發出靜電音的對講機。這些事都會耗掉時間，所以就算我說是一小時，不是四十五分鐘，也不無可能。

豪爾問：「丹尼？你還醒著嗎？」

丹尼閉上眼，疲憊灌入全身，溫暖、舒適、厭倦；那種感覺你明知道有害於你，卻還是會讓你想要更多。

一股薄荷味襲來。豪爾湊到丹尼上面。「不行啊，別閉眼，丹尼。這是爲你好——諾拉，麻煩再丟根木頭到火裡。丹尼，睜開眼啊。」

丹尼聽到豪爾的對講機發出靜電音後，想拿對講機，努力睜開眼。「我能拿……」

豪爾說：「丹尼？幹，他又要暈過去了。」

丹尼說：「我能……」

下一次丹尼醒來時，雙眼保持閉著，但聽得見人聲和其他聲響，這種感覺很像有人不小心快速撥號給你，結果你聽到他們走路的唰唰聲和你可能認得出來的咯咯說話聲，接著你大喊幾次他們的名字後，便覺得無聊，掛掉電話。但是丹尼不能掛電話。他躺在那裡，聽見胡伯魯、夏叮、司光細之類的話，感覺脖子被刺了一下，就在耳朵下方。他驟然睜開眼。一切事物都是模糊的，但丹尼看得出一個蓄著灰鬍子的人拿著針筒走開。

接著靜了下來。丹尼以爲只剩自己一人，轉頭後看見豪爾的兒子小班在豪爾原本坐的那張椅子上。小班穿著印滿紅魚圖案的長袖睡衣褲，深色頭髮亂七八糟，好像剛睡醒。

小班說：「會痛嗎？」

丹尼看著他，讓雙眼對焦。小班的睡衣褲把丹尼搞糊塗：上頭的圖案是大紅魚在吃小紅魚，還是所有魚都一樣？

丹尼說：「什麼會痛嗎？摔出窗外嗎？」

「不是，是打針。」

「不會，那可舒服了。」

小班皺起眉，好像無法分辨丹尼是不是在開玩笑。最後他說：「其實我不能爬到窗沿上，因爲那很危險。」

「我會好好記住。」

小班問：「你媽媽有告訴過你嗎？」

「有吧。」

「你現在得回家嗎？」

「我爲什麼要回家？我才剛到這裡。」

「你家是在公寓裡嗎？」

「是啊。我是說平常是，不過現在我沒有家。我現在在不同地方之間。」

他幹嘛解釋這些啊？丹尼在床上不安地扭動，盼望有人來救他擺脫這個小鬼。但就他看來，房裡只有他們兩人。風吹進窗，吹動石牆上的掛毯。

小班問：「你有老婆嗎？」

「沒有。」

「我媽媽是我爸爸的老婆。」

「對，我有注意到。」

「你有狗狗嗎？」

「沒有。」

「你有貓嗎？」

「我沒有寵物，可以了吧？」

「那天竺鼠呢？」

「老天爺啊！」這句話說得大聲，小班看似嚇了一跳。丹尼希望這樣能讓他閉嘴。

「你有孩子嗎？」

丹尼咬牙盯著天花板橫梁。「沒有，我沒有孩子，謝天謝地。」

小班安靜許久後，最後問：「那你有什麼？」

丹尼張開口準備回答。但是他有什麼呢？

「我說，你有什麼——」

「我有聽到，我有聽到。」

「那你有什麼？」

「我什麼都沒有，可以了吧？什麼都沒有。現在我想閉上眼睛。」

小班湊得更近。丹尼在他的臉上看見同情心，夾雜一種在成人臉上絕對看不到的強烈好奇心，因爲成人已經學會隱藏。

「什麼都沒有，你傷心嗎？」

「不，我不傷心。」

其實他很傷心。悲傷驟然侵襲丹尼，將他埋沒。他看見自己躺在荒僻的地方，頭部受創，一無所有。

小班問：「你在哭嗎？」

「別開玩笑了。」

「我有看見眼淚。」

「那是因爲……頭痛。你害我頭痛起來。」

「大人有時候會哭，我看過我媽媽哭。」

「我得睡覺了。」

小班盯著他瞧。丹尼閉上眼，聽見小班在耳邊呼吸。

小班問：「你是大人嗎？」

碰。碰。碰。

丹尼。丹尼。丹尼。丹尼。丹尼。

又是豪爾。丹尼睜開眼，小班還在，在豪爾的大腿上。

豪爾說：「太好了，你終於醒了。你——呃，昏迷好一陣子，丹尼。」

小班說：「他剛剛醒著啊。」

豪爾說：「小班說我在外面和醫生說話時，你醒來過。諾拉在這裡，卻說你沒醒。」

丹尼看向諾拉，諾拉看著一張掛毯。也就是說她當時不該離開房間，卻離開，而且不希望豪爾知道。若是平常，丹尼會想辦法讓她知道，她不只被發現，而且還欠丹尼幫忙掩飾的人情。但現在丹尼沒辦法思考該怎麼辦到。

丹尼說：「我以爲醫生不會講英語。」

豪爾眼珠上翻。「我們有翻譯員，你猜是誰？溝通時得大吼大叫。不過醫生說最重要的是，他這次嚴正強調，你務必**保持清醒**。」丹尼在豪爾的微笑中看見緊張的情緒。

小班雙眼盯著丹尼。悲傷重新侵襲丹尼。他怎麼會落得一無所有呢？他始終一無所有嗎？他眞的一無所有嗎？或是頭痛造成他認爲自己一無所有？

豪爾腰帶上的對講機發出說話聲。

丹尼說：「那個可以給我嗎，豪爾？那個……呃……」他指著對講機。

豪爾說：「這個？沒問題啊。」他看起來既驚訝又好奇，把對講機遞到丹尼手裡。對講機感覺起來和手機或黑莓機之類的東西一樣，小巧、有橡膠按鍵、重量輕，但核心重；核心就是你感覺到它在傳訊的那個部分。

丹尼壓下按鍵後，對講機發出靜電音。眞是美妙的聲音啊！悲傷因而瞬間消失，消失速度極快，因此丹尼知道那股悲傷從頭到尾就不是眞的，因爲眞的東西不可能那麼快消失。一開始他只覺得寬慰，終於擺脫悲傷，片刻後寬慰變成歡喜：他並非一無所有，他擁有一切，只是需要和擁有的一切重新連結。

豪爾說：「你聽到什麼？」

丹尼微笑說：「只有靜電音。」

「我相信你的腦袋更勝於那臺機器。」

丹尼瞥了他一眼。小班在豪爾的腿上昏昏欲睡，頭靠在有墊子的椅子扶手上。

豪爾說：「那臺機器都快可以取代你的腦袋，你知道嗎？現在的機器很小，很容易使用。我們離心電感應只差半步之遙。」

丹尼說：「不過我們是在跟那裡的人講話。你能聽見他們說話。」

豪爾笑了起來。「他們不在那裡，丹尼。那裡是哪裡？你根本不知道他們在哪裡。」

丹尼轉向他。「你到底想說什麼？」

「我想說的是，去他的機器。把機器丟了，相信你的腦袋。」

「我的腦袋不能打電話啊。」

「當然可以。你能隨心所欲跟任何人說話。」

這傢伙是當眞的嗎？不可能。丹尼奮力坐起身，非常清醒。「你是說我該跟不在那裡的人說話嗎？像街頭的瘋子一樣？」

豪爾把身體湊近，輕聲說話，彷彿要告訴丹尼祕密。「那裡從來就沒有人，丹尼。你是孤獨的，這是事實。」

「我才不孤獨，幹，全世界都有我認識的人。」

小班在豪爾的腿上猛然一動。「他說髒話，爸爸。」

不過豪爾似乎同樣十分清醒，雙眼盯住丹尼。「機器能給你什麼？影子、來源未知的聲音、透過網路傳送的打字文字和圖片，就這些，丹尼。如果你認爲身邊有人，那是在幻想。」

「胡說八道。」

「我是說你是老大！要相信你的心智力量，它的作用超乎你的理解，它能做到的遠超過那些！」

丹尼知道自己聽到的是什麼：激勵演說。爸爸徹底放棄他之前，他每幾個月就會聽到一次激勵演說。每個激勵演說的主旨千篇一律：你的生活荒誕不經、亂七八糟，不過如果你照我說的去做，還是有辦法扭轉乾坤。

丹尼靠向豪爾，正對他的面說：「豪爾，聽我說。我喜歡機器，我愛機器。沒機器，我活不了，沒機器，我不想活。說真的，我寧願把屌割了，也不要待在像你這種飯店一分鐘。」

「太好了！甚至比我想像的還好！」

「怎麼說？」

「你把這點想通後，就會領悟原來意義遠不只如此。」

「去你的，豪爾。」

「爸爸——」

丹尼說：「你眞的把我惹火了。你是故意的嗎？」

豪爾說：「我想讓你保持清醒。這是你截至目前最長的時間。」

丹尼覺得怒火湧現，聚集在下身，在鼠蹊部附近。他眞的感覺到被子下的鼠蹊部在攪動，從喉嚨發出高亢的聲音：「我對我的腦袋或想像力沒興趣，我喜歡**眞實的事物**，好嗎？眞實發生的事物。」

「什麼是眞實，丹尼？實境電視節目是眞實的嗎？你在網路上讀到的聲明文是眞實的嗎？文字是眞實的，是人寫的，除此之外，這個問題根本沒意義。你用手機跟誰講話？靠，到頭來你根本不知道。我們活在超自然的世界，丹尼，我們周遭都是鬼魂。」

「我可不這麼認爲。」

「我說的是眞的。舊式的『眞實』是過去的事物，消失，結束了。你深愛的所有科技徹底消除它。而我認爲消除得好。」

丹尼的怒火竄遍全身。幹，這傢伙。他使丹尼失去擁有的一切，這還不夠，現在他還要說服丹尼相信那一切根本就不存在，是揑造的！他甚至帶著微笑說，好像樂在其中。幹，這傢伙！

丹尼無法再躺下，必須站起來。他把一隻腳伸下床邊，就在即將站起身之際，豪爾明白發生什麼事。於是豪爾伸出一隻手放在丹尼的胸口上加以阻止，用非常輕柔的聲音說：「等等，不行，兄弟。你太過激動了。」小班還在他的腿上。

丹尼試圖把豪爾的手往後頂，還沒站直，頭就暈了起來。豪爾用雙手分別抓住丹尼的雙肩，緩緩將他扶回去時，丹尼幾乎鬆了口氣。

豪爾說：「你不能站起來，兄弟，不行，你還不能站啊。我——我說得太過分，對不起，丹尼。我只是想讓你保持清醒，不過說得太過分了。」

丹尼以爲自己病了，顫抖著長長吸一口氣。房內一片死寂。

豪爾說：「你沒事吧？撐得下去嗎？」他把兩根手指搭在丹尼的手腕上，像在檢查脈搏。

「豪爾？小班？」

是小安。她穿著藍色浴衣，站在門口，一臉疑惑，聲音帶著睡意。「我到小班的房間查看，發現他不在，嚇了一跳。」

豪爾一手抱著小班走過去。小班像猴子爬到樹幹上一樣，爬到媽媽身上。丹尼樂得終於擺脫他了。

豪爾說：「他一直在陪我，是不是啊，大塊頭。」

小安說：「現在——不是半夜嗎？」

「是啊，我們在讓丹尼保持清醒。」接著他輕聲細語與小安交談，因此丹尼聽不見。

小安重調眼睛的焦距，把小班交還給豪爾，來到丹尼躺著的地方。她剛下床的模樣，看起來和在艷陽下訴說泡一下游泳池能讓絕望的女人改變人生時，一模一樣。

小安說：「噢，丹尼，你還好嗎？」

丹尼說：「一直在避免昏迷。」

豪爾說：「不是昏迷，請別那樣說。是握睡或——或抓睡。」

丹尼和小安四目交望。她也在害怕，但原因和豪爾不同，她不是怕丹尼死，是怕丹尼說出祕密。

就在此時所有記憶都恢復了，也就是當時他摔出窗外的來龍去脈。其實丹尼並沒有完全忘記，只不過回想時卻發現記憶都扭曲了，或許是藥物造成。從頭到尾他腦袋裡都存在一個眞相，能將豪爾的人生中心炸穿一個洞。擁有這個眞相使得丹尼掌控主導權。

他對豪爾的氣憤立即消失殆盡，就像他的悲傷一樣。他飄然處於一種奇怪的放鬆狀態。

豪爾問：「諾拉，幾點了？」

諾拉說：「一點五十四分。」

豪爾說：「等等——幾點？」他轉頭看諾拉。

諾拉說：「超過兩小時了，快兩個半小時。」

豪爾放聲大叫：「好啊，好啊！丹尼，你成功了！你成功了，兄弟！」

他輕趴在丹尼身上，抱著丹尼，這是丹尼這輩子記憶中最溫暖的擁抱。豪爾的上身貼著他的整個上身，傳出的熱滲入他的肋骨之間，湧入他的心臟周圍。心慌意亂的他伸手抱緊豪爾。

豪爾再度站起身時，雙眼淚溼，伸手擦眼。「幹，我剛剛好擔心。我現在終於可以說出口，丹尼。幹，我剛剛好擔心你啊。」

小班說：「你說幹！幹！」

小安說：「小班！豪爾！」

她卻笑起來，他們全笑起來，連幾名研究生也笑起來，肯定是從走廊進來。有人歡呼，互相擊掌，全都欣喜慶賀。只有小安仍在擔憂，丹尼在她的眼中看見擔憂。她瞇著眼，好像外面艷陽高照。

丹尼累了，好累。之前那股疲憊湧回，填滿憤怒原本聚集的地方，他覺得疲憊包圍眼球，把眼球向後轉進腦袋裡。他閉上眼，暈了過去。

第十章

和組員在外圍欄內約二十呎的地方挖配管線時，我注意到一輛小型棕褐色速霸陸沿路行駛過來。那條路連接通往監獄的州際公路，與外圍牆平行，但相距一段距離。由於之間有兩道網格圍欄和許多刺絲網，根本看不見誰在開車。我甚至不知道我爲什麼轉頭看。其實那是屁話，我們老是東張西望。

星期四沒人探監，所以停車場空蕩蕩，只有職員在。速霸陸開進去停到車位上。我沒理由想到荷麗，星期四沒有她的課。而我也沒想到她，但不知爲何，速霸陸的門打開時，我卻盼望下車的是她，結果眞的是她。

她抽著菸，那是我第一次感到震驚。通常我能從手、頭髮、口氣聞出女人有抽菸，在荷麗身上我卻完全聞不出來。抽菸是討人厭的習慣，女人抽菸尤其討人厭；如果這樣算性別歧視，我道歉。不過看著荷麗在車外一手遮擋照射眼睛的陽光，同時長長吸一口菸，我卻不覺得厭惡，反而更加心動。她一直有在抽菸，我竟然不知道。

第二次令我震驚的是她的裝扮。她沒有穿平常穿的寬鬆衣物，穿有圖案的深色長裙，搭配淡綠色短衫，好像去辦公室穿的服裝；鞋子有微微高起的鞋跟，使她前傾，把重心壓在腳尖上；頭髮放下，在熱熱的微風中飄揚。她吸最後一口菸後，用鞋子把菸屁股踩扁。

現在，為了看她，中間刺絲網的反光把我的眼睛弄痛，白碎石就更不用說了，他們用那些白碎石來填內、外圍欄之間的死亡空間。白色能讓落到上頭的任何物體曝光，比方說爬過第一道圍欄而沒被割破動脈的囚犯，那道圍欄三十呎高，上頭有刺絲網螺旋延伸。外圍欄底下有一道牆，深入地底二十呎，只有管線穿過。

「你認識那個人嗎，雷？」獄警說。

「他是想認識那個人。」天使說。

「她是我堂姐。」我說。他們全看著我，好像信以為真，片刻後全笑起來，只有獄警沒笑。

「動起來，否則我要開始開單囉。」他是說真的。傑金思是這個地方開最多單子的獄警，這是千眞萬確的事實，我們管他叫開單女郎。

我們正把腐爛的主配管線路挖出來，挖出的管線外層硬化、漏水，發出像屍體的味道。這個星期稍後，我們會把所有管線換新。我注意著入監許可處，現在沒人探監，所以我知道荷麗很快就能通過那裡。接著她會從另一邊出來，走個三十呎左右到監獄建築。到時候我就可以再看見她，我們之間不會有圍欄。

果然，兩分鐘後她又出來了。從許可處到探監室的那條路上，一側有園藝課時種的花圃，花朵盛開。或許是因為這樣，荷麗緩下腳步欣賞花朵。不過不可能是這樣，外面一定到處都有花。她緩下腳步，比較可能是因為不想聞剛走進監獄建築就會聞到的那股令人作嘔的味道。如果我知道怎麼用文字向你形容那股味道，我就不用上寫作課了。我只能講出裡頭的一些味道，像是菸味、殺菌劑味、汗味、食物味、尿味，但是混合起來的味道遠臭於這些味道加起來的味道，一開始你會寧願停止呼吸，也不要吸入那味道。一小時後你就再也聞不到，但我認為那更糟。荷麗慢慢走過花圃，在那片刻，我慶幸自己運氣眞好，能剛好在這裡，看見她在沒上班的日子走過，眞是天緣巧合。那種感覺就像嗑藥的亢奮感，就像我在別處，就像幾星期前我在荷麗課堂上引發的事，把我帶到這裡，在陽光普照的日子，看著她走過那條路。我不知道該怎麼形容那種感覺。

大夥兒咕噥說可口喔、美味喔、眞想把臉貼上去，不過說得很小聲，聽起來比較像窸窣聲，不像說話聲，連傑金思都聽不見。瑞德和龐柏這兩個強姦犯什麼都沒說，只是用眼睛跟著她。荷麗朝我們這邊瞥了一眼後，旋即加速，接著咻！消失了，進入探監室。我試著在腦海重播，想重新看一次她走過花圃的身影，卻只看到我們：七個囚犯，穿著綠色卡其服和獄方核准的靴子，挖著一個臭洞。每個人都沒有臉，或許瑞德除外，因為他比我們其餘的人高一呎吧。美好的感覺迅速消失，害我頭暈目眩，好像割破動脈一樣。我在我們剛挖的洞旁邊坐下。

「起來。」開單女郎說，「幹，你怎麼啦？」

我站起身。

「拿鏟子挖，這是直接命令。」他那樣說，如果我不動的話，他就能開單記我。我絕不會讓他稱心如意。

我的鏟子開始進出洞口。我需要思考，如果思考，我就能讓這種感覺停止，但是我無法思考。

「你病了嗎？」傑金思說。我讀出他的心思，他在回想上個月柯維士發生的事。獄警不准柯維士休息之後，柯維士在壓薄機上昏迷，當場心臟病發死亡。

「是的，長官。」我說，「我病了。」

「我也是。」阿瑞說。

「我們都病了，長官。」天使說，「病得挖不動。」

不過我們還是繼續挖。

「你們這群人本來就有病。」傑金思說完便對這句話狂笑。

下一堂課，荷麗看起來一如往常，穿寬鬆衣物，把頭髮往後綁。休息時間，以往那一群人又拚命想引她注意，通常我會直接走到走廊，但今天我待在教室裡等。

最後只剩哈邁德和我在等，哈邁德看到我在他後面，於是放棄位置，走出去。哈邁德和我前世是兄弟。

荷麗對我微笑，這是梅文幾星期前把我摔到地上後，我和荷麗第一次眞正彼此互看，感覺好奇怪，好像赤身裸體。

「你在想什麼，雷？」她問。

她盯著我看，害我不知道要說什麼，最後我告訴她：「我看見妳，星期四進來。」

「我也看見你。」她說。

「騙人。」我告訴她。

「你在挖東西。」

這讓我感到驚奇、震驚。即便此刻站在荷麗面前，相距咫尺，伸手就能摸到她，我仍沒聞到菸味，完全沒有菸味。

我說：「妳怎麼知道那是我？」

「你的臉啊。」她說。我們兩人都笑起來，而且越笑就越覺得有趣。

走廊裡有喧鬧聲，有人拉高嗓門，使得只有我們在裡面的這間教室感覺起來更加安靜，那扇門沒有砰一聲打開的每一分鐘，都是一次奇蹟。

「我想跟妳說話。」我說。

「我們現在不就在說話嗎？」

「我是說想認識妳，我想聽妳的故事。」

霎那間，我之前曾見過一次的那種痛苦再度浮現荷麗的臉上。「你不會想聽。」她說。

「爲什麼這麼說？」

她思索一下。「因爲既複雜又無趣。」

「我要讓它變得更複雜。」

「我覺得，」她說，「你想害我被炒魷魚。」

「妳有另一個工作。而且妳會為了那個工作打扮。」

「無可奉告。」她說，再度露出微笑。

「妳結婚了嗎？」我問。她沒有馬上回答，於是我又說：「還是離婚？分居？『複雜』應該是指『小孩』，至少有兩個，不過我猜三個。」

有東西從她的臉上脫落，霎那間，她看似悲傷，幾近害怕。

「你是騙子，對吧？」她說，「那是你在這裡的原因嗎？因為詐騙別人？」

「騙子不會淪落到這裡。」我說，「騙子會到比較好的地方。」

「那你犯什麼罪？」

「我因為謀殺入獄。」

「騙人。」

「是真的。」

荷麗沉默不語，雖然最後還是回答，但笑容早已消失。「如果你以為這樣會讓我印象深刻，你大錯特錯。」

「回答問題就對啦。」我說，胸口變得非常緊繃。我以為那樣會讓她印象深刻嗎？連我都不知道。

她打開文件夾，看著裡頭。「荷麗。」我說。她仍保持臉朝下。接著門碰一聲打開，好像剛剛我們在講話時就該打開。休息時間結束了。

我回到書桌前坐下，感覺胸口緊繃。

史上頭一遭，湯湯竟然帶東西來唸，是手寫的，看起來大概有八十頁那麼長。荷麗立刻告訴他，不可能讓他唸完全部。湯湯聽到後，看起來有點洩氣。接著他用帶著鼻音的尖銳聲音開始朗讀，聽起來像在為某事提出冗長的辯解。他聲音很難聽，朗讀的樣子看起來很緊張、很激動，停下來好多次，因為看不懂自己的筆跡，筆跡大到每兩行就得翻頁。一開始我根本聽不下去，我們沒人聽得下去。不過最後我開始聽進一些東西：在深南部[1]的夏天，貧苦的家庭，太多孩子，有個媽媽不小心把一鍋滾水打翻在三歲兒子身上，導致兒子的手臂停止生長。儘管和荷麗的對談不順利使我心煩意亂，我還是聽得渾然忘我。那個男孩長大後開始吸食安非他命。結尾就在他第一次搶劫後，當時他扭傷一個老人的一隻手臂，還把它打斷三處。

湯湯停下來。原來他唸給我們聽的是完整的故事。沒人說話，最後湯湯緊張地笑起來，說：「我猜你們是無聊到懶得叫我別唸，對吧？」

荷麗先看時鐘，再看手錶，眼神古怪，好像剛睡醒。「好。」她說，「我們來聊聊這個吧。」艾倫．胡率先說出每次都會說的相同評論：他想聽更多來龍去脈。艾倫．胡熱愛來龍去脈，聽再多都嫌不夠。或許他只是想要荷麗知道他知道來龍去脈是什麼意思。

櫻桃說：「這個故事很悲慘，湯湯。搞得我眞的、眞的好難過。」

梅文說：「你得加些幽默到裡面，湯湯。這很要緊，老兄，或許一、兩個笑話就可以，但一定要好笑的。」

大家繼續討論，荷麗提幾個問題吸引大家注意，像是：「什麼的來龍去脈？」、「『讓你沮喪』就一定是壞事嗎？」、「這其實是在問我們爲什麼閱讀。」看著她，我知道湯湯做到在那漫長美好的休息時間，我與荷麗在一起時，我想做、應該做、需要做的事：湯湯感動她了。

最後荷麗說：「我放棄了。」我們全看著她。她直接走到第一排桌子。

「我教到這樣，如果各位還無法領會我們剛剛聽到的是很棒的故事——震撼、誠實、感人，我們寫作就是希望寫出這些元素——那我肯定是世界上最差勁的老師。如果各位無法領會，說眞的，我不知道我們在這裡做什麼。」

她站在那裡等，沒人說話。你或許會以爲至少有個人聽到這些話會高興，我說的就是湯湯，如果你那樣想，那就是你不瞭解他。荷麗說完後，他轉過來看我。「怎麼那麼安靜，雷？」

「我不知道。」我說，「我需要理由嗎？」

「我剛剛掏心掏肺唸那個故事。你該知道啊，我想聽聽你的意見。」

我覺得荷麗的眼睛看著我。我知道如果我率先說出似乎沒人懂的事，說湯湯是天殺的天才，寫了很棒的東西——很棒喔——那荷麗和我之間發生的不愉快就會消失。我把話想好了，一字一句都想好了，就放在喉嚨裡，但放得太深。

湯湯也看著我。我猜他大概三十歲，但他和所有毒蟲一樣，半數牙齒掉了，因此臉頰凹陷。

他現在看起卻像八十歲左右，眼球緊張地動來動去，充滿希望。我做的任何小事都會讓他融化。我不知道爲什麼，我不知道爲什麼我對湯湯有那樣的影響力，我根本不想要，但卻不能拋棄。

須臾過後，我說：「我知道發生什麼事，因爲相同的事一直在發生：給我好東西，我喜愛或想要或需要的東西，我會找出法子把它磨成粉。」

湯湯的雙眼變得無神。「去你的，雷。」他說完便轉回身。透過他的襯衫，我看見他彎曲的脊椎。荷麗往下看。

我完了，我心知肚明。

那晚我躺在床上想寫作。荷麗沒有拿我的文稿就離開教室，但我希望下星期她會開始再向我拿文稿。或許那樣我就能修改好文稿，或許能和湯湯一樣打動她。

大多數時間我只是躺在那裡。

戴維斯在下鋪，發出窸窣的聲音和咯咯的笑聲，好像在看電視。不過那裡沒有電視，只有「無線電」。

他偶爾會探出頭說：「你怎麼了？」

「我沒怎麼。」我說。

「那你幹嘛躺在那裡，像剛從火山裡噴出來？」

「沒理由。」

「一定有理由，什麼事都有理由。」

我沒對湯湯說的話還在我體內，像鉤子一樣鉤住喉嚨。我覺得若不弄出來，我會死掉。

戴維斯站起身看著我的臉。「你病了嗎？是嗎？」他問。我覺得他想表示善意，但任何懦弱的跡象都會惹火戴維斯。

「對，」我說，「我病了。」

「好吧，祝你早日康復。」

隔天早上六點，我們走路去餐廳。通常戴維斯不會走近餐廳，總是靠從福利社買來囤積的海鮮拉麵果腹。但在鬆餅日[2]，連戴維斯也會爭先恐後地趕到餐廳。我的意思是，誰不喜歡鬆餅？餐廳就像寬廣的工廠作業場地，頂部有長窗，面對天空，被陽光照得呈現紅色。餐廳有股臭味，蒸盤的蒸氣味，夾雜煮蔬菜的味道和地板的氨水味，今天還有假楓糖漿的甜味。

每個餐桌有四個位子，我猜獄方認爲每桌人數越少，越不會打架。戴維斯和我獨坐一桌。餐廳擠滿人，大多只聽到用餐的刮擦回聲。戴維斯和我用餐時沒說話，不到五分鐘就吃完了。

排隊倒餐盤時，我看見湯湯等著拿鬆餅。他的兩邊肩膀上各有一隻壁虎，還有一隻在他的襯衫鈕扣間爬行。看到那些顏色鮮艷的臉在湯湯乾癟、缺牙的腦袋旁，我感到一陣胸痛，思索著該不該現在過去告訴他我喜歡他寫的東西，縱然太遲，縱然荷麗永遠不會知道。

我還沒做任何動作，湯湯就朝我走來。他走得很快，不過我心煩意亂，沒有領會過來。我站在原地拿著餐盤，直到人們開始讓路，我才瞭解即將發生什麼事。接著時間變慢、暫停，我盯著湯湯空洞的眼神，心想：「**我怎麼會沒注意到？是那些壁虎陷害我嗎？**」接著有東西移動，我感覺好像早就知道，好像這一切以前發生過，好像我一直在等它發生。

湯湯驟然用一隻手臂勒住我的脖子，把柄子捅入我的肚子，出手極快，因此他捅完後，我還拿著餐盤。下一秒戴維斯就壓到他身上，像個野人，一天能做七百下伏地挺身的野人。他高高舉起湯湯，摔到十呎外的桌上。不過湯湯有救兵，那三個人是他的牢友，揮拳猛打戴維斯的手臂和腦袋，直到獄警們把他們拉開。我看著這一切時，肚子感到熱痛。柄子還插在我身上，我試著拔出來，但拔不出來，只好任憑它插著。我感覺血一陣一陣不斷湧出，便把雙手放在傷口上，試圖止血。由於疲倦，我躺到地上，話開始出現，我想聽那些話，我想捕捉那些話。我閉上眼：「**鄉巴佬、酒鬼、蠢蛋、賭徒、莽夫。**」話在我身邊飄蕩，像樹上落下的葉子，彷彿我是個孩子，躺在草地上，看著葉子落下：「**搖擺舞、操縱桿、老爺車、空洞、神聖、聖誕快樂。輪到誰把星星放到樹上？今年輪到阿保。不對，阿保回家了，他家人來帶他回家了。幸運的混蛋。才不是幸運，是因爲他表現好。他做該做的事，我不知道爲什麼那對你來說那麼難，雷。爲什麼你就是做不到。或許你就是壞。對啦，或許我就是壞，或許我就是不想回家，或許家就是比這裡還爛……**」

聲音，我聽著那些以前的聲音，納悶到底是從哪來，不可能是這裡，不可能是這個地方。接著我看見戴維斯把無線電拿到窗邊，旋轉旋鈕，調整收訊。我心想：「是眞的！他是對的！那臺機器有效！」戴維斯對我眨一下眼，我也對他眨一下眼，因爲我確實聽到聲音，我聽到了，雖然很久沒聽到，但是不論在哪，我都認得那些聲音。

1泛指美國南方最保守的幾個州，包括阿拉巴馬州、喬治亞州、路易斯安那州、密西西比州、南卡羅萊納州。

2鬆餅日又稱懺悔星期二，依基督教傳統，復活節的前四十天爲四旬期，期間教徒會齋戒來紀念耶穌，而四旬期來臨之前的星期二就是懺悔星期二。因爲在懺悔星期二之後必須齋戒，爲避免牛奶、糖、雞蛋、黃油等食材壞掉，大家會在這天做鬆餅來吃，把食材用盡，以免浪費。

第十一章

丹尼在深夜醒來，獨自在房裡，城堡安安靜靜。他不知道現在幾點，也不知道自己睡多久。

他下床走到窗前。大片的雲朵移動著，但每幾分鐘就會讓月亮露出來，月亮像聚光燈一樣，又亮又圓。在他下方，花園一片漆黑。

他站在窗旁一陣子後，才發現腦袋的疼痛消失，彷彿他把疼痛拿掉，跟汗溼的被單一起留在床上。他摸摸頭，心想說不定繃帶也消失了。但是繃帶還在，包覆頭的上半部，有點溼。然而，丹尼感覺很好，比好還好。從來到城堡後，他第一次覺得身體強健、腦袋清晰、完全清醒。他怎麼會感覺那麼好？那些睡眠終於消除了時差症嗎？

丹尼感覺好到無法待在房裡，需要到外面，到月光下走走。

他費了些時間尋找靴子後，才想起把靴子弄丟。靴子在塔樓，八成在他摔出去的那個窗下。他只好穿上拖鞋，空氣接觸赤裸的腳趾，那種感覺眞的很棒。

他在床附近找對講機，卻找不到，肯定是豪爾拿回去了。

走廊裡的電燭光仍亮著，丹尼不知道哪扇門裡住著誰，也不知道哪條路通往外面，但他向左走，在走廊轉角處發現一道彎曲的樓梯井，看起來像極了第一天他和豪爾往下走的那道樓梯井。頂部有螢光燈泡，但他往下走後，樓梯轉彎處便擋住燈光，所幸他有帶手電筒。

結果這道樓梯和之前走過的不同，豪爾帶他往下走的那道，底部翻修了一半，但這道直接通向散布幾呎長的垃圾，有腐爛的睡袋、一堆堆篝火的餘燼、扭曲的罐子、菸屁股，這讓丹尼想起過去數度必須把朋友安格斯拖出來的那些毒窟。他小心走過垃圾，走向一扇他確信是通往外面的門。突然間他感覺有東西在赤裸的腳上爬，低頭赫然看見昆蟲甲殼的油光。「幹！」丹尼一邊把沉重的蟲子踢飛，一邊走向門，最後出門走進花園。

花園的涼意將他包覆，他把聞起來像花香的空氣大口吸入肺裡。風勢加強，感覺像雨一樣；雲朵快速飄過一下出現、一下又消失的月亮。他到過一座塔裡。丹尼把頭往後仰，看見天空下的彎曲塔頂，看見那些方形城垛。

他低頭看時，發現雙腳像兩個白色鬼魂。丹尼需要靴子，無庸置疑，他現在就需要。在他頭上枝葉構成的華蓋上方，塔樓在天空下呈現黑色長矩形剪影，接近頂部的一扇窗裡有橘光閃爍，那是火。丹尼以火引路，但一直有東西妨礙行走：樹叢、樹枝、石頭、藤蔓。拖鞋導致他跛行更嚴重，而且一直有東西碰觸他的腳，快把他逼瘋。他以前怎麼會穿拖鞋呢？簡直就像光腳走路嘛。

不過丹尼感覺很好，幾乎好過頭，這麼說不是因爲他不喜歡感覺好，誰不喜歡感覺好？而是他有點不相信能感覺這麼好。這感覺起來太過簡單。因此，丹尼心裡有股焦慮感，不安穩的感覺，那種感覺會讓人擔心壞事即將發生，即便感覺很好！

最後走到塔樓後，丹尼把手放在石牆上，摸著走到沒有面對城堡的那邊，米克和小安之前就是在那裡。喝，一隻幸運靴就擱在光禿禿的地面中央，好像在等他！踏破鐵鞋無覓處，得來全不費工夫！丹尼撿起靴子，把鼻子塞進去吸皮革的甜味。多年前剛買那雙靴子時，他會把靴子擺在床邊，好讓自己睡前最後聞到和起床首先聞到，都是靴子的皮革味。他原本以為味道會漸漸淡去，卻沒有，甚至經過十八年，皮革味依舊濃厚，這讓丹尼驚奇不已，有時甚至不禁納悶那味道是不是自己幻想出來的。

他脫下左腳拖鞋，把靴子穿到赤裸的腳丫上。這表示受傷的右腳現在比穿著靴子的左腳短一吋半左右，因此他必須跛行尋找另一隻靴子。在塔樓底部以及米克和小安之前站的那棵樹之間，丹尼找遍每吋土地，甚至在塔樓的每個角落附近摸索，把手電筒照向靴子不可能掉落的地方，但就是找不到。他不斷抬頭看自己摔出的那扇窗，想看看靴子還可能掉到哪。抬頭看第五或第六次時，他注意到一個東西，裝似鉤子的黑色物體，掛在窗邊。他把小手電筒往上照，瞇眼看著那片黑暗。

眞令人難以置信，右腳靴子竟然還掛在那裡。

丹尼用石頭丟靴子，但偏一大截。再度嘗試時，他拿更大的石頭由下往上慢拋。這次發出沉悶的聲響，好像眞的打到皮革，但皮革紋絲不動。他拿根大棍子，用力往那裡打，結果打到玻璃。他嚇得僵住，以為會聽到碎玻璃掉落和男爵夫人氣憤咆哮，卻什麼事都沒發生。男爵夫人肯定關上窗戶，為了洩憤，故意任由靴子掛在那裡；或許她太矮，沒看見靴子。不論如何，足以把靴子打下來的大石頭，都能輕易打破玻璃，惹來男爵夫人。謝謝，不用了。他必須白天帶梯子和長棍再回來。

丹尼繼續穿著左腳的靴子，把多出來的拖鞋帶離塔樓。走路跛行，加上兩腳高低落差大，一點也不好玩。於是他放棄嘗試正常走路，讓自己跛行，這樣輕鬆點，但是如果在別人面前，他絕不會這樣做。

他走回雜草叢生的花園。月亮完全被遮蓋，空氣中有強烈的暴風氛圍，土地柔軟。丹尼打開手電筒時，光束周圍的樹枝自動變成通道。他感覺到周圍花園的重量與質量，花園裡充滿有生命的東西和空洞死亡的東西。

跛行片刻後，丹尼慢下來。他要回城堡嗎？他感覺好像在那裡待了數月。還是去塔樓？不行，男爵夫人躲在裡面。還是到外牆？但外牆似乎都在好遠之外，到不了，再說，他穿著一隻靴子和一隻拖鞋，加上一邊膝蓋受傷，要怎麼爬牆啊？

丹尼停下來不走了。沒有他想去的地方，明白這點使他的好感覺開始流失。

停下來後，在突然陷入的寧靜中，丹尼聽到附近樹叢裡發出啪一聲。他嚇得呆住，仔細聆聽。原來是風吹得樹枝嘎吱作響，還有一些可能是鳥或老鼠造成的小聲響。但這些聲響的後頭或附近，還有別的東西。丹尼再度移動時，聽見它也動了起來。那個東西在花園裡。

他的胸口裡有股寒意，像凝結物一樣。那是恐懼。

丹尼的心臟怦然醒來，腎上腺素把鼻竇沖得暢通。他又開始走，全速跛行，一邊想該不該脫掉左腳的靴子穿回拖鞋。但他不想停下來，不想和幸運靴分開。

他想起水池，水池附近空間開闊，在那片空地，他就能看見是什麼在附近，或是誰在附近，就能與之面對面。還有一件事讓丹尼想去水池：衛星接收器在池裡的某處，深處，他想待在衛星接收器附近。

有了目的地，使得丹尼能保持冷靜。他一跛一跛走著，朝自己猜測是通往水池的概略方向走。他走路時刻意發出聲響，想蓋過另一個東西的聲響，但他仍能聽見，能感覺到那個東西就在後頭，穿越花園。丹尼想像看見自己的模樣就覺得毛骨悚然：一個腦袋受傷的瘸子，右腳掌上全是任何人都能伸手去抓的白色大腳趾，在未知的國度裡，在滿是陌生人的城堡外，踉蹌走過破爛的花園。丹尼看到的是一個沒有選擇餘地、走投無路的人，一個一無所有的人，不然他爲什麼會在這裡？

又一股寒意湧現，丹尼告訴自己：「冷靜。冷，靜，啊。」

蟲就是這樣入侵的。一旦你放任自己那樣想，蟲就會爬進你體內，開始啃食，直到毫無所剩才罷休。倘若你認爲自己是軟弱無能的人，遲早人人都會認同你就是那樣的人。丹尼見過這樣的事發生。蟲啃食人的方式，就像歲月啃食這座城堡一樣：把天花板弄塌，把牆吃穿，在地板下挖出坑道，直到就算是完美翻新的走廊，有刷亮漆的門，牆上有假燭光，幾層樓底下還是會有上千隻蟲到處爬。

丹尼還沒抵達就聞到水池的味道，一陣風抓住那股臭味，吹過柏樹牆，對丹尼的臉搔癢，吹亂他的頭髮。他下意識停下腳步，停下來感覺那股不潔的風吹在臉上，聽到柏樹牆裡有東西在動，發出像皮革摩擦的沙沙聲，他聽得頭皮收縮，拉扯著繃帶下失去知覺的頭皮。丹尼的心臟猛烈撞擊肋骨。他站著不動，頭皮緊繃，起雞皮疙瘩，只有眼睛在動。他不打算跑。「**這一切都是我的幻想。這一切都是蟲想入侵。**」

丹尼把手伸進口袋要拿手機，亟欲與人通聯，因此忘了事實，像是他沒有手機。那是一股大腦的渴求，想從丹尼的頭骨裡向外逃，卻無處可去，沒有東西可以抓住。他把手指深深插入口袋，把口袋都戳破了，但是找不到手機。那股想向外逃的渴望便反過來，直接鑽進丹尼體內，喚醒頭部的疼痛。

丹尼在柏樹牆裡發現一個通道，通過後便看到水池：圓形、寧靜、黑色。那是想像力池。在黑暗中，看不出水池的黑色是來自水池裡。風勢強勁，葉子旋過大理石地面，白色大理石緊抓著來自某處的光，或許來自天空，因此水池附近發著光，就像剛下雪後看到的那種光。丹尼在空地上小心翼翼地轉身，看著每個方向。沒有別人。他覺得心臟平靜下來了。

血液慢下來，使得丹尼頭暈目眩；他不再害怕，甚至知道之前的害怕都是無謂的。不過丹尼並不是安全了，蟲仍試圖入侵他，這點顯而易見。他知道徵兆。在容易被蟲入侵時，你必須採取預防措施，把一些關鍵事實放在堅固的地方，讓蟲就算入侵了，也無法去碰那些事實。丹尼以前認為心臟就是那個堅固的地方，但現在有更適當的詞：塔樓。他自己的塔樓，在他體內，如果城堡被入侵，他就會把寶藏藏到塔樓裡。什麼東西該放到丹尼的塔樓呢？他想到很多東西，想到十八年來的所有東西，包括來自友誼、女友、勝利時刻、請他當過跟班的掌權者；但把範圍縮小到他生存不可或缺的東西時，就只剩一樣：瑪莎・穆。瑪莎愛他，丹尼想像自己把這個事實當成是活的，拿在手裡，放進肋骨裡的盒子，把盒子封起來。接著恐懼便消失，他覺得安全了，虛弱，疲憊，但安全。只要瑪莎在塔樓裡，蟲就贏不了。

丹尼必須坐下，但不再是因為倒時差。那是為什麼？或許是因為頭部的傷吧。他一跛一跛走到水池，跌坐到之前坐的長椅上，看著水。清澈部分的水反射著來自天空或石頭的銀光，汙濁部分的水也反射著銀光，不過質地像油膩的毯子。丹尼看著水，深吸了幾口長氣。天空亮光閃動，遠處傳來雷響，接著水動了起來。

水起了漣漪，不是石頭落水或魚兒游動造成的小漣漪，是龐然大物引起的漣漪。

漂浮物下捲起一層水波，沖上白色大理石池邊，發出一聲輕輕的拍打聲，把一股臭味送到空氣中。丹尼的頭皮綳緊，拉扯著縫線或固定針，姑且不管那叫什麼。他覺得頭上的毛髮被撩起。

這個地方靜了下來，沒有昆蟲，沒有風，沒有窸窣作響的樹葉，靜得像事物之間的暫停，像有人屏住呼吸。

丹尼看見人影，或許他們從頭到尾都在那裡，只不過水讓他分心，沒注意到。有兩個人影，很難說他們是亮或暗，似乎同時有點亮又有點暗，好像他是在看底片。他們一開始是分開的，接著一起走到池邊，合而爲一，因此無法把他們分開。最後水泛起臭烘烘的長波。

丹尼想站起來，他眞的大聲說出來：「幹，站起來啊！」卻無法動彈，心臟猛烈跳動，害他以爲自己會吐。

他看到的是龍鳳胎嗎？他看到的是他們死亡的過程嗎？不管這是什麼，看起來似乎暴力，像一個人推另一個人，或有人同時推他們分開，結合在一起；被推入水。水底泛起一道長波，一片水花濺到大理石上，每片水花都比下一片大一點。

「**跑啊**。」丹尼心裡有個聲音說，「**離開這裡！**」

丹尼卻說：「我不跑，我從不逃跑。我不怕。」但他的心臟卻壓磨起來，胸腔裡有冰。

池水開始晃動、顫動、震動，出現小漣漪，好像有巨物要從水底冒出來。

丹尼站起身。「**這不可能是眞的**，**這不是眞的**。**我不相信會發生這種事**。」他看見水打開來，水裡打開一個洞，像嘴巴或洞穴或墓穴，那個黑洞使些微嘔吐物上湧到丹尼的喉嚨。「這不是眞的，**那是我產生的幻覺**。**這一切都是我腦袋裡的幻覺**，**沒什麼好怕的**。」但在這個聲音之下，還有個生硬又驚恐的聲音說：「我不想看。跑，**跑啊！**」

水裡的洞往內陷，不斷擴大，直到整個水池**變成**洞，一個黑色圓洞，看似直通地心，充滿液態物質的地心。洞裡傳出一個聲音，一開始丹尼聽不太到，因爲那個嗡嗡聲像極了耳鳴聲，但嗡嗡聲每響一次就變得更大聲，直到變成大吼、咆哮、尖叫，那種可怕的噪音灌滿丹尼的耳朵，接著造成耳朵短路，導致他只聽到嗡嗡聲。就在此時，**握睡**和**抓睡**這兩個詞突然出現在丹尼的腦海，使他頓然大悟，身體因爲頓悟的衝擊而猛然震了一下。**「我沒醒！這全是夢，我一直在做夢，握睡抓住我，給我看各種看起來像眞實的狗屁，但這一切只是夢，全是我腦子裡的幻覺。」**

「沒錯，但什麼才是眞的？」傳來一個熟悉的聲音，那聲音在丹尼的耳朵附近，是在他的身體外，在水池外，在一切之外。「你正在體驗，對吧？」那聲音說，「你正在經歷，對吧？」

丹尼聞到薄荷味，水池附近的空氣中滿是薄荷味，吹拂刺痛丹尼的眼睛。他頓然明白，那個新聲音就是豪爾的聲音。豪爾在這裡！他在附近，咫尺之外，這表示丹尼不在這裡，躺在床上，豪爾則在床邊的椅子上，跟之前一樣。丹尼根本不曾到外面，甚至不曾移動，他在做夢。

他閉上眼，想讓轟隆作響、並非眞實的水池消失。他全神貫注於陷入抓睡的皮囊外的豪爾的聲音和薄荷味呼吸，感覺快哭了。

丹尼說：「豪爾，救我，我渾身不對勁。」

「你沒事的，兄弟。撐住。」

「我好怕。」

「那沒什麼好覺得丟臉。我們都會怕。」

「請把我弄醒，拜託。」

「我沒辦法，丹尼。」

丹尼聽見彷彿笑聲的聲音，至少那是別人的聲音。是研究生嗎？他們全聚在房裡嗎？

丹尼說：「拜託，豪爾。肯定有辦法。揍我，把我踹到房間另一邊。我不管，把我弄醒就對了。」

又有聲響出現，那絕對是笑聲，豪爾也在笑。「我剛剛沒聽見，丹尼，再說一次。」

丹尼緊咬牙根。「拜託，把我弄醒。」

「噢，我沒辦法，兄弟。這太有趣了。」

「啥？」

「這可把我逗得不亦樂乎。告訴我那是什麼感覺，丹尼。鉅細靡遺告訴我。被嚇瘋了卻沒人來救你，是什麼感覺？」

寒意襲來，丹尼身體一震，那是一股恐懼湧現，和他之前在花園裡感覺到的一樣；有壞東西在他附近，在他身邊，丹尼知道那就是豪爾。

全是豪爾搞的鬼。

「拜託，」丹尼雙眼緊閉低聲說，「救我。」

「你需要幫忙？」笑聲再度出現。「拜託，兄弟。我人很好，但沒那麼好。」

「拜託。」

丹尼面前的薄荷味很強，豪爾肯定湊得很近。丹尼感覺到豪爾的皮膚發出體熱，有人把汗水滴到他的臉頰和眼皮上。豪爾的聲音聽起來就像來自丹尼的耳朵裡。

「你害怕？你要我幫忙？這樣要求很多喔，你這個冷血的混蛋、邪惡的王八蛋。」

丹尼大聲尖叫，睜開雙眼。他站在水池旁。又是水池，無數雨滴輕輕拍打池面，雨水從丹尼的頭髮流到臉上。情況恢復正常，使他那冰凍一段時間、被恐懼消除的理性也恢復了，消除了恐懼：「一切都是夢，連豪爾也是夢的一部分。這才是眞的，雨水、水池，只有這些是眞的。」

雷聲霹靂，閃電劃破長空，驚恐再度緊抓丹尼。他奔跑起來，盲目衝過柏樹牆，鑽入矮樹叢，踉蹌跑過細枝，細枝回彈，劃傷他的臉，擦傷他的皮膚。他絆到樹根後，跌了個狗吃屎，滿嘴泥土的黃銅味。此時雨水猛力拍打丹尼，浸溼繃帶，直到頭上的繃帶變得沉重。雨水流到眼睛和鼻子裡，害他嗆到。丹尼繼續跑，即便奔跑毫無意義。只有這點，他身體的每個部分都認同：奔跑毫無意義。但他實在太害怕，不敢停下來。丹尼的腦袋裡發生爭吵，驚慌的他和理性的他在爭吵，這種爭吵方式我們多數人都認得。不過爭吵發生的過程並不像我接下來寫得那樣，像對話一樣你一言、我一語。在丹尼腦袋裡，那是一個糾結、一陣騷動、一團混亂。

「他帶我來這裡，就是要折磨我，懲罰我。」

「別這麼想，這是蟲呀。」

「他一輩子都在恨我。」

「你會把蟲引進來的，別那樣想！」

「他要我死。」

「把蟲關在外面。如果你現在把蟲逼退，還能把蟲擋在外面。」

「他要把我逼瘋，這整件事就是他策劃來把我逼瘋。」

「放屁。放屁。是你把自己逼瘋，是你自己讓這一切發生。」

「打從一開始就是他在搞鬼，說不定連我摔出窗外也是他搞的鬼。」

「你明知道這是一派胡言，不可能。」

「現在我的腦袋受傷，我的腦袋出毛病，出現握睡，抓睡。」

「那是蟲。」

「研究生也是共犯。」

「米克和小安也要除掉我。」

「你正把蟲引入體內，你正把蟲吸入。這是你選擇，是你讓這種事發生。」

「我必須離開這裡，離開城堡。」

「那樣解決不了任何問題。」

「我會逃跑，我會搭機回紐約，我現在能做的只有設法活著逃出去。」

「你沒有地方去。蟲在你體內，丹尼，蟲在你**體**內。」

「救命啊！」

「自己救自己吧。」

「**救命啊！救命啊！**」丹尼大叫，對著黑夜扯嗓大叫，一邊在雨中踉蹌走向城堡。

第十二章

丹尼爬過一道破裂的牆壁，逃了出去；就是第一晚他從外面爬上去眺望的那道牆。顯然有更好的方法能離開城堡，但要找到那些門路勢必得問人，而丹尼絕對不要豪爾知道他想離開。

他把大部分的行囊留下，要是帶走，會拖慢速度，容易被發現就更不用說了。隔天走出房門時，衣物仍在中世紀大衣櫥裡，新秀麗牌行李箱裡空無一物，放在櫃子裡。丹尼只帶一個肩袋，裝著三件內褲、兩件換洗襯衫、除臭劑、牙刷、牙膏、髮膠（這就顯得過份樂觀，因為他頭上還纏著繃帶呀）、襪子。在外套口袋裡，他放著護照、三百美元、裡頭還剩約五百美元的有效信用卡。他得想辦法利用這些東西回紐約。

現在這裡我應該倒退一下，因為自從丹尼在花園裡淋雨起，已經過好幾小時，有人肯定會納悶：第一，他真的在外面嗎？還是這一切只是夢？第二，他回到城堡或夢到回到城堡後，有見過豪爾嗎？第三，哪一個丹尼爭論獲勝？是把一切歸咎於豪爾的他，或是歸咎於蟲的他？我真希望知道如何把這些答案一點一點分散於文章各處，好讓各位獲得答案，卻不會注意到如何獲得。但我不知道該怎麼辦到，所以我只好在看似適當的時機，直接插入答案。

丹尼走過兩側有一排電燭光的走廊，走得小心，沒有跛行，（**第一個答案**：這不全是夢，因爲丹尼擁有的鞋，只有一隻左腳靴子和一隻右腳拖鞋；他肯定是在奔跑時把另一隻拖鞋弄丟。這不只表示他在外面，不在床上；也表示豪爾其實沒有坐在丹尼的床邊，在他耳邊說卑鄙的話。但對丹尼而言，發現這點並沒有造成太大的改變，這就像夢到幹某人，隔天醒來後無法看著對方。丹尼對豪爾改觀，瞭解一開始就該瞭解的事：豪爾的友善以及帶他過來的理由，都太好了，不可能是眞的，是胡扯，是要掩飾另一件事。）以防被人看見，雖然此時是正午，很快所有人就會走進大廳，吃豪爾煮了整個早上、加了大量蒜頭、很像番茄的東西，那東西實在美味得不得了。

丹尼走過一面金色的大鏡子，刻意不看鏡子裡。他在拖鞋裡穿著襪子，防止腳趾被東西碰到，但他討厭穿拖鞋又穿襪子的樣子，堅信失敗者才會穿拖鞋搭配襪子，因此尤其不想看見自己已經變成那樣的失敗者。他脖子以上的樣子就更不用說了，從豪爾臉上的表情看來，丹尼就知道很糟糕。（**第二個答案**：那天早上六點左右，豪爾和蓄著鬍子、給丹尼打針的那個傢伙一起進入他的房間。豪爾在門口對躺在床上十分清醒的丹尼微笑，接著臉上笑容凝結，衝了過去。

豪爾說：「靠，這裡發生什麼事？」

丹尼說：「沒發生什麼事啊。」

豪爾說：「你滿臉都是割傷。」

若丹尼不是已經知道豪爾帶他過來這裡，就是要搞毀他的腦袋，肯定會徹底相信這個舉動，因爲演得太好，這個擔心的模樣眞的是大師級的表演。（第三個答案，抱歉把這個答案插在第二個答案裡面，因爲剛好適合放這裡：丹尼腦袋裡的聲音不斷爭辯誰是眞正的敵人，是豪爾還是蟲，爭辯歸結如下：

「豪爾。」

「蟲。」

「豪爾。」

「蟲。」

然後丹尼變得有點瘋癲，聲音開始全連在一起：「豪爾、蟲、豪爾、蟲、豪爾、蟲。」最後變成：「豪爾蟲豪爾蟲豪爾蟲。」結果這串聲音給了丹尼答案，串聯斷裂成：「不是豪爾**或**蟲，豪爾**就是**蟲。」兩者不是相對的，而是同一個東西，是邪惡可怕的東西，爲了趕上他，等了數年。丹尼感覺到它在那裡，那段時間一直都察覺它在等待，甚至給它取名，只是從來不知道它是誰。）

丹尼說：「我睡不著，所以去外面透透氣。」

豪爾說：「你去**外**面？你瘋了嗎，丹尼？我沒解釋過——」

他停下口，長吸一口氣，用手順順頭髮，聲音變得輕，卻氣憤：「我就知道我該睡在這裡，我就知道。醫生，你瞧，他昨晚跑去外面。瞧他發生什麼事。」

丹尼說：「別緊張啦，豪爾，只是一點擦傷。」

豪爾睜大眼睛盯著他。「你不懂，丹尼，我肯定沒解釋好。你有——幹，算了。」他重重坐到丹尼床邊的椅子上。

醫生走過來，用兩隻冰冷的小手扶著丹尼的頭。

豪爾說：「他是來幫你換繃帶。對了，你的繃帶看起眞像屎呀。」

丹尼說：「繃帶淋了雨。」

豪爾搖搖頭。醫生逕自開始工作，拆掉並拿開丹尼頭上的繃帶，用鉗子清掉水、血、膿。豪爾站得很近，看著一舉一動，從他的表情判斷，應該慘不忍睹。

豪爾說：「他……沒事吧？」

醫生說了些丹尼聽不懂的話。豪爾指著丹尼的頭，講話更大聲。「他沒事吧，醫生？看起來像這樣——是正常的嗎？」

醫生說：「對，對，沒事。」

醫生從軟管擠了些藥膏到丹尼的頭頂，赤手輕輕抹勻。丹尼的頭骨感覺到醫生的雙手在施壓，但頭皮感覺不到，因爲頭皮嚴重失去知覺。醫生把新的白繃帶包紮在丹尼頭的上半部。不知怎的，包紮後傷口就比較不痛了。）

一名研究生負責帶來丹尼的午餐，因此至少一小時後才會有人發現丹尼不見，而且至少再過一小時他們才會發現他已經離開城堡。即便這樣時間十分充足，丹尼仍全速行走，腳步沒有踉蹌。丹尼擁有的唯一優勢是豪爾不知道伎倆被識破，他得保住這個優勢。他走到花園，沿著牆內側走到之前攀爬的破裂處，爬了過去，再沿著牆回到城堡正面，拐入他認爲一定能通往小鎮的一條小徑。這次逃跑使丹尼活力大增，思緒變得敏捷，恐懼獲得控制。蟲已經進入他的體內，這點無庸置疑，但瑪莎安全地待在塔樓裡，丹尼一想到她，就覺得心臟附近有股熱光。

下坡道路比他印象中的還長、還陡，他有點恍惚地走著，最後腳下終於出現卵石。他回頭看城堡時，發現已經在兩、三哩外，不曉得已經走那麼遠。

他記得這個鎮是個沒有色彩的地方，但走向中央廣場時，一切事物的鮮艷色彩卻刺痛眼睛，有紅色屋頂、枝葉茂密的樹木、穿著條紋衣物的孩子橫衝直撞、看似剛洗完泡泡澡的狗、生氣勃勃的山丘、藍色的天空。城堡就在最高的那座山丘上，在陽光裡呈現金色。

丹尼有個目標：買車票，搭來這裡時搭乘的那輛山線火車回布拉格。他還有個不一定得達成的次要目標：若剛好找到旅行社，就買回紐約的機票。他努力不去想接受豪爾的單程票有多蠢，當初他就該從這點察覺事有蹊蹺。

廣場附近有紅色長椅，一名男性老者坐在其中一張上，懷裡抱著一隻猴子。丹尼坐到他旁邊。猴子體型小，渾身灰色軟毛，粉紅色夾雜棕色的臉看起來介於古代人和新生兒之間。猴子的主人拿一顆榛果要給丹尼，丹尼微笑搖頭，老人回以微笑，仍要他接過榛果，最後他才明白，老人是要他餵猴子。尷尬的丹尼接過榛果遞過去。猴子接過後，拿在乾癟的長手指裡轉動，最後頭一歪，小口小口咬了起來，圓滾滾的深色眼珠一直看著丹尼。猴子臉上顯露出的感情比人臉上的還豐富，好奇、憐憫、疲憊，好像他看過太多。丹尼不得不轉移視線。

八、九個男孩在廣場上踢球，踢得很好，連最小的幾名也是。丹尼不再惦念自己踢足球的時光，偶爾還是會想起當時的一些事物，像是草被踩踏的味道，或是他練習後走路回家時天空的模樣，房屋上出現一條鏽色，接著霓虹藍漸漸轉成黑色。在近晚時回家，讓他感覺長大成人，嚐到了大人的生活。現在回顧，那似乎是當孩子最棒的部分。

丹尼感到一股憂鬱襲來。他向抱著猴子的人辭別後，拖著身體離開長椅。他沿著一條順著山坡向上傾斜的狹窄街道走。每家商店都在櫥窗裡陳列漂亮的商品，有魚、麵包、葡萄酒。櫥窗全都看起來清潔擦亮過，看似不尋常，好像今天是假日一樣。丹尼問賣花的女士車站在哪，但她微笑搖頭。她聽不懂，她指向街上一家外面用鉤子掛著一個木製時鐘的商店。「英以，英以。」她說，仍帶著微笑。

丹尼也微笑。「好，太好了。謝謝妳。」

這家店裡涼爽，但滿是灰塵，飄著時鐘的味道，響著微弱的滴答聲，不是一個滴答聲，而是上千個重疊的不同滴答聲。有個把油膩灰髮往後梳的人，從滿是時鐘小零件的桌子對丹尼微笑。丹尼也回以微笑，臉因爲微笑太多次而開始發痛。

丹尼問：「你會說英語嗎？」

鐘匠說：「一點點。」

「太好了。我要找火車站。」

「這裡沒火車，下個鎮才有。」他說了個又長又難唸的鎮名，聽起來像思齊丘紅。

「啊，等等。我幾天前搭火車來這個鎮，所以這裡肯定有火車站。」

鐘匠微笑說：「這裡沒火車，火車在思齊丘紅。」

丹尼盯著鐘匠。難道這個鎮和他抵達的鎮不一樣？城堡附近有兩個鎮？

「我能步行到思齊丘紅嗎？」

鐘匠把目光移到丹尼身上。「步行？太遠了，我認爲。」

「好吧。」丹尼說。也就是說他在不同小鎮，這說得通，因爲這個鎮沒有一點像他等公車的那個鎮。原來他來到的，是個好鎮，不是那個爛鎮，但問題是火車只停靠那個爛鎮。

「那公車呢？我能搭公車到思齊丘紅嗎？有公車到布拉格嗎？有就再好不過。」

「公車沒有到布拉格，但自然有到思齊丘紅。」牆上掛著約莫五十個鐘，鐘匠走到其中一個，把指針條調八點。

丹尼問：「今晚嗎？」

「不是。」鐘匠比了個旋轉的動作。

「明天？整天就一班公車？」

「只有一班公車。」

「早上八點。」

「對，八點。」

「不是晚上八點……」

「不是。」

「這實在荒謬極了！幹，你們這些人是怎麼了？」說話聲猛力拍擊到這家小店的牆壁上後，丹尼旋即停口。他說起話來像瘋子，但鐘匠毫無反應，臉上仍掛著笑容。在寂靜中，丹尼聽到混亂的滴答聲，聽得焦急起來，彷彿炸彈即將爆炸。

鐘匠說：「思齊丘紅的鎮民，我們不喜歡他們，他們也不……」他指著自己的胸口。

「他們不喜歡你們。兩鎮鎮民不喜歡彼此？」

「對！嘿，嘿！我們不——對！」

「好吧。」丹尼閉上眼，「好吧，那……這裡有旅行社嗎？你知道旅行社嗎？旅行……社！」他又變大聲了，他實在忍不住。鐘匠保持微笑，丹尼察覺笑容底下有股焦慮感。鐘匠怕他，怕丹尼！幹，什麼跟什麼啊。

突然間鐘匠像聽明白似的點點頭，站起身，拉著一隻手把丹尼領到門口，指著街道的一端。丹尼朝那個方向走去，但沒發現任何像旅行社的行號，鐘匠肯定只是想打發他。街道盡頭是轉彎，蹣跚轉過彎後，發現自己往回走向廣場。他這次走另一條路離開廣場，片刻後，轟！又回來了。不論他走哪裡，都會發生這樣的結果。

丹尼看見一家店外面的鉤子掛著一顆木製地球儀後，趕緊走過去，心想終於找到旅行社，結果那是古董店。他甚至懶得進去，只隔著櫥窗看著原本肯定是把長弓的巨弓。他在看的當下，光線照到櫥窗上，使眼前發亮的玻璃驟然反射出他的映像：頭上纏著繃帶，雙腳不搭調，臉看起來像被人先拿棒球棒打過，再拿耙子耙過。模樣可怕至極、慘不卒睹，但丹尼卻沒辦法把目光移開。這傢伙是誰？他看起來心煩意亂，看起來像不該在世上，丹尼在街上會躲開這種人。唯有丹尼聚焦看玻璃後面的古董象牙握把大獵刀時，映像才會消失。

某種午睡開始了，街道上人群漸少。丹尼沿著道路走回廣場，帶著猴子的人不見了，他坐到沒人的長椅上，抬頭眺望城堡，城堡在下方的山丘上投射出一片黑影。他心中困惑、氣憤，因爲他原以爲此時應該已經離開小鎮，起碼也該拿著車票在火車站等，結果卻是抬頭眺望豪爾的城堡，全然不知接下來該如何是好。他想起了男爵夫人說的話：「**數百年來小鎮和城堡都互相協助。**」只要丹尼還在這座鎮裡，就還在豪爾的手掌心，沒料到，他似乎逃不了。

有東西在丹尼體內移動，是蟲在啃食。城堡廚房窗戶前的那架望遠鏡功能多強呢？豪爾此刻會不會正用它觀看丹尼在垂死掙扎之後前功盡棄？想到這，他的心臟猛然一震。丹尼環顧廣場四周，一排排完美的商店，櫥窗裡吊著香腸，咖啡廳的藍色傘撐開。他心想這些有眞的嗎。會不會這一切全是豪爾安排要讓他分心，要讓遊戲更加複雜，好觀賞他像無頭蒼蠅一樣亂闖，但卻一無所獲？

一想到此，丹尼頓然覺得小鎮的虛假明顯到愚蠢的程度，像是小販推車上的汽水瓶太亮、箱子裡的花、每個人微笑的模樣，都太假了。他站起身，恐懼再度用冰冷的夾子夾住他，但和昨晚不同，這次他頭腦冷靜，擬訂著計劃。因爲丹尼是鬥士，似乎從來沒人發現這點，尤其是他爸爸。他不會不戰而降。

丹尼走回剛剛走來的那條街。知道這個鎮是假的後，他第一次感覺到這個鎮似乎是有生氣的，所有完美的細節終於變得合理些。

丹尼回去時，發現在外面有地球儀的那間古董店，有名婦女正把篷子拉下來。

丹尼說：「打烊了嗎？我想買東西。」

婦女微笑著開門。她有暴牙，塗紅色口紅，頭髮烏黑亮麗。丹尼立刻對她回以微笑。所以她會說英語，起碼聽得懂。或許他們都會說英語。拜託，搞不好他們全是故意講話裝出怪腔怪調的美國人。

在店內，丹尼在之前隔著櫥窗看的那把弩弓附近走動，並且指著一張裝框的地圖，地圖高掛於牆上，伸手無法拿到，正中丹尼的下懷。婦女走進另一個房間，把丹尼獨自留在那裡。丹尼直接溜到櫥窗，偷取之前在自己狼狽的映像後面注意到的其中一把獵刀。他把刀塞進外套的內側口袋，瞬間就偷到手。

刀很重，他感覺到獵刀拉扯著左肩的布料。這讓他冷靜下來，就像有時聽到自己的脈搏也能讓他冷靜下來一樣。刀身就懸在他的心臟上面。

婦女拿著梯子回來，爬到上面。她爬上去拿地圖時，穿著高跟鞋的纖細雙腳搖搖晃晃。即便知道她在演戲，知道她爲豪爾工作，丹尼還是幫她扶住梯子。

婦女把裝框的地圖拿下牆，遞下去，因爲地圖太大，沒辦法夾在腋下。丹尼得張開雙臂才能拿住，一看見地圖，他便認出塔樓。這張地圖畫的是豪爾的城堡和附近的山地，地圖上有兩個鎮，其中一個似乎就是這個鎮，至少教堂看起來一樣。另一個鎮一定就是思齊丘紅。

丹尼付了一百美元現金買地圖，這下八成不能買機票了。其實他本來就永遠沒辦法買機票，因為他被困在這裡，他是豪爾的囚犯，承認這點，幾乎讓他覺得心情愉悅。

丹尼離開商店後，小鎮靜悄悄的。他慢慢走回廣場，把裝框的地圖像盾牌一樣拿在身前。廣場上只剩一人，是一個年紀較大的踢球男孩，還在練腳上功夫。男孩瞥了丹尼一眼旋即移開視線，這是鎮上第一個看他時沒微笑的人。

這就是孩子的特色，孩子不會偽裝。

丹尼閉上眼聆聽男孩練球，光聽球在廣場發出的聲響，他就能想像男孩的動作，因為他以前是個十分優秀的球員。

他睜開眼時，已經過了數小時，丹尼從光線就知道，因為光線斜照著山丘，濃濃的橘色像油漆一樣。現在鎮上比他剛來時還多人，餐館的椅子上坐滿腿上抱著小狗的老婦人，一些女孩穿著色彩鮮艷的洋裝，一名兜售固定在棒子上的氣球。一切事物的外貌都一樣色彩鮮艷，就像童書裡的圖片，媽媽總是會指著那樣的圖片對孩子說：「有看見狗狗嗎？有看見警察嗎？有看見蘋果嗎？」

有人過來坐在丹尼的長椅上。丹尼轉過頭看，旋即打直身體。是米克。

米克微笑說：「早啊。」

丹尼說：「天啊。」

「豪爾叫我下來找你。」

丹尼大吃一驚，米克竟然會承認這點。「他是擔心我找不到路回去嗎？」丹尼用嘲諷的口氣說。

米克說：「我想他不知道該期待什麼。你實在無法捉摸，你得承認。」接著他笑起來，「啊，這對豪爾有利，能逼他全神留意。」

「是啊，不過他也逼得我得全神留意。」

出現一陣沉默。丹尼不打算透漏任何事。米克是敵人的跟班，這表示他比豪爾更危險，這點丹尼應該知道。

米克問：「那，你覺得這個鎮如何？」

「很好。」

「我總喜歡下來這裡，讓腦袋變得清楚。」

丹尼等待片刻後問：「你認識我的堂弟多久？」

「從我們十四歲起，在感化院。」

這非常合理，丹尼感覺以前就知道這件事，但又忘了。

「你們怎麼會在那裡？」

米克瞥了他一眼。「因爲我們是壞孩子。去感化院還有別的原因嗎？」

「不過你們變好了。」

米克露齒而笑。「豪爾才是變好了，我只是變老。」比起之前任何時間，此刻在這個假鎮，坐在丹尼身邊，他似乎比較放鬆。丹尼納悶著爲什麼。

「最重要的是，我欠你堂弟很多」

「他肯定也有欠你。」

米克說：「我一直想把人情扯平，卻越陷越深。」

他瞥了丹尼一眼，兩人心照不宣：丹尼聽到了米克和小安說的話。不知爲何，米克並沒有因此討厭丹尼，反而相反。

米克問：「那，你想回城堡嗎？」

「說眞的，不想。」

米克長長吸了口氣。「我也不想。」

兩人坐著看廣場。一個老人在吹口琴，幾個孩子追著鴿子到處跑。即便沒說話，丹尼仍感覺自己和米克之間有東西打開。兩人有相似之處，都是跟班。

丹尼說：「我要回紐約。」嘴上雖然這麼說，他其實還沒決定。

米克說：「豪爾不喜歡人離開。」

「我知道，我感覺得出來。」

「那會讓他覺得自己做得不夠好，好像他是個糟糕的主人。尤其是現在，你整個頭都是傷。

他會希望你先康復。」

丹尼說：「我覺得很好啊。」

米克轉向他。「你最近照過鏡子嗎？」

「除非萬不得已，否則我不會照。」兩人笑了起來，米克看著丹尼又笑起來。「你對自己幹了什麼啊？」

「除了頭朝下摔出窗外嗎？」

笑聲再度出現。丹尼覺得自己可能會笑個不停。

米克說：「多數人那樣就受夠了。」

「我不一樣，我喜歡把工作做完。」丹尼強忍笑意，但不知怎的，覺得那樣有害身心。

米克說：「嘿，我們回去城堡之前，你要用這個嗎？」

他拿出一個丹尼認得的東西，但訊息費一段時間傳達後，丹尼才瞭解那是什麼。他張口結舌盯著米克手裡那塊寶貴的金屬，那是手機。

丹尼說：「你——你在哪拿到這個？」

米克笑了起來。「到處都有啊。又不是沒人有手機，現在那只是豪爾的……想法。事物的存留都依他。反正，拿去打吧，設定好打往美國了，所以你可以直接撥號。」

他把手機交給丹尼，走到廣場對面的汽水攤。他轉回身時，丹尼還沒撥手機。丹尼盯著手機，覺得這支手機迥然不同、非常陌生。米克高舉一個亮綠色的瓶子揮動著。

丹尼打開手機，感覺整件事宛如做夢。用顫抖的手指，他撥了瑪莎的工作地點電話，須臾後便在耳裡聽到瑪莎的聲音。

「雅各生先生的辦公室。」

丹尼太訝異了，反應不過來。他怎麼那麼快就聯絡上瑪莎？這似乎不可能。

瑪莎說：「哈囉？……哈囉？我沒聽到任何——」

「瑪莎。」

她的聲音徹底改變，音量變低，而且似乎變得更近。「丹尼，是你嗎？你……噢，天呀，我擔心得快瘋了！」

「妳是瑪莎嗎？」

「噢，寶貝。你——幹，那裡發生什麼事？」

「我不確定。」

「你聽起來很奇怪。」

丹尼無法相信那是瑪莎。他覺得太突然了，無法承認覺得距離好遠。

「妳是瑪莎嗎？」

「丹尼，我是瑪莎。幹嘛一直問？」

「說一些話讓我確定妳是。」

瑪莎沉默片刻後說：「是開玩笑嗎？你打電話到我的辦公桌，我接電話，我還會是誰？」

丹尼想相信她，但這似乎太容易了，像不可能實現的願望。你想到某人，對方會眞的出現跟你說話嗎？他說：「說一件能證明妳是瑪莎的事。」

沉默良久後，瑪莎最後說：「你是丹尼嗎？」

「是啊。」

「你聽起來不一樣。」

「我是覺得不一樣。」

「你聽起來……不像你。」

丹尼說：「我只是需要確認身分的資訊。」

瑪莎說：「資訊！你是誰啊？你想要什麼資訊？」

現在丹尼確定那不是瑪莎，是別人。

「妳有什麼話想告訴我嗎？」

「丹尼在哪？你怎麼拿到這個號碼？」

「我就是丹尼啊。幹，妳在說什麼啊？」

「我不相信你是丹尼。」

「我不相信妳是瑪莎。」

講電話的那個人聽起來害怕，更進一步證明了她不是瑪莎，因爲瑪莎從來不會害怕。她的聲音降低到幾乎像耳語：「你對他做了什麼事，對吧？」

丹尼只是聆聽。聲音很耳熟，這點無庸置疑，但那不是瑪莎，瑪莎遠在千里之外的紐約。

瑪莎說：「你還在嗎，混蛋？靠，你是爲了餐廳的事打來嗎？噢，天呀，難道他沒有離開紐約？」

丹尼盯著手裡的手機。他要如何判斷聲音從哪來呢？他抬頭看城堡，太陽已經落到城堡後面，城堡不再是金色，幾乎是黑色；城堡的影子籠罩整個山丘，正朝廣場緩緩延伸。丹尼懷疑那個聲音會不會來自城堡裡面。

不管講電話的是誰，她哭了起來，或是裝哭。「好吧，你這個王八蛋，我要掛斷了。但如果你這卑鄙的小人還有一絲良心，就告訴丹尼我愛他。**瑪莎愛他**，聽懂沒？告訴他，你這個混帳。現在去幹你自己吧。」

連線斷了。丹尼在發抖。他看著廣場對面，沒有看見太多東西。米克正走回來。

米克問：「一切都沒事吧？」

丹尼說：「對，很好。」遞還手機時，他差點把手機掉了。

米克站在丹尼前面，面露擔憂的神情。「手機能用吧？你有聯絡到人嗎？」

丹尼說：「有。」他覺得應該再說點別的，於是補了一句：「女人的麻煩。」

「哦，瞭解。嘿，我有寫書談那個呦。」

米克把綠色汽水瓶遞給丹尼。丹尼灌了一大口。汽水太甜，但好喝又冰涼。丹尼喝個四十瓶都沒問題。突然間，他感覺到一股涼意，原來是城堡的影子已經延伸到廣場，正慢慢籠罩廣場。

丹尼問：「我們要回去了嗎？」

米克說：「好，我想是時候了。別忘了你的……我不知道那是什麼。」他指著靠著長椅的裝框地圖，丹尼把它忘了。

丹尼說：「我不在乎那個，把它留在這裡就好了。」但他從米克的表情看得出來，那樣做很奇怪，於是拿起那個非常不容易攜帶的地圖。

米克問：「這是什麼東西？」他從丹尼手中拿過地圖，仔細觀看。「哇，太好了。豪爾肯定會愛死這個。」

「我們的目標就是讓人開心。」

米克先是露出驚訝的表情，接著笑起來。「來，我來拿。」他手臂夠長，能把整個框夾在一邊腋下。丹尼背起肩袋。

兩人調頭爬上山，丹尼跛行得比之前更嚴重，或許是因爲坐太久。

「對了，我把你的另一隻靴子從塔樓的窗沿拿下來了，放在你的房裡。」

丹尼一開始聽不懂米克在說什麼，他得思考：「靴子，窗戶，塔樓。」接著他驚訝過度，無法回答，片刻後才說：「謝謝。」

「別客氣。」

兩人走了好長一段時間都沒說話，但這沉默卻令兩人覺得自在。漸漸地，樹木開始從四面八方逼近兩人，擋住光線，空氣變冷。丹尼想起口袋裡的獵刀，每走一步，獵刀就扯了一下外套。

丹尼問：「你以前是毒蟲吧？」

米克轉向他，繼續走著，露出驚訝的表情。丹尼則思索著剛剛該不該說那句話。

米克說：「現在還是。」

「還是？」

「那是永遠戒不掉，像愛一樣。」他說完便笑起來。

「你會想念嗎？」

「幹，每分每秒。」

「哪部分？」

米克說：「好問題。」他沉吟半晌，「我想念……方程式，我猜你會這樣說。多少錢能買多少毒品，爽多少小時之後，需要再花多少錢買多少毒品。就是計算，你知道吧？我喜歡計算。」

「你可以算其他東西啊。」

「我什麼都算。我正在算我們說話的字數，我正在算我的腳步，我正在算樹木。」

「你要這些數字幹什麼？」

米克笑了起來。「幹什麼？沒幹什麼，我會把它們忘了，這麼做純粹是要讓自己別發瘋。」

兩人還沒抵達，丹尼就感覺到城堡，有個產生共振的微弱嗡嗡聲從他的腳傳上來。接著大門森然出現在兩人眼前，就是第一天晚上丹尼想方設法要通過的那個大門。米克繞到大門側邊，打開一扇丹尼沒見過的門。原來在那裡啊，終於找到入口。

米克通過前，丹尼停下來。「米克？」

米克轉過身。

丹尼問：「爲什麼你不能離開？」

「爲什麼我不能……？」

「離開。城堡。」

「哦，你聽到了。」

「一清二楚。」

「唉，我對這件事很不爽。」

「這我當然知道，爲什麼你不能離開？」

米克走離門口，來到丹尼站的地方。樹枝低懸在兩人頭上，丹尼聞到了松樹的味道。

米克說：「我現在在假釋期間。我因爲販毒被關了五年，四個月前被交給豪爾監護，因此能來這裡工作。除非豪爾跟我走，否則我哪兒都不能去。瞧，我又欠他了。」

「我不這麼認爲。聽起來像他欠你。」

「不，不，不是那樣。我對這件事很不爽，所以把話說得好像我在幫他，不過其實是豪爾是在幫我。這是很大的責任，如果我違反假釋規定，他就得把我帶回去向假釋委員會報告。而且就我看來，重刑犯是沒辦法找到工作，絕對沒辦法。所以——所以他幫我的，遠超過我應得的。」

「好吧。」

他跟著米克走過門道，進入鋪著卵石的陰暗過道。城牆裡幾乎是漆黑，丹尼感覺恐懼開始出現，也就是胸膛裡的冰。他隔著外套碰觸獵刀。

過道盡頭有第二扇門，通向城堡裡頭。米克放下地圖，把手伸進口袋拿鑰匙。他在流汗。丹尼看著他心力交瘁的臉孔，惻隱之心油然而生。經過一切掙扎，經歷一切失敗，現在米克竟然落入豪爾的手掌心。「你這可憐的蠢蛋。」丹尼心想。

米克找到鑰匙後打開門。此時出現一小段古怪的時間，他和丹尼呆站在那裡，等待進去。

米克最後說：「走吧，甜蜜的家到囉。」

第十三章

有根管子從我的肚子穿出來，這我知道。我問爲什麼有那根管子時，獲得的答案是：「因爲第二次手術出現併發症。」

「第二次手術？那第一次手術呢？」

第一次手術只是取出刀子，你從急診室進來當天，他們馬上就取出來了。

講話的是我最喜歡的護士——韓娜。關於跟受刑人講話，院方有規定，但韓娜遵守自己訂的規矩，根據她的說法，醫生和護士全聽她直接指揮，如果她不認識他們，那是因爲他們職等太低。

「我愛妳，韓娜。」我告訴她。我經常說這句話，不確定到底說了幾次，記憶力被藥物破壞。她翻了一下眼珠，但看得出來她喜歡這句話。她管我叫情聖。「你愛嗎啡。」她說，「那才是你愛的。」

她說的沒錯，但他們從來不會給你足夠的嗎啡，不過韓娜倒是很多。不能問女生體重多重，但我猜韓娜約三百五十磅，那些肥肉在她身上看起來好看極了，好像只有皇后能穿的那種華麗厚長袍。

「韓娜，」我問，「爲什麼他們得開刀才能取出柄子？」

就在此時，我感覺到一種經常有的感覺，有東西從腦子裡面刺激著我。我懷疑韓娜和我以前是否說過這樣的對話，也許說過數次，甚至不只數次。但她從不透露答案。

「那支柄子很難處理。」她說。我知道她說的是聖誕樹，聖誕樹側邊有斜刺，如果拔出來，會把大量腸子一起鉤出來，但湯湯完全沒機會拔出來，因爲戴維斯搶先制伏了他。這表示瘋癲的戴維斯救了我的命。

「所以他們開刀取出來？」我問韓娜。

「外科醫生的工作就是開刀啊。那又不難，甚至不複雜，就像我們在這裡做的工作一樣，但必須做得正確。」

從頭到尾她都一邊工作，更換一袋袋的東西、調整螢幕、處理許多嗶嗶剝剝的聲響。病房昏暗骯髒，牆壁是皮膚色，角落聚積一大堆塵球。不過韓娜光是在這裡，就讓病房感覺高檔一點。

「那第二次手術他們做什麼？」

「他們負責改善第一個手術團隊的工作，修復好由於情況緊急而留下的粗糙切口。」

「那爲什麼要插管？」

她的嘴巴瞬間變平。韓娜很氣那條管子，管子給她帶來很多工作，必須清潔管子、監視管子、處理管子流出來的東西。我不確定流出來的到底是什麼，從我身體流出的東西太多了，因此我記不清。

「我這麼說好了，那位因爲關心病患所以行事嚴厲的外科醫生快來了。」她說。

五分鐘後，那位外科醫生進來病房，韓娜變得安靜。他很年輕，卻一頭少年白的灰髮，頭上的灰髮微微豎起，彷彿他正快速移動。而且你會覺得他寧願繼續移動，不想站在這裡低頭看我這種人。

他用手指拿起管子左移移、右動動，看得出來他也不喜歡管子。起初我問了很多問題，但有一半時間我都不瞭解醫生給我的答案，而且就算在瞭解時，我還是不知道答案是什麼意思，於是索性把答案全忘了。

醫生跟韓娜講話時，她總是回答「**是，醫生**」和「**不是，醫生**」，聲音幾乎像耳語。第一次這種情況出現時，我尷尬得不敢看她，最後鼓起勇氣看她時，發現她的表情又讓我覺得心情愉悅。她臉上的表情彷彿她是在測試醫生，不阻礙，給醫生機會證明自己或吊死自己，等著看會出現什麼結果。

醫生離開後，我都會問：「妳會炒他魷魚嗎，韓娜？」

「這要看他能不能學會把工作做得比現在好。」她說，「我認爲該給人機會改進。」

就在此時，她開始漸漸消失。這種情況經常發生：一片像霧的灰色飄進來，接著我感覺眼珠開始往後轉。我思索著：「用聖誕樹，表示湯湯眞的想殺我。但我從沒看過聖誕樹。」

我繼續寫東西，但我不可能來得及回去完成課程。我想現在這變成常態，前一分鐘我還不知道發生什麼事，下一分鐘我就開始注意到事情，把事情像列表一樣匯集到腦子裡。而且看著醫生，我感覺到的肯定和韓娜一樣：有條不紊。我恢復控制了。

韓娜三天沒出現，我快瘋了。換另一個名叫天使的護士來照顧我，但她才不是天使。看得出來她痛恨受刑人，幹這份差事純粹為了危險加給。護士們通常不是害怕，就是生氣，甚至又怕又氣。這名護士是單純生氣。

「韓娜在哪？」我在第三天問。其實我在第一天和第二天也有問。

「她請假。」

「爲什麼一次請假那麼多天？」

「那不關我的事。」

「這表示妳不在乎或不知道？」

她沒回答。

「她生病了嗎？還是出事了？還是去度假？」

「我會把你的問題轉告上級。」

就在她說那句話時，我看向肚子，嚇了一大跳。管子不見了。

「管子跑去哪？」我問。

「今早你在睡覺時，亞瑟醫生拿掉了。」

「那表示傷勢好轉了嗎？」

「那表示你要回手術室了。」

「什麼時候？」

「今天，不知道什麼時候。」

「韓娜今天有沒有可能會回來？」我知道這樣問很蠢，但即便知道韓娜只是個沒有權力的尋常護士，其餘純粹是幻想，沒有她陪伴，我還是不想進手術室，因爲根本無法預料會不會出錯。

「我會告訴醫生，若有時間，你想跟他談談。」

「太好了。」我說，「說不定院長也會出現。不能直接告訴我實情嗎？他們要開刀是因爲傷勢好轉或惡化？我是說，這是獎賞還是懲罰？」

她轉向我。我發誓，她氣得眼珠子一半凸到眼窩外。「你知道嗎？」她說，「你問的每個問題都會花費納稅人的錢。門外那兩個警衛，你猜他們領多少薪水？我們拒絕救助樓下沒有保險的人，而你們這些強盜犯、強姦犯、殺人犯卻躺在這裡，被當成國王服侍。我眞的搞不懂。」

我又試了一次。「不過手術……」

「他們應該在你床邊拉條量尺。」她說，「好讓你看見自己是多大的負擔，這樣或許你就能給我寧靜的一分鐘，讓我工作。」

「這次和上次手術一樣嗎……」

「這要十五美元。」

「或是……」

「又十五美元。你花了三十美元。」

我瞪著她，腦袋開始變得模糊。我說：「妳眞的在向我要錢嗎？」

天使往後看，猛然發現情況不大對勁。「我不聽你說話。」她說完便開始哼歌，哼個不停，我試著跟她說話，但她只是哼歌。

灰色飄進來，美好的嗎啡灰色，我歡迎它。

「不准再離開我。」韓娜終於回來時，我告訴她。

「對不起，情聖，我去處理一些私事。他們竟然背著我又給你開刀。」

「傷勢看起來如何？」我問她。

她掀開被子，概略看一下我的肚子。我很久沒看過了。

「不壞嘛。」她說，「沒有亂七八糟，沒有麻煩。」

「沒有管子？」

「我就是這個意思，情聖。管子象徵麻煩，我可以這麼告訴你，現在安全拔管了。樓下的人把工作做對了，你不該插管的。」

我的腦袋很遲鈍，一定是被加藥。我納悶爲什麼，我又沒抱怨藥效不夠。

「我總共在這裡待多久了，韓娜？」

她拿起我的表單。「二十三天。」

所以課程快要結束了，我被捅的時候只剩四堂課。

「我有可能下星期出院嗎？」

「不可能，情聖。」

所以就這樣囉，沒辦法再見到荷麗。但我還是繼續寫作。

「嘿，韓娜。」我說，「妳怎麼對罪犯那麼好？」

「那和我沒關係，情聖。」她說，「那是你和上帝之間的事。」

我做夢了。噢，幹，是藥物造成的夢，在那種夢裡，過去會濺得到處都是，活像塞車的道路。有時我會夢見在學校，若你不先下手偷其他男孩的食物，他們就會偷你的。豪伊下不了手，他剛入學時說：「我不要他們的食物，我吃不了那麼多，我只要自己的食物。」我告訴他：「拿啦，兄弟，不然他們會拿你的，到時候你就得挨餓。我看過這種事發生，像你這種胖子進來，不久後就瘦成皮包骨，被抬出去放進棺材裡，埋到無名塚。」說完我便笑起來。他好菜，可愛的臉蛋露出害怕的神情。每個人一開始都是那樣，但在這裡待夠久，就能嘲笑任何事。

夢裡有個空白處，那應該是我媽的位置，那個洞就像照片裡有個人像被割掉。我記得我爸，但不是他的臉，是他的腿。他很高，小腿和大腿很壯，膝蓋卻很細，像馬腿一樣，我得跳起來才能摸到他的手。接著我夢到我的手扶著他在看的電視螢幕，我肯定眞的很小，因爲我站在那裡，雙手扶著電視，平衡身體。突然間，我注意到手在那裡，被光線包圍，兩隻手，肥肥的嬰兒手，那是我的手。

我睜開眼，看見荷麗在床邊，其實比較像是某個人坐在那裡，她和現在我身邊的所有人一樣，穿戴著黃色紙製服裝和口罩，只不過她的臉是荷麗的臉。肯定是藥物作用造成的。我閉上眼再試一次。

「嗨，你好。」她說。

「不可能是妳。」

「如果不是，我就麻煩了。」荷麗說。

我本想笑，但我想我應該是在其中一次手術中失去了笑所需要的肌肉。「妳怎麼進來這裡？」

「我有法子。」即便口罩遮住她的嘴，我還是可以從她的眼睛看出來她在微笑，但微笑底下，她怕死了。

肯定是韓娜讓她進來，但自從他們把我移到加護病房後，韓娜就不是我的護士了。再說，她怎麼能讓荷麗通過警衛？接著我又想：「韓娜辦得到，韓娜什麼事都辦得到。」

「我很高興。」我說，「很高興妳來。」

「班上的人都很想你。」

「拜託。」
「眞的。班級感覺起來……很小。」
「是啊，我猜湯湯也走了。」
「聽說他被送進超級安全戒備監獄。」
有種像憂傷或絕望的情緒從她的臉上露出，即便只從眼睛露出，我仍能看見。那是痛苦。雖然我不是用這個詞，但那確實是痛苦。
「雷。」她說，「你發生的事讓我覺得心煩。」
「放輕鬆，這種事一直都在發生，你會習慣。」
「放屁。」
她看著我，不是臉，是其餘部位。管子又插回來了，這就是爲什麼他們把我送到這裡。「那會痛嗎？」她說。
「肯定痛，不然我不會這麼亢奮。」
房裡似乎比平常更靜，連蜂鳴器也靜下來。我心想：「這是我編出來的嗎？」這就像那天在荷麗的課堂上，休息時間我和她獨處，好久都沒人闖進來；好像上帝已經決定了。
我看著荷麗。在這個奇怪的地方，我們穿著古怪的服裝，我們之間的所有東西都消失了。
「荷麗．法洛。」我說，「妳是誰？」
「我不是什麼特別的人。」她說。我看得出來她眞的那麼認爲。

「我說的對嗎？三個孩子？」

「只有兩個。」

「是誰離開？他或妳？」

出現一陣沉默，由此可知她接下來說的話大概不是眞的。

「是我離開的。」

「好女孩。」

她穿著去做另一份工作所穿的服裝，上頭有圖案，我在黃色紙領上面看見。她的脖子上掛著一條小項鍊，我看不見她蓋在帽子裡的頭髮。

「妳這樣穿很好看。」我說。

「這是我做另一份工作時的裝扮。」她說完後笑了起來。「其實不算正職工作啦。我在大學的入學處工作，他們讓我取得學士學位，現在我在攻讀寫作碩士學位，不過速度很慢。」

「孩子呢？」

「兩個女孩，十歲和十三歲。」

每個事實都像個驚喜，落到我的心臟附近，我甚至不在乎感覺很燙；我發燒了，但他們沒辦法幫我退燒。

「雷。」她說，向我湊近，「我——不停想著發生什麼事。」

「妳是說湯湯嗎？」

「不，以前。你爲什麼入獄。」

「噢，那個呀。」

「我想瞭解。」

「我不瞭解。」

「那能談談事實嗎？我想那——會對我有幫助。」

我等了片刻才回答，最後說：「事實就是，我開槍打穿一個人的腦袋。」

她嚥了口口水。「你認識他嗎？」

「我們是朋友。」

她低頭看著手，而我依舊看著她，不是因爲我想看她的反應，我不想看她的反應；是因爲我不想錯過她在我身旁的每一刻，我想記住她在這裡的每一刻。

「我想你有理由吧。」她說。

我有很多理由，太多理由。我可編一堆狗屁，讓事情聽起來名正言順，但我實在很不舒服，於是只說：「那只是我以前幹的事。」

荷麗仔細思考那句話片刻，最後說：「我不想認爲事情會那樣發生，那會讓世界變得太危險。」

「愛那兩個孩子。」我告訴她。

她往上看。我說那句話讓她吃了一驚，她的臉綻放開來，突然間，紙口罩彷彿變透明，我能看穿口罩，腦海閃過原本我們可以過的生活，烤肉、養狗、讓孩子在床上翻過我們身上。畫面快速掠過我的腦海，但強烈又清晰，就像吹進窗裡的濃烈烹煮味，你能聞得出食材。接著畫面消失，消失後，荷麗用手握住我的手。終於，經過漫長等待後，她的手又回到我的手上。她的手指乾燥、冰冷、纖細，戒指鬆鬆的。我閉上眼，我的手很燙，我感覺到我每根手指的脈搏，我擔心她會放手，但她沒放手。她繼續用手包覆我的手，宛如用她的冰冷甜美抱住我整個人，讓我的發燒退下來。

睜開眼後，我發現荷麗在哭，紙口罩溼透了。「妳發生壞事嗎？」我說，「是不是？」

她點點頭，淚流不止。

要抬起頭，我得耗費和戴維斯做七百個伏地挺身差不多的氣力，但我還是強迫自己抬起頭，因爲我想看我們的手。我們的手交握在我的胸口，像兩個躺著的人，後面就是棕色的塑膠管。我的脖子在發抖。

我讓頭倒回去後，灰色飄了進來，抬頭的動作差點讓我暈過去。我聽見荷麗啜泣，於是把她的手握得更緊，擔心她把手移開。她卻用另一隻手擦自己的臉。我知道爲什麼他們讓她進來這裡。

第十四章

豪爾說：「我放棄了，丹尼，你的祕密是什麼？」

丹尼說：「祕密？」獵刀還在他的外套口袋裡，他強迫自己別去摸。「你在說什麼？」

在大廳，豪爾彎腰駝背坐在長桌前，用枝狀燭臺的光細看丹尼在鎮上買的裝框地圖。他們剛吃完晚餐，那是丹尼二十四小時來的第一餐，是豪爾煮的橄欖銀葉燉雞，丹尼十分肯定那是自己這輩子吃過最美味的燉雞。

豪爾說：「你……別誤會喔，你跌跌撞撞亂走，傷重得快撐不下去，根本沒辦法做事，但竟然帶這種東西回來。」

丹尼說：「你喜歡嗎？」

豪爾抬頭看。「說實在的，不是喜歡，是難以置信，丹尼。我——我們每天在找的就是這東西。我們來這兒幾天了？」

「四十。」米克的聲音說。房裡唯一的光線來自桌上的蠟燭，因此丹尼看不見他。

豪爾說：「這很重要啊，丹尼，眞的。這是遺失的部分，而腦袋纏繃帶的你竟然誤打誤撞找著了，我操勒！」

丹尼露出微笑，盡可能裝得自然，但其實並沒有那麼自然。豪爾把他嚇壞了。他幾乎可以確定堂弟是在嘲笑自己，刻意用過度誇大的讚美讓他侷促不安。也可能是蟲，在丹尼體內不斷往深處啃食。但豪爾就是蟲啊。他就這樣徒然瞎想，最後從這一切總結出一個問題：豪爾知不知道獵刀的事。如果知道，丹尼就失去優勢，這就成了公開的戰爭。即便不斷告訴自己，豪爾不可能知情，沒有明確理由認爲他知情，但丹尼仍覺得他知情。

豪爾問：「你看過這張地圖嗎，丹尼？」

「沒有看很久。」

「那你怎麼會買？」

「我也不清楚。」

丹尼感覺到口袋裡的刀重，突然間，被豪爾盯著看的那股壓力，簡直就像有形的物體。丹尼無法看著堂弟的眼睛。

「回想一下。我眞的很好奇，爲什麼你會買下只看幾眼的東西？」

「只是一時衝動。」

豪爾離開椅子，走向丹尼。「你在哪裡買的？」

「廣場附近一間小古董店。」

「是什麼吸引你的目光？是什麼讓你進去店裡？」食物在丹尼的肚子裡翻攪，他想著刀子有沒有使外套出現奇怪的下垂形狀，他用盡意志力克制自己別去碰外套。

豪爾此時在丹尼的椅子後面。「希望你別介意我問這些問題，丹尼，我開始覺得你有，呃，這種東西大家的稱法不一，但我想稱之爲嗅覺，能嗅出別人看不見的東西。」

丹尼說：「謝啦。」豪爾拉著丹尼的椅背木竿，丹尼心想堂弟會不會把自己往後拉倒。

豪爾說：「不管啦，現在咱們來看地圖吧。所有人都過來看丹尼找到的這張地圖。」他對著昏暗的房間大喊，有些研究生用完餐還在房裡亂轉，但似乎沒人特別感興趣。

豪爾把地圖附近的幾個枝狀燭臺移到一起。研究生開始三三兩兩走過來，那個小孩小班也走過來。

小班對丹尼說：「嗨。」

丹尼說：「嗨。」

「你的頭還好嗎？」

「很好。你的呢？」

「我的頭當然很好啊！」他對著丹尼哈哈大笑，等待著，但丹尼沒有微笑。「你還在傷心嗎？」

「我從沒傷心過。」

「你有啊，我有看見——」

丹尼逕自走開。

豪爾說：「丹尼，回來呀。我們來看這張地圖。」

最後一群研究生聚到桌旁，燭火在地圖上呼呼飄動。「瞧。」豪爾輕聲說。所有人都看著地圖，沉默許久。

小安說：「不可思議。」

「對吧，米克？你有看到嗎？」

「有。」

米克在後頭。回到城堡裡後，丹尼就不曾和米克有目光交會，現在情況不一樣了，現在兩人之間有共識，其中一部分的共識就是隱瞞共識。

豪爾說：「那個地道？竟然在塔樓底下？」

小安說：「連接到其餘所有地道……」

確實如此。丹尼在鎮上看地圖時，以爲那些深色曲線是山頂小徑，其實是山底下的地道，從塔樓底下通向四面八方，跟男爵夫人說的一模一樣。

研究生們紛紛興奮地低聲嘀咕。

豪爾說：「這眞是驚人，對吧？我是說，顯然這整張地圖可能是憑空捏造——」

丹尼說：「我認爲不是。男爵夫人說過有地道。」

豪爾轉頭看向丹尼，其餘的人也一樣。

豪爾對大夥說：「瞧這傢伙！丹尼，這就是我說的祕密啊！你還隱瞞什麼？別瞞著我們！」

豪爾公開表露嘲諷之意，顯然早就知情。他肯定知情。丹尼的臉發燙。

丹尼說：「你全知道了，豪爾。沒有其他祕密。」

出現一陣沉默，豪爾和丹尼看著對方。

豪爾說：「問題是，我再也不相信你。」

所以開戰了。丹尼第一次讓自己在豪爾面前隔著外套摸刀子。剛回城堡，花很長一段時間洗澡，並且讓醫生更換繃帶後，他曾小心偷偷查看刀子。看起來像把祭刀，象牙握柄上雕著人在獵鹿的圖案，刀身又長又彎又利。豪爾有武器嗎？看起來不太可能藏在短袖汗衫和短褲裡。那他藏在哪裡呢？

小班說：「我們什麼時候可以進去地道，爸爸？」

豪爾說：「好問題。聰明的話，應該是晚一點再去，等我們辦完無意義的瑣事。但我現在就想去。」

小安說：「在夜裡？」

「在地底下，是不是夜裡根本沒差。」

「絕對不能帶孩子去。」

「要帶孩子去，媽媽！要帶孩子去。」

「小班可以一起去，對吧？」

「我可以去啊！我當然可以去。」

小安輕聲說：「豪爾，你想清楚。我們不知道下面有什麼，甚至不知道地道穩不穩。看看這張地圖多舊了！」

但是豪爾沒辦法思考，根本聽不進去，興奮得欣喜欲狂。他想去，他想去！丹尼覺得他的渴望中有股迫切感，好像等太久，一切就可能會消失或無法成眞。

豪爾指著地圖，輕聲說：「妳有看見這是什麼吧，小安？」

小安說：「有啊，但是我——」

「這可是我們一直苦尋的東西呀。妳認同嗎？」

「認同，但——」

「有了這東西，我只想馬上跳進那裡，不能等了！」

「好，跳吧。但別帶四歲小孩進去。」

小班說：「是四歲又三個月！」

豪爾說：「我們會慢慢走，只是給他體驗一下嘛。只要情況有一絲不安全，妳馬上帶他回去。」

「拜託媽媽拜託媽媽拜託拜託拜託拜託拜託拜託拜託啦！」小班突然躺到地上，一動也不動。每個人都笑了，連米克也忍俊不禁，丹尼能從眾人的笑聲中分辨出他的笑聲。

丹尼感覺得出來小安陷入天人交戰：她亟欲討好豪爾，以彌補和米克的勾當，並且不讓所有人對這次城堡冒險覺得掃興；但她也很清楚進去地道愚蠢至極，不僅自己不想去，也不想讓孩子去。即便她阻攔，豪爾還是會丟下她，逕自獨自去冒險，屆時她就會被拋下。

於是小安說：「好吧。」

他們離開城堡時，已經接近午夜，大部分研究生都帶手電筒，一行人穿過花園時，二十幾道光束驚動了黑夜。懸在上頭的樹木變成頂篷，丹尼之前沒見過的東西紛紛從下方的暗處跳出來，有石雕的青蛙、兔子、矮人，一匹有輪子的馬，一張被藤蔓吞沒的雙人座桌子。

豪爾無法忍受丟下任何人，因此徹底搜查過所有廳堂廊道，用對講機找出閒逛的研究生。此時他興奮欲狂，覺得之前所做的一切，看起來簡直像在打盹消磨時間。這讓丹尼極度恐懼。連女嬰也一起來，讓自稱幼兒照護專家的諾拉不會錯過這次冒險。小安用背帶把嬰兒抱在懷裡，這次她輕易就讓步，因爲她曾經紅杏出牆。現在她似乎有點開心參與冒險，他們全都覺得開心，興奮走向塔樓時，竊笑低語，好像一群孩子興高采烈要去校外教學。

只有丹尼例外。他正在做的事，也就是和堂弟去地底，箇中含意每走一步就將他勒得更緊，大概每十步他就得克制想脫隊溜走、爬過城牆**逃跑**的衝動！不過他不只試過逃跑，那一切他都試過，根本逃不了。再說，丹尼渴望感受地底的涼意，不知怎的，他也竟然想要體驗錯綜複雜的祕密地道。

丹尼走路時，刀子砰砰重擊著胸口。他知道米克在後面，腋下夾著地圖殿後。他覺得開始出現壞事時，可以指望米克。多虧米克，他的兩隻腳都有靴子穿，二十四小時來第一次兩條腿一樣長。這種感覺好極了，讓他覺得膝傷減緩到微不足道，幾個星期來，他第一次走路沒跛行。

他們在塔樓底部附近停下來，塔樓的所有窗戶都是暗的。

豪爾輕聲說：「好，進去前，我有兩件事要說明。第一，別走散。我不知道到下面我們會找到什麼，我們得一起找，不准獨自去探險，瞭解？第二，我們顯然不是非法闖入，但裡頭有個人認爲我們是，她八成在睡覺，所以除非必要，不然暫時別說話。」

丹尼抬頭看塔樓。男爵夫人在睡覺？他不信，寧可相信男爵夫人死了。

一行人開始緩緩爬上繞著塔樓的外部樓梯，豪爾領頭，牽著小班的手，再來是小安抱著嬰兒，接著是其他人，丹尼待在中間。他們一個接一個爬到樹林上方，進入繁星點點的夜幕。

丹尼抵達時，入口門大開，他聽見鞋子摩擦階梯的聲音。沒人講話，他後面的人陸陸續續進入，他在向下走的隊伍中選了個位置，循著中間凹陷的階梯往下走，覺得腦袋放鬆，放棄思考的工作。所有的腳發出像細語的聲音，彷彿塔樓在丹尼耳邊細語，抑或好像塔樓是巨型天線，接收著來自他處的細語。

他們經過他跌出去的那扇窗戶，繼續往下走到塔樓沒有窗戶的部分；他那天本來也想下去，最後打消念頭。丹尼走越遠，細語就變得越大聲，好像說著一種他聽不懂的語言。

Thanowa.....shisela.....hortenfashing......

Himmuffer.....soubitane.....laningshowingwisham......

樓梯蛇形穿過一道用老舊鉤子固定打開的水平鐵門，丹尼猶豫著，心想這肯定是他們通過地下的地方，但他是鏈子的一環，鏈子的後半部在他後面向前移，將他推過那道門，因此他只能繼續走。就這麼簡單。

又下一層彎曲的樓梯後，空氣變了，變得濃厚冰冷，聞起來像黏土。丹尼感覺前面有事發生，應該是隊伍變慢或散掉。果然，又繞了幾個彎後，樓梯通向一條走廊，他跟著人鏈通過一堵牆上挖出來的拱門，門後是個布滿灰塵的房間。灰塵很細，很像把車開過泥路後，覆蓋在擋風玻璃上的那種灰塵。丹尼的肺充滿像小爪子一樣的灰塵。從灰塵下浮出的是一排排木架，存放著數百瓶葡萄酒。

一行人散開，頻頻短促乾咳，氣喘吁吁，拿起酒瓶用手電筒照射。丹尼走到一個架子前，吹掉一個酒瓶上的灰塵，標籤上有手寫的某種字體。他拿起另一個酒瓶。這些酒瓶比現代的葡萄酒瓶還圓，有的瓶裡是乾的，瓶塞碎裂或不見；有的瓶裡仍有液體，瓶塞被封在有色的蠟裡頭。

在嗅聞聲與嘖嘖聲中，丹尼聽到研究生低語：「**這些是真的嗎？……不可能是真的……看起來如假包換……不相信是真的……**」

豪爾說：「嘿，嘿，各位。」

他站在某個東西上頭，好讓大家看見他高過架子。他把手電筒拿在下巴下面，眼珠周圍被照出凹洞，頭髮被照亮，看起來活像從灰塵裡冒出來的鬼魂。丹尼心臟猛然震了一下，伸手觸摸口袋裡的刀。

豪爾說：「提醒一下各位。我們正在打造的這間飯店，宗旨是幫助別人擺脫眞實／非眞實二分法，因爲現在電信科技已經讓這種二分法變得毫無意義。所以這次是我們用行動證明自己正確的機會，我們別去分析，只管感受這次經驗，看能獲得什麼。」

小安站在豪爾下方，牽著小班的手，用另一隻袖子摀住嬰兒的口鼻，防止灰塵進入。豪爾看見她的目光後便不再多說：「就這樣，我們繼續前進。可以講話了，我想我們夠深入了。」

他領路離開酒窖，進入一條狹窄的走廊，弧形天花板是小黃磚砌成，被手電筒的光照得亮晃晃。丹尼看見某種語言的文字被刻進灰泥粉飾的牆裡，甚至還有圖案，包括一隻手、一匹馬、一條魚。小安和兩個小孩落到後頭，離丹尼更近些。所有人都保持安安靜靜。

他們在走廊時，突然聽見砰一聲，同時感覺到腳底猛烈震了一下。所有人都停止前進，在狹窄的空間中彼此碰撞。

小班問：「爸爸，那是什麼？」他的童聲劃破了寧靜。

豪爾說：「我不確定。」

他們站著聆聽。沒有其他聲音。細語聲不斷逼近丹尼的耳朵：「*shorahassa……wishaforsing……lashatishing……*」，近得他幾乎能感覺到和聲音一起出現的呼吸。

豪爾說：「米克，你在後面嗎？」

米克說：「在。」

「有人脫隊嗎？」

「一個都沒有，我一直在數。」

豪爾說：「嗯，好，我們繼續前進。」

他們沿著走廊走。丹尼注意到自己開始失去專注力，或許是因爲腦袋裡的聲音，抑或是因爲睡眠嚴重不足。不論原因爲何，他得不斷提醒自己，他和豪爾的戰爭、獵刀，諸如此類的事物，因爲一切事物正從他的腦袋裡悄悄消失，就像頭上已經消失的疼痛一樣漸漸消失，他不知道疼痛何時消失，只是突然察覺消失了。

前面的人鏈右轉後，激動的咕噥聲和私語聲把細語聲從丹尼的耳邊趕走。大事即將來臨。有一道厚木門打開著，裡面空間相較於酒窖，算是巨大，香沒手電筒的光，一開始丹尼無法確定看到什麼，心想：「是汽車底盤？還是健身器材？」最後所有人都進到裡面，帶著燈光填滿空間後，他才赫然發現眼前所見的是刑具。他認得一個肢刑架，和一個有金屬銬的枷板，用來銬犯人的手腕和腳踝。還有一套人形服裝，用有針的金屬條製成。另一個東西他就認不得，但光看，皮膚就發痛。

豪爾說：「小班，你在哪，兒子？」回音使他的聲音變調。小班緊抓住媽媽的手。

「小班，過來，瞧這東西。這就像——講亞瑟王的故事！沒人會相信這個！」

感覺得出來小班想討好爸爸，他鬆開小安的手，硬擠過人群。豪爾把他抱到雙肩上，帶頭深入房間，移動時，手電筒喚醒這個空間。遠處有一道牆出現眼前，牆上有三個拱門，用垂直的鐵柵封住。

豪爾說：「這是什麼呀？」

所有人都移向拱門，把丹尼也帶了過去。光束從鐵柵之間照進某種洞穴裡，黑暗霎時將光束吸收，接著小班放聲尖叫。

叫聲極大，瞬間衝過空間，刺入丹尼的耳膜。小安劇烈畏縮了一下，驚醒嬰兒，導致嬰兒也哇哇哭起來。但小班的尖叫聲蓋過嬰兒的哭聲，他坐在豪爾的雙肩上尖叫，頭向上伸，靠著鐵柵。或許就是因爲在那麼高，他才能第一個看見。

現在所有人都看見他見到的東西了：骷髏，一大堆，在地上，靠牆堆著，有些身上還有東西，可能是衣物。骷髏擺成他們死去時的姿勢，雙臂攤開，黃色頭骨朝著鐵柵向上歪，彷彿還在盼望有人來放他們出去；眼窩很大，活像蒼蠅眼；因痛苦而扭曲的上下顎裡擠滿牙齒。丹尼知道骷髏是什麼模樣，但是沒有心理準備，因此嚇得腦子一片空白，不敢相信那是眞的，心想：「那肯定是假的。」他希望那是假的。細語聲在他的耳裡逐漸加強，即便兩個孩子大聲哭叫，他仍聽得見細語聲。

小安沿著鐵柵擠到豪爾身邊，用果斷的語氣說：「我得帶小班出去。」

豪爾似乎嚇呆了，無法言語。他把小班抱下肩膀後，小班撲向媽媽的腿，緊緊抱住，嗚嗚啜泣。驚恐像電流一樣，迅速傳遍所有人，但有股力量控制住驚恐，或許同儕壓力吧。

豪爾低頭看向洞穴裡面，嚥了口唾沫。「好，走吧。妳知道怎麼走嗎？叫米克陪妳去。」

小安說：「不用了，我們出得去。米克還是留下來。」她不想跟米克獨處。

丹尼說：「我陪她去。」丹尼亟欲出去。

豪爾說：「你知道怎麼走嗎？」

米克靜悄悄走過來，丹尼轉向他。「一直往回走過那條走廊，對吧？」

米克說：「對。」他用力看著丹尼，試著傳達某種訊息。

丹尼說：「我必須帶一支手電筒，小安也是。」

兩名研究生遞過自己的手電筒。米克把地圖夾在腋下，用詢問的目光看著丹尼。

丹尼輕聲說：「她們不會有事，米克，我保證。」

米克點點頭。小安牽起小班的手，和丹尼開始往回走過刑具。小班走路時垂著頭，嗚咽著，低聲嗚嗚哭泣，看起來絲毫沒有減緩。嬰兒仍醒著，用大大的眼睛環顧四週，好像期待看到自己認得的事物。

他們走出刑房，進入走廊，光是離開刑房就覺得寬心，儘管走廊似乎漆黑許多，只有兩道光束照亮。他們在地球裡面，四面八方都沒有光照來。丹尼納悶爲什麼這些地道裡有空氣：「是有通風口嗎？或是必須再更深入，氧氣才會耗盡？」

丹尼說：「很快就能離開這裡。」

小安說：「根本就不該進來。」

「是啊。」

「我不記得當時的情況。」

「妳認同豪爾，我們全都認同他。」

「我現在沒辦法判斷。」

小班不斷嗚咽，但雙腿在走。片刻後，他們走過左邊的一道拱門，丹尼的光束照出一排排葡萄酒瓶。他們走對路了。

他們抵達樓梯底部時，丹尼的心臟加速狂跳。天呀，他迫不及待想到地面上，霎時感覺到遲來的驚喜，豪爾竟然那麼容易就放他走。

他們還沒開始爬，小班就腿軟，倒到石地上，躺著一動也不動。

小安說：「小班，你得走啊。拜託，親愛的，我抱著莎拉，抱不動你啊。」

小班依舊躺在地上動也不動。丹尼驟然燃起怒火，如果這裡有斷崖，他就把小班踹下去。不過他還是俯身奮力把小班抱離地。他這輩子從沒抱過小孩，連嬰兒也沒抱過。他告訴小安：「我抱起他了。」不過他其實沒抱穩，小班的頭和手腳都重重垂著。丹尼沒辦法穩穩抓住，覺得小班可能會從手上掉落。幹！但是最後他把雙臂伸到小班瘦巴巴的臀部下面，把小班的頭扶到肩上後，情況好轉了。小班主動抱緊丹尼，手臂緊緊抱住他的脖子，膝蓋夾住他的腰。

他們再度開始爬上樓梯，胸前被小班吸著的丹尼先走，接著是抱著嬰兒的小安。現在小班不哭了，丹尼又察覺到細語聲。細語聲又出現了，很像水流塡滿洞穴的聲音。「*hershashasha……wassafrassa……*」幾乎像說話聲，但又不完全一樣。他們沿著樓梯往上轉了兩個彎。

丹尼說：「我想越來越近了。」

小安說：「希望如此。」

一、兩秒鐘後，有東西從上面擊中丹尼的頭，在他懷裡的小班手腳胡亂揮動，導致手電筒從他的手上掉落，滾下樓梯。小安嚇得大叫。

「發生什麼事?小班沒事吧?」

丹尼站在原地，摸不著頭緒。他嚐到血的味道，原來是咬到舌頭。他本以爲被人用重物打頭，伸手一摸後，摸到一塊從樓梯表面敲下來的硬石。

丹尼說：「他沒事。有——能把光照過來嗎?」

小安把手電筒往上照。樓梯蛇形穿過的那道水平門關起來了。丹尼用雙手推，門卻紋絲不動，鎖住了。

是男爵夫人幹的。

他嚥了口唾沫，本來沒有任何感覺，下一刻旋即感覺到一股恐慌排山倒海而至，他之前從沒感覺過這樣的恐慌，就算在樹林裡獨自奔跑時也沒有。這股恐慌和他的思緒或蟲無關，跟更深處的東西有關，就是在牢籠裡攤著身體的骷髏。丹尼好想尖叫、揮舞手腳之類，但因爲雙手抱著小班而無法動彈。不過不知爲何，不動似乎反而控制住恐慌。

丹尼看著小安，兩人之間有絕對的奧圖。

小安說：「我們必須回去。」

她把丹尼的手電筒交給丹尼，丹尼把手電筒掛在一隻手的手指上。小安沿著樓梯往下走，但丹尼猶豫不前，最後小安也停下來。

丹尼低聲說：「等等。」

兩人沉默不語，在寂靜中，丹尼聽見有東西在動，那道門的另一邊有聲音。

他說：「麗卓？」

直到這一刻，他才知道自己知道男爵夫人的名字，那晚男爵夫人肯定有告訴他。門上方有窸窣聲。她在那裡聆聽。丹尼瞬間渾身起雞皮疙瘩。

「麗卓，請讓我們出去。」聲音聽起來顫抖、焦急。

出現高跟鞋鞋跟在鐵門上移動刮擦的聲音。「門兒都沒有。」鐵門使她的聲音變得模糊，擋掉刺耳的音質。

丹尼說：「這裡有小孩，還有其餘的人。開門啦。」

男爵夫人笑了起來，笑聲很難聽，又溼又啞。

「你以爲我關心你們任何一個人發生什麼事嗎？」

「拜託，麗卓，開門。」

「你們不相信我。你們不相信我不會做你們要我做的事。你們這些美國人，你們全都是小鬼。世界可是非常非常古老。」

丹尼說：「妳說得對，我不相信。我認爲妳人沒那麼壞。」天啊，他在說什麼啊？人沒那麼**壞**？丹尼根本不確定男爵夫人到底是不是人。

男爵夫人放聲大笑，樂不可支，笑聲令丹尼直冒汗。

丹尼說：「妳要什麼，直說吧。不管是什麼，都能給妳。錢嗎？豪爾有的是錢。」

「我要的東西，我樣樣不缺。我設了陷阱，你們這些白痴就眞的掉下去。要離開那些地道，唯一的方法就是從這座塔樓。你們會死，全部，小孩子也一樣。當你們的尖叫聲變得虛弱無力時，我和成就我的八十代家族，還有在我出生前活到去世的二十八位麗卓．奧斯布林克，都會歡天喜地。我們會哈哈大笑！以前韃靼人無法攻下這座塔樓，現在美國人就算耗盡力量與錢財也無法攻下。

她是瘋子、變態。丹尼之前怎麼會沒看出來呢？

丹尼已經轉身，準備沿樓梯向下往回走，小班在他的懷裡猛力扭動，他不能讓小班再聽下去。他轉過一個彎時，又聽到男爵夫人在笑。

「這麼快就要走啦？眞可惜！我們上次玩得很盡興啊，丹尼，我想你應該格外盡興吧？」

丹尼雙腿發抖，嚴重抽筋，擔心若勉強走完剩餘階梯，可能會摔倒。他覺得好冷，渾身被汗水浸溼。他們回到走廊後，小安停了下來，撥開臉上的頭髮，雙手捧著嬰兒的頭。丹尼看見她的驚恐。她親吻嬰兒頭皮上的柔軟頭髮。

小班嗚嗚哭泣，男爵夫人的話在他的耳裡迴盪，丹尼看得出來。丹尼得消除那些話，阻止那些話傳入小班的大腦，於是他們沿著沒有盡頭的走廊走時，他便開始對著小班的頭髮細語：「不會有事的，你以後就會明白。長大後你就會不記得這件事，到時候這一切就是很久以前的事，只是一件有趣的事，你會說給朋友聽，朋友聽完會說：『什麼？不可能啦！』你會回答：『不，是眞的，我發誓，那件事眞的發生過，但我當時很勇敢，撐過去了。我保持冷靜，因爲我就是那樣的小孩……』」

這套屁話是從哪來？丹尼不知道。他對小班低語的同時，細語聲不斷把古怪的語言傳進他耳裡，直到他納悶，自己是不是在翻譯，那些聲音是不是其實是在告訴自己要說什麼。他的低語奏效了，至少小班不再嗚咽。他們通過酒窖，片刻後，丹尼看見一片光，聽見豪爾和研究生們的聲音，來來回回的急促呼吸聲，令丹尼不寒而慄。雖然他們很高興，但不知道即將發生何事。驚恐像膽汁一樣，又湧上他的心頭。

他跟著小安進入刑房。豪爾站在一臺器具上，看見小安和丹尼後，便下到地上。「怎麼了？發生什麼事？」

小安走向他，丹尼跟在後面。

小安說：「我們沒辦法從那條路出去，樓梯被封鎖。」

她沒有尖叫或哭泣，跟丹尼料想的截然不同。她把話說得溫和。

豪爾說：「被封鎖？」

小安說：「就是樓梯通過的那扇門，現在被關起來了。所以我們得找別的出路。」她牽起豪爾的手。這眞是令人難以置信，好像她已經原諒豪爾把大家捲入這件事，儘管大家還沒出去，甚至可能永遠出不去。丹尼仍抱著小班，最後幾分鐘，小班的體重變得沉重，丹尼認爲他大概睡著了。

豪爾說：「我——我不懂。再說一次。」

小安說：「那扇門啊。我們沒辦法走那條路，得走別條路。」

「誰說有別條路？」

丹尼看著自己感受過的那種驚恐侵襲豪爾，將他徹底吞沒。這傢伙不可能承受得了。

豪爾說：「那扇門——不！必須——」

「不會有事的，老公。找別的路就好了。」

「不！沒有——不！噢，天啊！」

「放輕鬆，老公。」小安把手放到豪爾的頭上，但他把頭扭開。

「不，不！我們得——噢，天啊，拜託！」

他的聲音耙刮著牆壁，每個人都盯著他。豪爾閉上眼，往下摺起身體，頭垂到地板附近。小安在他身旁俯下身，一手用力要把他的身體拉起，一手防止嬰兒掉出胸前的背帶。她肯定料到會出現這樣的情況，知道豪爾會出現什麼反應。不過她無法把豪爾拉起來。豪爾開始尖叫，每一聲尖叫都射穿丹尼，似乎也帶走了一些血液。丹尼覺得自己快暈倒了。那股恐慌的洪流再度流過每個人，哭聲四起，手電筒亂晃，使得房間裡光線胡亂搖曳。有一群人跑回走廊，奔向樓梯。丹尼猛然想起男爵夫人還在那裡等。

豪爾的靈魂完全離開身軀，跑到別處。「不，不，拜託！拜託！噢，天呀！我沒辦法呼吸，救命啊！」

房間開始旋轉，丹尼覺得好像氧氣耗盡，越是拼命呼吸，頭就越暈。小班在他的懷裡動了起來，他心想：「我抱著這個孩子，不能暈過去。」

小安說：「豪爾，別叫呀。你別再叫了，別叫呀！這裡有孩子和許多人，我們必須離開這裡呀。」

豪爾控制不了自己，身體突然變得僵硬，雙眼張得老大，卻看不見東西。他伸手抓空氣，接著用可怕的喉音大叫丹尼的名字，拖得好長，一聲長嗥迴盪整個刑房。

豪爾說：「丹尼！丹尼！丹尼救我！拜託放我出去。丹尼拜託，我什麼都願意做，拜託放我出去。你要什麼，我都給你。等等，丹尼，別走！別把我丟在這啊！」

他沒看著丹尼，但其餘的人都在看。米克、小安和仍在房裡的研究生都目瞪口呆、摸不著頭緒看著丹尼，豪爾每大叫一次他的名字，似乎就把他的腦袋朝爆炸推近一步。令人難以置信的是，他懷裡的小班竟然還在睡覺。丹尼這才發現自己抱緊小班，抱著他，彷彿是小班把丹尼抱起來。

豪爾說：「丹尼！別這樣對我，拜託。拜託回來！拜——愛——愛——」大口喘氣加啜泣，打斷叫聲。豪爾哭得像小孩一樣，滿臉黏滑的鼻涕和眼淚，這種模樣不該讓人看到。

跑去樓梯的研究生們驚慌跑回來，焦急欲狂。「**鎖住了**，門鎖住了，**我們被困在下面**，**我們死定了**。」此時房內第一次陷入眞正的激動情緒中，一開始是漫無目的、方向偏離的恐懼，但豪爾再次大叫丹尼的名字後，大夥紛紛孤注一擲，寄予厚望，一群恐慌的人朝丹尼走近，瘋狂慟哭：「**丹尼，救命啊！**」

「**如果我暈倒，孩子會摔下去。**」

「丹尼，丹尼，拜託放我們出去拜託救救我們拜託……」

丹尼說：「好，好！」

沒人聽見他說話，連他也聽不見自己說話，他們的哭叫聲在石牆之間反彈：「丹尼拜託。拜託救救我們拜託救救我們拜託……」

丹尼說：「好啦！閉**嘴**！」

他說得大聲，離他最近的人閉上嘴，頃刻後其餘的人也全閉上嘴。所有人都站在那裡，等丹尼想辦法。他該怎麼辦呢？他不知道該怎麼辦？豪爾癱到地上，縮成一團，嗚嗚啜泣。小安跪到他身邊，雙臂圈著他的脖子，沉睡的嬰兒仍懸在胸前。

丹尼說：「好。我——呃……諾拉，妳在哪？」他在拖延。

諾拉走出來，雙眼溼潤，眼神驚恐。

丹尼說：「抱著這個孩子。」諾拉沒動，於是他說：「幹，就這麼一次，做一下妳的工作，抱著這個孩子。」

諾拉嚇了一跳，好像被他甩了耳光。「我去你的。」

「我也去妳的。」

她從丹尼手中輕輕接過小班，用手肘把丹尼推開。

丹尼說：「米克，你在哪？米克？」他在爭取時間，想要讓心裡感覺到的畏縮消失。丹尼是追隨者，不是領導者，甚至可以說，在追隨者裡，他是領導者，但他不懂如何獨當一面領導別人。

米克走出來，仍拿著地圖。此時丹尼伸手去拿，又把大家發現他根本沒有任何計劃和解決辦法的時間拖了一、兩分鐘。

丹尼說：「我們看看那張地圖。」

米克拿起地圖。丹尼把手電筒照向地圖，但玻璃把光線直接反射到他的眼裡，於是米克用膝蓋頂破玻璃，讓玻璃掉落，拿著那張羊皮紙。丹尼盯著地圖，眼睛根本沒有聚焦，只是在假裝，偷了一秒又一秒。再這樣下去，哭聲一定會再出現。

米克說：「看起來像……」

丹尼說：「如果走……」

米克說：「或那條路？」

豪爾在後面啜泣，丹尼第一次聽過如此悲淒絕望的聲音，他自己這輩子從沒那樣哭過。

丹尼說：「好吧，我們走吧。我們會找到出路。」

他等小安把豪爾從地上扶起，豪爾在顫抖，溼漉漉的臉上覆滿泥土。

丹尼說：「米克，你可以殿後確保沒人走丟嗎？」

米克：「沒問題。」他似乎樂得能離開。

丹尼帶領他們離開刑房，跟著自己的手電筒光束進入黑暗，宛如走在海底。丹尼沒有突發的點子或直覺，不知道該怎麼辦，不過他有個目標：別讓這些人知道他幫不了他們，假裝帶領他們，讓他們以爲出得去，別哭喊他的名字。丹尼無法再忍受那種情況，認爲那會讓他生不如死。

於是他領路走過不知何處，走進不知何處，慶幸靜悄悄，後面只有鞋聲。他帶領他們斜斜往下深入地球，接著往左，接著稍微往上，接著又往下。丹尼走得快，因爲他裝模作樣帶領他們不知走向何處，這個事實虎視眈眈等待著，等他一猶豫就要撲向他。隨著所有人越走越深，一種節奏漸漸出現。他們一直走，走了夠久後，忽然覺得肯定正走向出口。丹尼也有同感，好像假裝夠久，就會變成眞的。

自從離開刑房，就沒人說過話，連豪爾最後也靜下來，地道裡只有他們的腳步聲，因此丹尼又聽到細語聲。他納悶那些聲音是不是在告訴自己該往哪走，有時會發現自己喃喃自語：「我不知道該往左還是往右，我想是往下吧。那邊看起來比直走好。不，我不喜歡這裡。必須回去。」這些在地底下的無數地道沒有盡頭，空氣從灰塵彌漫變成潮溼，最後出現滴水聲，丹尼不曉得過了多少時間。

他們來到一道樓梯，途中經過其他階梯，全是往下，而這道樓梯是筆直往上。階梯很小，小到只能勉強支撐丹尼的半隻靴子。階梯又小又溼，根本沒辦法爬！至少得試試，以保持大夥分心。地道繼續延伸，通過樓梯，丹尼停下來。

此時出現人聲，是他自己的聲音，在沉默中走了那麼久後，聽起來挺古怪。

丹尼說：「好，聽著。我爬上樓梯看看通往哪裡。別跟來，因爲如果我滑倒，會把所有人撞倒。各位把燈光往上照，讓我能看見路。」

他感受到他們的希望與恐慌在悸動，難以控制，他自己卻冷靜，異常冷靜，好像正在做夢。

他慢慢小心開始爬，樓梯井兩側，每幾呎就有鐵環，正因如此才爬得上去。丹尼用嘴咬住手電筒，輕微想作嘔，一手抓住鐵環，另一手抓著滑不嘰溜的階梯。他第一次爬這麼長的樓梯，樓梯一度轉向，接著他便爬到所有光束都照不到的地方，開始聞到地球的味道，但那不是他們剛剛所在的地底的味道，而是與空氣接觸的地表的味道，有樹味、草味以及各種生物的味道。那些味道激起丹尼體內的某種東西：慾望，一種渴望。他開始像蜘蛛一樣爬行，每爬幾呎就把頭往後仰，把手電筒往上照，看看上頭有什麼。又是階梯，還是階梯。最後他終於看到平的東西，那是一扇門的底面。丹尼爬到門邊時，手腳發抖。他伸出一隻手推門，門封起來了，不出所料。他在那裡縮著身體，嘴裡咬著手電筒，氣喘吁吁，大汗涔涔，覺得自己可能會吐。

丹尼向下對著手電筒燈光附近大喊：「這裡有扇門，有聽到嗎？我試試看能不能打開，會發出聲響。大家站遠點，以防我掉下去。」

一個微弱的聲音傳回來。

門的兩邊各有一個鐵環，丹尼雙手各抓一個鐵環，把腳走到頭上，直到雙腳頂住門的底面。他頭下腳上，身體縮得跟輪胎一樣小，腦袋充血。他用靴子的鞋跟輕輕敲門，感覺起來像石頭做的。

他開始踹，抓狂似地狂踢猛推，好像他被生到世上就是要幹這件事。他踢到氣力用盡，氣喘吁吁，頻頻作嘔，太陽穴與脖子青筋暴跳，但門紋絲不動。

他呼喚：「米克！」結果手電筒掉出嘴裡，沿著階梯往下掉。「小心。」丹尼大叫，「往後站，手電筒掉下去了。」他甚至聽不到手電筒著地的聲音，接著他又大喊：「米克，你能上來嗎？」他徹底精疲力竭，抓住鐵環，吊在那裡，在伸手不見五指的漆黑中用力呼吸。

不久後他便看見一道光。等到清楚看見牙齒裡咬著手電筒的米克時，丹尼已經稍微恢復了。米克沒穿上衣，上身和強壯的雙臂汗水淋漓，手臂上滿是施打毒品留下的結疤舊傷。

丹尼說：「我們得踢開這道門。」

「動手吧。」

兩人肩並肩，像丹尼剛剛一樣，縮起身體，一手抓住鐵環，空出來的那隻手鉤住對方的脖子，開始踢，發出很多聲響，僅此而已。

米克說：「等等。我們得數數。一、二……三。」

兩人一邊推，一邊呻吟。

米克說：「再一次。一、二……三！」

兩人一起推。再一次。再一次。再一次。再一次。丹尼覺得門動了一點點。再一次，沒有，沒動。再一次。再一次。接著丹尼感覺腳底猛然一動，門開始動了。「門動了。」兩人都低聲咕噥。再一次。再一次。頭下腳上那麼久，青筋暴跳，雙眼流淚，嘴唇下垂，汗水使手在鐵環上滑動，即便如此，丹尼仍感到一股猛烈的力量，從頭灌到靴子，他的幸運靴。

米克氣喘吁吁，費力地說：「再一次，就是這樣。一、二、三！」兩人邊推邊呻吟，門動了，往上滑動一點點。「一、二、三！」丹尼用靴子攻擊門，又踩又推又踹。米克如法炮製，直到門被往上推開，像墓穴的頂部被打開一樣。

兩人爬過洞口後癱倒在地，片刻後丹尼才往上看，看見星星和樹木。他知道自己在哪裡：在水池旁邊。他聞得到水池的味道，那味道令他心情愉悅，幾乎覺得芬芳。

兩人推開的是水池附近的一片大理石板，正方形，重得要命。誰知道這東西上一次被搬動是什麼時候。

又能呼吸後，丹尼俯身到洞口上，向下喊：「好了，我們出來了。我們會再下去。這會花點時間，但我們成功了。沒事的。」

寂靜瞬間後，歡呼聲旋即出現。

第十五章

丹尼幫助胸前抱著嬰兒的小安爬上那道長長的樓梯，她一手鉤住丹尼的脖子，如此一來，若滑倒，丹尼便會抱住她，嬰兒就安全無虞，而她真的滑倒兩次。

丹尼一手抱著小班，用兩條腿和一隻手爬階梯，就他所知，小班從頭到尾都在睡覺。

接著他和米克把豪爾夾在中間扶上去，豪爾雙手分別鉤住兩人的脖子，接近頂端時，豪爾稍微恢復，最後還能自己爬幾階。

每趟這樣的攀爬至少花費十五分鐘，因此把所有人救出地底花費了數小時。最後完成後，所有人都到外面，每個研究生都躺在水池附近的大理石上，呼吸新鮮空氣，此時太陽已經出來了。

那是第一階段。

第二階段是爭相擁抱。每個人都開始擁抱丹尼，有時一次不只一人，大部分的人不是哭，就是笑，也有人邊笑邊哭。丹尼只記得一個場面跟此時很像，那就是高中畢業典禮。他本來快忘了，此刻當時的感覺又湧回心頭：**我們經歷了大事，現在剩下的人生即將展開，我們不想忘掉這**

段回憶，我們不能忘，因為它太重要了。

小安用力擁抱丹尼，把胸前的嬰兒壓得哭了起來。丹尼感覺到小安身強力壯，頓然瞭解米克為何愛小安，因為只要被那種力量擁抱一次，若無法再被擁抱，就會覺得像被剝奪得一無所有。

諾拉輕輕擁抱丹尼，接著親吻他的臉頰。因為諾拉不是喜歡親吻的人，加上她的嘴唇柔軟得不得了，因此這是挑逗性慾的舉動。丹尼第一次聞到她的味道，那味道令丹尼驚訝，那不是菸味或廣藿香的味道或體臭，丹尼原本以為身上穿了許多洞、綁著細辮的女孩會有體臭。「她聞起來像——什麼？」諾拉走開時，丹尼問自己。她轉身，丹尼第一次見到她的笑顏，見到諾拉永遠不想再當的那個漂亮女孩。此時他知道諾拉聞起來像什麼，一種清新甜美但卻複雜的味道：草地的味道。

諾拉說：「謝謝。」

「她說得……」

諾拉一開始不懂什麼意思，片刻後才笑說：「其實那句話沒有副詞。」

「就只是，**謝謝**？」

「就這樣啊，謝謝。不然也可以說，謝謝，丹尼。你失望嗎？」

「一點也不，不客氣。」

兩人相視而笑。

小班用雙臂抱著丹尼的雙腿，這一抱讓丹尼不知所措，因為小班雙臂太短，身高太矮，丹尼根本無法回抱他，只好把雙掌放在小班頭上，觸摸濃密頭髮底下暖暖圓圓的頭骨。這是豪爾的兒子。

研究生擁抱丹尼，雙臂發抖，雙頰溼漉漉，有時一次幾個人環抱成一大團，把丹尼像英雄一樣夾在中間，有幾次差點把他撞倒，所有人一邊穩住身體，一邊大喊：「**哇——啊——啊——啊——**」丹尼本以爲這些擁抱會是自己最喜歡的，因爲這些擁抱讓他想起以前在比賽最後幾秒得分，所有人衝到球場上的畫面。但實際上這些擁抱讓他感覺不安、內疚，彷彿自己因爲自己沒做的事而獲得讚揚。

在第三階段，場面變得平靜，小安和諾拉帶著餓了的孩子調頭回城堡，她們揮手後，便悄然走過柏樹牆離開。其餘的人全留下來，堅持留在水池附近，像在等待。丹尼也想留下來，待在這次體驗的附近，和共度這次體驗的人在一起，因爲越是接近自己以爲會死的那一刻，他就越覺得在這裡呼吸空氣、感受臉上的陽光、感受自己從未認眞思考過的一切事物，無比美好。

豪爾坐在地上，倚著美杜莎噴水頭像，丹尼之前激動欲狂時，曾在那裡見到人影移動。豪爾雙肘靠在雙膝上，腦袋放在雙拳上。有東西離開豪爾，或許是豪爾離開豪爾了。

米克站在豪爾附近，丹尼無法吸引豪爾的注意。

第四階段就是丹尼發現權力在自己身上，豪爾完了，米克出局，因此讓丹尼取得權位，他爲了這個位置，花十六年等待、期盼、策劃計謀、卑躬屈膝、強奪霸占，情急之際甚至不惜乞求。經過那麼久後終於獲得這個回報，一開始那股力量令丹尼不知所措，萬分激動。持續約三十秒後，激動平靜下來，丹尼體悟到一件事，但無法清楚說明。他並不是不想要豪爾的權力，而是覺得權力這種東西似乎是虛假的、不重要，或許只是過時了，無法幫助丹尼看清眼前這個世界。

一個隱形的時鐘開始滴答響起，丹尼不知道時鐘的事，但知道經過某個重要時刻後，突然間，大家紛紛走離，彷彿有人切斷把大家綁在同一個地方的繩子。大家緩緩走離，有人走回城堡，有人走入樹林，有人爬上丹尼和豪爾爬過的那堵破牆，令人難以置信的是，竟然有兩個人走下階梯，回到地道裡。當大家獨自或三兩成群離開時，白色晨光從天空灑下，開始發揮作用，抹去地底發生的事，導致丹尼已無法相信任何一個研究生曾經恐慌或呼喚他的名字，或豪爾曾經啜泣，覺得那是玩笑一場，幻想一場，太誇張了，不可能是眞的。

那是第五階段。

丹尼坐到豪爾身旁，大夥出來後，他就不曾仔細看過堂弟的臉。他看得見米克，米克看起來憔悴沮喪，小安、諾拉、研究生們和丹尼所感受到的興奮與寬心，完全影響不了米克。

時鐘仍滴答響著，但丹尼聽不見。

最後豪爾抬起頭，臉看起來蒼老，音調平淡：「在下面時，你做得很好，丹尼。」

丹尼的腦子想著有趣的回答、愚蠢的回答、其實是沒有回答的回答，像是嘿，我需要運動；或捧出窗外的舉動實在難以超越，但我盡全力嘗試了；或肯定是醫生給我打針的效果；或謝天謝地，有那條追蹤路徑的麵包屑；或你可以去跟我爸講嗎？

他最後卻說：「我不管你的死活，丟下你。」

豪爾往上看，在陽光下瞇起眼看丹尼。「但我沒死啊，我逃出來了。」

丹尼說：「是他們找到你。」

「在那之前，我就用想像力逃離了，如果我不逃離那裡，我會撐不過去。」

「怎麼逃離？」

「我不知道。我就離開那裡，進入一場遊戲，進入腦袋裡的房間。我們都辦得到，你知道嗎？我們只是疏於練習。」

進行這場對話，異常簡單，彷彿兩人之前就講過，彷彿兩人對此意見一致。

「幹，我在這裡幹嘛，豪爾？」

「我不知道，兄弟，你說呢？」

丹尼把臉轉向太陽。早晨陽光微弱，但仍相當明亮。他說：「我不知道。我本來以爲我知道，但似乎有另一層含意。」

「我也是。我也不知道自己想幹嘛，或許是要讓你刮目相看吧。」

「哦，那你成功了。」

「我感覺有一種因果，但沒辦法解釋。」

「不會是報復吧？」

豪爾驚訝地看著他。「怎麼這麼說？」

「前一、兩天，我有點失去理智，或許是時差症候群造成的吧。開始認爲你想報復我。」

「拜託，現在報復太晚了吧，都陳年往事了，不是嗎？無論如何，現在我欠你。」

「拜託，別那樣說。」

鳥兒突然發出吵雜的聲響，在樹上唧唧啾啾鳴叫。太陽、鳥兒、天空，宛如樂團開始表演。

「你知道吧？我剛剛說的話，丹尼，我是認眞的。」

「哪些話？」

「你的幫忙啊。你把事情做得很好。說眞的，我本來沒有太大的期望。」

「臭名傳千里啊。」

「是啊，稍有耳聞。」

丹尼笑了起來。「我猜你是走運吧。」

「可是我覺得——我們可以一起做事。」

「樂意之至。」

這句話不自覺脫口而出。跟豪爾一起做事？丹尼在腦子裡思考這個想法越久，就越覺得這是自己一直期盼的事，想做的事。「你是說……幫你做事？」

「不，不。是合夥人，眞正的合夥人。」豪爾坐直身體，看起來好點了，比較像他了，臉上出現活力。「多年來我一直想開餐廳。」

「你是個很厲害的廚師。」

「我是說開餐廳，但這是整個——我對食物和飲食有個想法，說來話長。」

「我在餐廳工作很多年。」

「眞的？」

「那是我的工作啊！我在餐廳工作……拜託，簡直像一輩子。」

「我對經營餐廳一無所知。」

「不過啊，那些餐廳幾乎從沒賺過錢。」

豪爾露齒而笑。「拜託，丹尼，錢不是重點，你現在應該很瞭解我了吧？」

「是啊，我想是吧。」

那是第六階段。

有東西使得丹尼往上看米克，他把米克忘得一乾二淨，專心和豪爾講話，彷彿池邊只有他們兩人。而豪爾也一樣。但米克哪兒都沒去，他甚至動也沒動過，看起來像被冰凍，離豪爾只有幾吋，專心聆聽。丹尼往上看時，兩人四目相覷（第七階段），丹尼猛然在米克的臉上看見極度的冷酷，面容呆滯，活像機器。就在此時，奧圖淹沒丹尼的思緒，宛如他是站在塔樓頂端，俯瞰地上景物的每個細節：「豪爾是米克僅有的；米克是豪爾的跟班，而跟班什麼都肯幹。」

米克朝丹尼的方向走一步，就一步而已，丹尼卻猛然感覺到一陣緊張，一切恐懼，不斷啃食的蟲，之前感覺到的那種落入圈套、被追獵的感覺，驟然出現在丹尼的身體裡，彷彿從未消失過。他旋即站起身，手裡拿著刀，彎彎的長刀身閃著陽光。

米克說：「放下刀，丹尼。」

豪爾說：「怎麼搞的——？」

豪爾急忙站起身，又驚訝又困惑，好像剛睡醒或仍在睡覺。他們站在之前人影移動的地方，或許是因爲這樣，丹尼才會感覺一切都好熟悉，好像已經發生過。抑或許是奧圖，因爲現在丹尼看清了一切事物，知道自己在其中的位置。

米克說：「小心，豪爾！」

米克從腳踝的某處拔出槍，手腳快得驚人。

丹尼拿刀想衝過來，但太晚了。他剛動，我就朝他的前額開槍，子彈射過時，他看著我，我看著光滅掉。

爲什麼開槍？問得有道理，開槍射別人的頭，就該有理由。我本想爲各位列個表，一條條彙整證據，像是第一，我一度眞的以爲他要用刀攻擊豪爾；第二，我知道他最後還是會把小安和我的事告訴豪爾；第三，小時候他那樣惡整豪爾，我認爲不能那麼輕易放過他。希望看完列表後，各位會說「難怪他要開槍打那個混帳。」而且還有「天呀，看看這些動機！」但我沒有列表，因爲我喜歡丹尼，他讓我想起自己。

不過我就要被消除了，有丹尼在那裡，我僅有的少數事物，都將結束，包括豪爾、小班、小安，彷彿那些年來我一直占據著他的位置。

當然，我射殺他後，一切還是結束了。

丹尼往後倒（第八階段），雙臂攤開，彷彿試圖抱住從天上掉落的龐然巨物。他落入黑色的水池，池水從四面八方將他吞沒。豪爾也躍入池裡，在汙濁的水中尋找丹尼。但死掉的東西比活著的東西重，於是丹尼沉下去。兩人一起下沉片刻，豪爾用雙手緊緊抱住丹尼不放，想要拉起他，但最後勢必得放開他，否則就會跟他一起沉下去。

丹尼仍睜著眼，一開始看不見，因為水裡又黑又濁，他一直往下掉、向下沉，接著感覺到腳底有東西，發現池邊內側有階梯開始向下延伸。他找到立足點後，便開始走，越往深處走，覺得好像水變清澈了，也可能是眼睛適應了，因為他漸漸看見記得的東西：他以前用來幫爸爸為車道灌木叢澆水的藍色水管；客廳窗戶旁的角落，他都會在那裡看漫畫書；他用膠帶貼在廚房牆上的美術作品；粉紅色的盥洗室，後頭有玫瑰肥皂裝在蛤殼裡；有大黃蜂圖案的浴簾；擤鼻涕不用康乃馨紙巾的足球教練；可琪阿姨過去常做的山楂子沙拉；伊莉莎白街上的一家轉租屋，裡面滿是波斯地毯和波斯貓的毛；一個溜直排輪的女孩，他曾追著那個女孩跑過下東城；看著一個人把人造黃油加入電影院賣的爆米花桶內；因飄雪而模糊的紐約；一隻鴿子在他的空調機上築了巢；剪頭髮；吹口哨招計程車；注意到建築之間的日落。諸如此類，那是一條隧道，裡頭都是跟丹尼有關的回憶、事物、資訊，他飄過隧道，觸摸隧道，一切事物都還在那裡，**什麼都沒消失**。丹尼也看見自己，那種畫面只有死掉或極度亢奮，靈魂出竅時才看得見，他看見一個大人，沉入黑水。

階梯不斷延伸，水灌入丹尼的眼、耳、肺，最後接近熔融的地心時，階梯到了盡頭。丹尼往上看，發現水池頂部像一角硬幣那麼小，看見一角硬幣那麼小的藍天。接著丹尼看見一扇門（第九階段）並且打開，走到一條白色走廊。水消失了，牆壁光滑，沒窗、沒門、沒裝飾，丹尼只看見一個藍灰色的終點，看起來像另一扇門。他沿走廊朝那裡走去，走了許久，最後接近時才發現，原來那不是門，是窗。丹尼無法看穿窗戶，因爲玻璃霧濛濛的，也可能是布滿灰塵，也可能只是變形扭曲。但他走到窗前，把手掌貼上去後，玻璃驟然變得清晰（第十階段）。我看見他站在那裡，他也看見我。

「幹，你從哪來？」我說。

丹尼微微一笑。他說：「你不會眞的認爲我會丟下你吧？」

他說：「難道你還沒學到嗎？你最想忘掉的事，你永遠擺脫不了。」

他說：「讓糾纏開始吧。」接著哈哈笑了起來。

他說：「我們是雙胞胎，無法分離。」

他說：「希望你喜歡寫作。」

接著他開始說話，在我耳邊低語。

在我下面，戴維斯躺在床上，把橘色的無線電壓在耳朵上，閉著眼睛，轉著旋鈕，專心聆聽。

第三部

第十六章

雷的手稿裝在一個棕色大信封袋裡寄來給我，上面有當地的郵戳，沒有寄信地址。裡頭裝著城堡的故事，有些我讀過了，還有約四十頁我不曾看過的手寫日記。我花一整晚讀完，在背景中聽見車輛往來的聲音，在這附近到處都聽得到，晚上更大聲，因爲有大卡車行駛。車聲有回音，像海的聲音一樣，如果附近有海，我認爲海的聲音就是那樣，我眞希望附近有海。

如果我是愛哭鬼，讀完肯定會哭，但我不是。有一段時間我確實成天以淚洗臉，不過從那時候起，我幾乎不會爲任何事流淚，淚已流乾。

我讀完時，天色漸亮，屋子寂靜，女兒們仍在睡覺，誰知道希史在哪。

接著我想到了個點子，走到廚房，拿一個綠色大垃圾袋和一根金屬湯匙，悄悄走到屋外，在兩個水泥階梯上，輕輕把那疊紙敲整齊。我把那疊紙放進垃圾袋底部後，扭轉袋子，再把上面的袋身外翻，包住那疊紙，就這樣反覆扭轉後再包，直到沒有袋身可扭。接著計算離開屋子的腳步，雷一定也會這樣做，往左走了三十五步。我開始用湯匙挖地，上層的土很緊實，但下層就像粉末。我挖得快，我知道女兒們隨時會醒來。我挖了個洞，把袋子放進去，用土蓋住。有些土沒有塡回去，我用腳把那些土踩平。我的雙手看起來像剛挖過墳。完成時，太陽正爬上山頭。呼，我大大鬆了口氣，因爲我知道安全了，一切都安全了，整個故事和故事裡的我，那個離開丈夫的老師，那個漂亮的公主，她像寶藏一樣，被埋藏在下面。

我也把證據埋掉，因爲我知道持有剛逃獄的囚犯寄的物品，是違法的。

我把狗放出圍欄，牠們從被埋起來的那疊紙上面跑過去。我丟出紅球，讓牠們跑得更賣力。

我走回屋子，坐在階梯上抽菸，欣賞日出。我注意到有人走在路上，我的眼睛先看到，腦袋才看到。我認出那是希史，心裡緊張不安，卡車在哪？他把卡車怎麼了？

希史走到門口，我看得出來他還在苦惱，但漸漸緩和了。他離開兩天了，完成工作後，他通常會這樣。就建築工而言，他算削瘦。他沒戴假牙，嘴裡沒半顆牙。他曾經是搖滾明星，不只在當地有名，在許多州也很紅，在舞臺上，他總會脫掉上衣，女孩們則會扔上啤酒，要看啤酒流下他的胸膛。

他用空洞的雙眼看著我。

「卡車在哪？」我問。

「在八十五號公路，一個輪胎洩了氣。」他看起來快倒下了，那模樣看起來簡直就像快死了。

「她們在睡覺，進去吧。」我說。他旋即進屋，希史和我唯一的共同點就是我們都愛女兒，雖然比不上彼此相愛，至少好過一無所有。

那天下午，兩個州警到大學拜訪我，其中一人是畢德·康，我從小學四年級就認識他，但從高二在高中舞會我跟他舌吻後，他就變胖了。他穿著厚重的制服流著汗。另一人是魯福思巡佐，他看起來需要胃藥。我出去見他們時，辦公室裡的人全盯著看。

「畢德。」我說，「二十分鐘後我就要吃午餐，你們可以等一下嗎？」

「我們能等嗎？」另一個傢伙突然激動地說，好像我剛剛是請他幫我洗衣服。但是畢德說可以，他們會到餐廳裡等。

我在餐廳外面那張我最喜歡的野餐桌找到他們。那天是個宜人的春日，萬物豐腴，呈現淡綠色。可以在背景中聽到車輛轟然馳過的聲音，丟球臂力好的人，能把球給丟到州際公路上。

「妳不拿午餐嗎？」畢德問我。

「我不喜歡只有我一個人吃。」

我坐下來，點根菸。畢德說：「我知道妳認識一名逃獄的囚犯。雷蒙·麥可·多布思。」

「他有上我的寫作課。」

「我知道。在妳的課堂上被人捅。」

「對。湯馬·哈林頓。我猜他被移送到超級安全戒備監獄。」

出現一陣沉默，但車來車往，所以永遠有聲音可以聽。

「妳有從他口中聽過任何事嗎，荷麗？」畢德問，「我說的是多布思。」

「沒有，」我說，「什麼都沒有。」就在說這話的當下，我明白自己違法了，感覺到汗水打開毛孔。

「他有可能知道妳住哪嗎?」

「但願他不知道。」

畢德看過我最好的一面:贏得學校散文競賽,寫了一齣戲劇,全班在八年級時表演;他也看過我最慘的一面:滿臉傷痕,等待住院,而我的小男嬰,可瑞,在垂死掙扎。畢德眼裡充滿同情,害我不得不轉移視線。

此時另一個傢伙魯福思巡佐插嘴。「我們知道妳和囚犯多布思有私交。」他說。

「你這話什麼意思?」

「妳到醫院探視過他。」

「沒錯,」我說,「他們說他快死了。」

「那次探視是去幹什麼?」

「大多數時間我只是坐在那裡,他神智不清。」

「或許他只是很會裝。」

「我不知道要怎麼裝出嚴重腸子感染。」我說。結果畢德用眼神警告我。

「多布思回監獄後,妳又去探視他。」魯福思說。

「是的。」

「妳和一般探視人員一樣開車去。」

「是的，沒錯。」

「爲什麼去探視？」

「我想確定他沒事。」

「我不懂妳的意思，能說清楚嗎？」

「我只是——我無法相信。我無法相信他復原了。」

這回答，沒人聽了高興。畢德調整在野餐長椅上的身體。

「第二次探視，妳和囚犯做了什麼？」魯福思問。

「我們只是談話。」

「你們談什麼？」

「我記不得了。我沒有在那裡待很久。」

「妳在那裡待了一小時又十五分鐘，小姐。」

情況糟糕，我知道，情況看起來非常糟。我不知道還能說什麼。

「他有提到計劃逃獄或請妳幫忙嗎？」

「絕對沒有。」我說。我想我的音量害他們倆都嚇了一跳。「沒有，沒有那樣的事，要是有，我會立刻回報。」

這番話讓魯福思閉嘴了，他現在相信我說的話了；對畢德卻好像產生相反的效果。「發生這次越獄，妳完全沒料到嗎，荷麗？」他問，歪著頭看著我。

「完全沒料到。」

「妳沒從這傢伙口中聽到任何事?他沒偷偷告訴妳任何事?」

那雙漂亮的眼睛看著我。畢德有四個孩子，長女只大梅根一歲。我正眼回看著他。「沒有。」

「好，荷麗。」他說。「因爲——這個妳也知道，協助逃犯是聯邦犯罪。」

「我知道啊。」

「那實在——不值得。」

「當然。」

「妳經歷了那麼多痛苦，現在重回軌道，表現得那麼好，實在不值得那樣做。」

逃獄的是雷和室友戴維斯。雷從一個主配管線路使水改道後，和戴維斯往下挖到輸水管，用噴燈燒開一個洞，鑽進去，爬過兩道網格圍欄底下，接著又燒開一個洞，挖了一條通道逃出去。

這聽起來或許簡單，其實難如登天。雷和戴維斯在一座裡頭有個狙擊手的塔下面挖第一個洞，更令人難以置信的是，兩人到下午四點站立點名時才被發現失蹤。大家爲此感到震驚。**到站立點名才被發現失蹤**?怎麼辦到?答案就在報紙上:假工作令、出入許可證、通行證，全是戴維斯僞造的，他不僅是殺人犯，也是僞造文書犯。多年來他一直很乖，而且瘋癲，因此獄方早就不再留意他。在監獄，有人開始因爲嚴重疏失受到懲處，丟掉飯碗。

上一次發生逃獄在十七年前，當時我就讀高三，現在仍有居民在談論那次逃獄:三名囚犯用自製的高蹺爬過兩道網格圍欄，藏匿在一戶全家離開鎮上的民宅。他們用裁縫針和藍線縫合傷口，我永遠記得這件事，記得那些線有多麼藍。他們被逮捕時，已經抓了兩名人質，射殺一匹馬，把一座倉庫燒成平地。

聽到雷的消息那晚，我搬進女兒們的房間，把一張摺疊床拖進去，在她們的床之間打開。梅根不在家，去參加足球比賽。但小女兒潔兒是我的幫手，要和老媽一起開睡衣派對！梅根回到家時，我們正在弄爆米花。聽到我要和她們一起睡時，她踢掉足球釘鞋，用力扔出前門，釘鞋消失在黑暗中；即便在氣頭上，梅根還是很愛乾淨，不想把泥土弄到地板上。她大嚷：「我在這間屋子裡完全沒隱私！從來沒有！從來沒有！從來沒有！從來沒有！從來沒有！」她十三歲。

「我瞭解。」我告訴她。那是網路心理醫師萊爾頓醫師教我說的話，我一直跟他通信談論梅根。

「妳根本就不瞭解。」她咆哮，「不然就不會把那張床搬到我的床旁邊！」

「梅根，有兩個囚犯逃獄——」

「拜託，說得好像妳會保護我們。」她站在那裡，一手放在瘦巴巴的屁股上。回看著我的，是我自己的臉，我年幼時的臉，綠色眼珠、漂亮的臉蛋。我看見的憎恨與敵意令人恐懼，但我沒反應。萊爾頓醫師說我必須讓梅根表達憤怒，我必須表現出我能承受。

聽到潔兒嗚咽時，我不禁發飆。「妳嚇到妹妹了，妳這小潑婦。」我這樣告訴梅根，但聽到自己說的話後，旋即感到噁心。

我在潔兒身旁俯下身，把臉埋到她的濃密長髮裡；她的頭髮烏黑亮麗，有蘋果的味道。潔兒仍擁有梅根數年前就失去的乖巧，每天我都想緊緊抱住那份乖巧，全力守護。

「我以爲那會很好玩。」她邊哭邊說。

「會很好玩啊。」我說。

梅根氣沖沖走進臥房。隔著牆，我聽見她窩到私人專屬的角落裡，那是她自己買的一個摺疊屏風，彎著擺在一扇窗戶附近。屏風外側一片白，內側滿是她的生活藝術拼貼：朋友的照片、吸管包裝編成的一條穗帶、一根紫色羽毛、一隻綠色頭髮的巨魔娃娃[1]、一個閃亮的面具、幾朵乾燥的雛菊。梅根嚴令禁止潔兒進入她的角落，不過她眞正想阻止進入的人是我，她不讓我進入她的生活，因爲她認爲，我一碰，她的生活就會枯萎死亡，和我的一樣。

潔兒和我爬上床時，梅根仍在自己的角落，雙肘靠在窗沿上。潔兒跟麻疹一起睡；麻疹是很久以前希史在她感染麻疹時買給她的熊，我們忘了讓她注射疫苗。

我醒著躺了好久，最後希史終於回家了。他做連續值兩個班、十六小時的工作，也就是說他暫時無事一身輕。我聽見開啤酒和開電視的聲音。梅根躡手躡腳離開黑暗的臥室去找他，我聽見他們講話後，怒氣攻心。爲什麼找他講話？他幫梅根做過什麼事？接著我想到萊爾頓醫師，他的電子郵件我讀了好多遍，都熟記了：「梅根有許多事氣憤難平。她覺得跟父親比較親近，這或許看似不公平，但妳使用毒品造成她覺得被背叛的感覺，可能更加強烈許多。」事實確實如此。躺在床上，我告訴自己：「我的感受沒有意義。我的工作，我唯一的工作，就是讓女兒們安全健康，讓她們能活得有意義。」這麼想讓我舒坦些。我想像自己分解消失，或者分解成液態元氣，注入女兒們的身體裡，給她們一個機會，以及專注力與信心去把握那個機會，別像我一樣。如果能做到那樣，眞的做到那樣，我告訴自己，我死而無憾。我三十三歲。

我們的嬰兒，可瑞，一身紅，身軀非常小，約手掌那麼小，看起來像被燙傷。看得出來他不該來到世上，不能把他放回去嗎？這個問題我問過幾次：「有辦法把他放回去嗎？」根本沒人回答我。

他的小臉繃得緊緊的，皺縮的臉，像埋了數世紀後被挖出來的木乃伊，裡頭有數千年的痛苦。

我會坐在那裡，隔著玻璃看他。他動起來就像一隻煮熟的手掌，虛弱地開開闔闔。「我們必須給他翻身。」護士這樣告訴我後，我就會離開。

沒吸毒動不了或無法照顧兩個女兒時，我才會吸毒。我心裡會想：「吸一點就好，只要能叫女兒去學校就好。」但吸毒後，我卻會感覺嬰兒在我身體裡緊抓著我。

可瑞死後，我在精神病院住了幾個月。「我只想死。」當我這麼說，他們會告訴我：「妳有兩個女兒需要妳啊。而且妳沒前科，已經戒掉毒癮，未來還有很長的人生啊。」

我告訴母親：「醫師說我得原諒自己，否則無法重新振作。所以我正努力那樣做。」母親說：「原諒妳自己是一回事，請上帝原諒妳又是另外一回事。」

我透過大學取得到監獄教書的工作，那是很重要的機會，我才剛開始念碩士，還沒資格教書，但他們謊報資格給我機會，因爲他們需要人。薪酬優渥，他們稱之爲危險加給。而且我認爲，如果我能教別人寫作，代表我自己也能寫作。

我拿到學生名單後，拿給凱力堂哥看，他在那座監獄當獄警好幾年了。他開始把學生的事告訴我。「梅文・威廉斯，大蠢蛋，宗教狂熱分子。」他說，「湯馬・哈林頓，聰明，成天帶著爬蟲類，和妳一樣是毒蟲。哈邁德・薩米，小心留意這傢伙，他是回教徒。山繆・羅德，被搞到變同性戀，大塊頭的黑人們輪流搞他。艾倫・胡，哦，對了，人稱教授，他被逮到在一座停機棚裡藏滿大麻。」我要他別再說了，我不想知道他們的罪行，因爲那會使我對他們有偏見。

講到雷蒙・麥可・多布思時，凱力說：「他什麼都不是，是垃圾。」

「你說垃圾是什麼意思？」

「他只是——垃圾，他就是垃圾。」

這惹惱了我，但我也不知道爲什麼。「垃圾是丟在垃圾桶裡的東西。」我說。

「那就是妳要去教書的地方，堂妹，一個超級大垃圾桶。」說不定凱力也有和我一樣的想法：**「如果是那樣，那很適合我。」**

第一晚去上課時，我終於見到他們：垃圾。他們坐在書桌後面，看起來身軀龐大，大部分的人看似焦躁、好奇，但雷蒙・麥可・多布思沒有。他身材精瘦，一頭濃密的深色頭髮，長相俊俏，但藍色的眼睛毫無生氣。

我指派作業給他：寫一篇三頁長的故事。隔週上課時，他竟然唸了個下流無比的爛故事，描述一個學生幹自己的老師。所有人瘋狂大笑，我眞的好害怕，因爲我知道如果讓班級失去控制，就無法重新掌控。這讓我感到腎上腺素急速分泌，那和嗑藥亢奮的感覺截然不同。

於是我開始講話，雷蒙・麥可・多布思專心聽我說話時，我看到他的眼睛後面有東西打開，就像照相時相機快門打開一樣。想到那是我造成的，我渾身起雞皮疙瘩；我光是講話，竟然就能使那種事發生。那種感覺很親密，像我們之間有肉體接觸一樣。

在那之後，我感覺得到雷看著我，使我警覺起來，宛如有人在我全身皮膚上擦了薄荷。每次我走進那座又臭又討人厭的監獄後，接下來的三小時，一個聰明美麗的女人會從我殘破的人生飄出來，她的話語、想法、每分每秒，都是寶貴的。

我努力不去看雷，擔心他會看出我不是老師或作家；我沒資格站在那裡，但我不希望他知道，因爲那會毀掉一切。

我買了新服裝，同事們注意到了。開始到監獄教書前，凱力清楚告訴過我：「建議妳進去那裡別打扮得引人注目，問題不在於囚犯，囚犯很識相，懂規矩；可是如果妳打扮得花枝招展，職員會討厭妳。」所以我從沒穿過新服裝去上課，但我爲了他穿。

有一天，我編了個理由去見剛下班的凱力，找他去家得寶幫我找架子。蠢的是，即便知道看到雷的機會渺茫，而且就算真的能看到他一眼，我們也沒辦法說話，我還是在工作時請半天假去幹這事。

那天雷剛好就在入口旁邊，就算策劃幾個月，結果也絕對不會比這樣更好。即便我從沒正眼看他，只是走過陽光進入監獄去見凱力，但是在眞實的世界，那樣的邂逅相當於一起看電影，牽手用餐，回家做愛，睡覺醒來後，再把那些事全做一遍。我早就忘了那種愛是什麼感覺，就在那一刻，我才曉得自己深深迷戀雷，不能自拔。

潔兒和我在吃晚餐時，跟我聊她上科學課養的那隻懷孕的天竺鼠，我望著窗外，看見州警車沿著道路駛來。潔兒聽見車聲，從椅子上跳起來奔向紗門，但歡喜旋即落空。「媽咪。」她說。

畢德先走到門前。「我們不想又在妳工作時打擾。」他說。看他正經八百，我就知道我不喜歡的事即將發生。潔兒站得離我很近，我能聽見她的呼吸聲。謝天謝地，梅根去練習足球。

他們走進來，發出嘎吱的聲響，他們的制服或靴子或不知道是什麼警察裝備，老是發出嘎吱的聲響。「魯福思巡佐發現一些事，我們想問妳。」畢德說。

「沒問題。」咖啡機在我後面發出呼嚕呼嚕的聲音。我感覺到潔兒的臉頰貼在我的手臂上，我的心跳加速，但我根本不知道自己在怕什麼。

魯福思站在房間中央開始說話：「訪客登記簿上寫著，有一天妳沒教課，卻到監獄探監，而且那天根本不准探監。」

「我不是去探監，是去載我堂哥凱力，他在那裡當獄警。」

「他自己有車，不是嗎？」魯福思說。

「那又怎樣？」

「爲什麼去載他？」

「因爲我們說好的啊，不行嗎？犯法嗎？」

畢德眼睛周圍的粉紅色皮膚抽搐起來，潔兒抓住我的手臂。

「探訪期間妳有看見多布思嗎？」

我遲疑了，而且一遲疑，我就知道得回答有。「我進去時，他和一些囚犯在外面工作。」

我認爲魯福思因爲我誠實回答而失望，這讓我冷靜下來。別慌，他們什麼都不知道，根本沒有不可告人的事！我一直想偷瞄窗外埋雷的手稿的地方，但忍住了。雖然他們要找的不是手稿，但他們會拿走。

「妳有和多布思打招呼嗎？」魯福思問。

「沒有。」

「妳後來有告訴過他妳當時有看到他嗎？」

「有，我告訴過他我有看見他。」

「他有告訴妳他在外面做什麼工作嗎？」

「沒有。」

「那我現在告訴妳，他在挖他和戴維斯後來逃走用的那條輸水管。」魯福思說，「那就是他在做的事。」他喝光我幫他倒的咖啡，放下杯子。

「那我倒不知道。」

「一年三百六十五天，妳選擇在工作之餘到監獄的那天，竟然剛好他在爲逃獄鋪路。」魯福思說，「再說，就我聽來，妳去監獄的理由也算不上好理由。」

「我把理由告訴你們了。」口乾舌燥的我看著畢德，「請告訴我你們想幹嘛。」

「我們想到這屋子四處看看。」畢德說，「需要妳同意，因爲我們沒有搜索票。」

「不過我拿得到。」魯福思突然插話，「我們有合理的根據。」

「我們可能拿得到。而且妳知道的，荷麗，那類搜索不太尊重私人財產。」

我當然知道，就是把物品打破，砸得稀巴爛，割破枕頭和床墊，讓人家的家永遠無法恢復原狀。

「好。」我說，「不過拜託，搜我女兒的房間時請小心。」

魯福思已沿著走廊迅速直奔我們的臥室，臥室的門關著。此時我才明白，他們眞的認爲雷在我家，這讓我瞬間覺得不無可能，光這麼想，就讓我滿心期盼。我把潔兒抱到我身上。

他們到女兒的房間時，我跟在後頭急忙衝進去。「窗戶旁邊的那個小屏風。」我說，「搜那邊時請小心，可以嗎？」我看一下手錶。梅根四十五分鐘後就會回來。

潔兒在客廳，跪在沙發上，看著窗外。我坐到她身旁，說：「嘿。」

她沒反應，臉上出現呆滯的神情，讓我想起梅根。

魯福思把頭探出女兒的房間。「兩張床中間的這張床是幹什麼用？」

「是我在睡的。」我說。我差點脫口接著說：「**發生逃獄後搬進去的**。」不過還好我及時停口，謝天謝地。

他們回來後，開始搜索潔兒和我坐的地方，於是我們移到用餐的餐臺旁，坐到凳子上，餐盤還擺在那裡，食物只吃一半。我納悶，如果我把埋起來的手稿交給畢德和魯福思，這一切會不會停止。但我認爲不會，我認爲那只會使情況雪上加霜。

潔兒向前傾身，把頭靠在餐臺上的兩個盤子之間。我撫摸著她的背。魯福思正在翻搜希史放在電視上方架子的工具箱，拿出一個東西，說：「畢德。」光是他的音調就使我轉頭看，結果我看見魯福思找到一包安非他命，對於即將發生的事，我感到極度恐怖，而肇因就是希史違背了我們的嚴格規定：絕對不能把毒品放在屋子裡，能帶在身上，但絕不能放在屋子裡，否則我們都會受罰。但是規定對毒蟲有什麼意義呢？即便腦子裡想著這一切，我仍繼續撫摸潔兒的背，因爲她很平靜，她維持那樣平靜越久越好，哪怕我能幫她爭取的只是多一分鐘。

我看著畢德，他是我用來判斷情況多嚴重的顯示器。他看起來快吐了。魯福思走向我，拿著袋子。「妳知道這是什麼嗎？」他說得很大聲，潔兒嚇得猛然打直身體。

「看起來像一包安非他命。」我說。

「看起來像？妳是說這不是妳的囉？」

「我想那是我先生的，他還有毒癮。」

「我們得帶妳去警局。」

「等等。」畢德說，「沒理由帶她回警局啊。」

魯福思難以置信地看著畢德。「我們在屋裡找到一包安非他命，你竟然不想逮捕她？」

「那不是她的，」畢德說，「是希史的。我認識這些人。」

「是啊，我知道你認識。打從一開始你就放水，想保護這位小姐，但我們是執法警員呀，畢德。你發現一包安非他命，不能因爲和住在這裡的這位小姐是好友，就刻意視若無睹，除非你想惹上麻煩。我可不想。」

「拜託。」我說，「拜託。」

畢德看起來像希望自己當場死掉。我知道我會被帶走，因爲畢德有四個孩子，惹不起任何麻煩。

潔兒緊抓著我苦苦哀求：「別走，媽咪，拜託別走。」但我感覺到體內有東西死掉了。「不會有事的，寶貝。」我一邊說，一邊把她的雙臂扳開。「我得打電話給外婆。」

我拿起電話撥我媽的號碼，祈禱她在家。我好久沒打過這樣的電話了。

話筒發出嗚嗚聲，潔兒哭了起來。畢德看著魯福思說：「你覺得這種事有趣嗎？」

魯福思低頭看著鞋子，看起來完全不覺得有趣。

最後我媽接起電話。

車子沿著私宅車道彎曲行駛時，我看見梅根從足球隊公車放她下車的地方走過來，穿著紅色制服的她，看起來瘦瘦窄窄的。車頭燈照到她，她遮起眼睛，走到路邊。我看見了她臉上的情緒變化：先是好奇這輛車爲什麼從我們家開走，看到是警車後，便焦慮了起來。畢德捲下車窗。

「嘿，梅根。」他說。

「嗨，康叔叔。」

「今晚妳和愛美表現得如何啊？」

「我沒在愛美那一隊，她在校隊。」

「是這樣的，妳媽要去警局幫我們處理一些事，頂多一、兩個小時。」

「潔兒呢？」

「來，跟妳媽說。」他捲下我這邊的車窗，梅根走過來俯下身，我把手銬藏在兩腿之間。

「寶貝，沒事的。」我說，「我只是必須去警局跟他們談談。」沒伸手去摸她，我覺得怪怪的，但我不能讓她看見手銬。

「好。」梅根不挖苦人時，講話聽起來像年紀很小。

「外婆在家裡，妳去找她好嗎？」

「好。」她轉身繼續走。

畢德和魯福思帶我到郡立監獄，把我交給勒戒所，那一刻起，我正式不歸他們管。此時是晚上，沒有法官在上班，因此我得在拘留所過夜，明早再出庭。這樣我上班會遲到，甚至沒辦法去上班。

我以前來過這座監獄，但每次都處於恍惚狀態，這次感覺起來像第一次來。一名女獄警帶我進入一個小房間後，沒把門關上，命令我脫掉衣服，丟到長椅上。一絲不掛的我，得彎下腰、張開腿，那一刻，我彷彿靈魂出竅，就像跟潔兒在廚房時那樣。我告訴自己：「這個人不是我，這屁股不是我的，在女獄警面前張開腿的那個身軀不是我的。」接著我聽見另一個聲音，於是低下頭看向兩腿之間，看見兩名男獄警站在女獄警後面欣賞春光。「這個人不是我。」我告訴自己，「我們只是隔著一扇窗彼此對看。」

「好，蹲下原地跳躍。」女獄警說。

「什麼？」

「妳聽見了。我叫妳蹲下原地跳躍。」

「爲什麼？」

「妳不做嗎？」

「我只是問爲什麼。」

「我沒必要回答妳的問題。」

開始原地跳躍後，我立時知道爲什麼：藏在體內的違禁品全會掉出來。我的胸部晃動著，我感覺得到汗水從腋下滴到地上，心裡害怕違禁品會掉出來，但我根本不知道我有藏違禁品。我好想停下來，以免違禁品掉出來，但女獄警一直叫我跳，或許是她察覺到我在擔心，或許是懲罰我問問題，抑或許是要娛樂她後面的男人。因此我繼續跳。

小時候我喜歡編故事，故事源源不絕地出現在我的腦袋裡，想阻止都沒辦法。我的腦袋裡一直有個聲音在細語，那個聲音和我有個祕密：有一天我會離家幹大事，讓家鄉所有人都知道。這附近那樣的人不多，不過還是有幾個，有一名溜冰專家和一名搞笑藝人。他們回家探親時，所有人就會七嘴八舌談論他們可能會去哪些酒吧或教堂參加聚會。我的老師們認爲我與眾不同，我媽也這麼認爲。「我的綠眼女孩。」她都這麼叫我。

我的第一個錯誤就是操之過急，總是急著抓住眼前的東西：嫁給搖滾明星希史，生下一個孩子。我過去總是與眾不同，所以認爲不論發生什麼事，我還是會與眾不同，事實卻不然。

後來希史和樂團吵架，消失數日，我手忙腳亂地照顧兩個孩子，等我看清情況有多糟時，明白自己落入什麼樣的深淵時，爲時已晚。我有兩個年幼的女兒和一個吸食安非他命的丈夫，讀了一年社區大學，仍住在離自己長大的地方只有二十分鐘。

我第一次吸毒是和希史一起吸，我知道毒品有害，但我厭倦再當警察，厭倦在他進門時懇求他、衝他發火、拿幫寶適尿布砸他的臉，我想再次跟他站在同一邊。於是有一天下午，趁女兒們午睡時，我和希史一起吸毒。噢，天呀，我只要一回想第一次吸毒，渾身就會變成一張嘴，想要再吸毒：我第一次吸毒後，性慾高漲，幾個月來第一次和希史那樣狂野地翻雲覆雨，就算女兒們開始啜泣敲門，我們還是繼續。完事後我望向窗外，看見世界搖晃起來，彷彿活了起來，樹木變得茂密，天空變得湛藍；我又變得自信滿滿，認爲希史和我會成功；那個聲音又回到我的腦中，說故事給我聽，說得太多，因此我沒辦法寫下來，甚至沒辦法把一個個故事分辨清楚。

經歷一切恐怖的事、被搜索、被逮捕後，失去可瑞和住院時黑暗空白的幾個月，經歷那一切後，光是活著，沒有留下前科，重新擁有我剩下的兩個孩子，我就覺得很寬慰。因此我小心翼翼地前進，彷彿世界是玻璃做的。我在大學找到工作，讀完學士學位，開始攻讀寫作碩士學位。擁有這一切，我心懷感激，因爲我很清楚自己根本沒資格擁有，然而，即便如此，我卻不能說我很快樂。我感到寬慰，更覺得幸運，儘管感受到許多美好的感覺，我卻認爲只有吸毒亢奮時，才能感到快樂。但我不會再吸毒，絕對不會，即便那表示我這輩子再也無法快樂一天。

雷把那種感覺帶回來了，那種興奮感會讓小孩全身震撼，對大人則會產生和性慾一樣的作用，就像期盼聖誕節、期盼喝葡萄口味酷愛果汁、期盼到樹屋裡玩的那種極致興奮。隨著教書那一晚逼近，我一整個星期都感受到那種興奮，於是我又開始閱讀，每幾天就完成一本小說；午餐休息時，我會坐在外面的野餐長椅上，聽著車來車往的聲音，那些巨大的聲響循環不息。但在車聲背後，我會聽見另一個聲音，難以聽見，極度模糊，我不敢太過專注，深怕嚇跑它，但我知道那個聲音回來了。

翌日早晨我被傳訊，由法庭指派的律師陪同，去見法官。畢德也到場，他告訴檢察官，安非他命不是我的，是在希史的工具箱裡找到的，而且只有八分之一盎司。於是法官駁回案子，我回家沐浴更衣後，便去上班。

那晚，我摺起床，搬出女兒的房間。雷逃獄一個月了，我知道他離開了，因爲如果他還在附近，肯定早就被逮。

憂傷猝然籠罩，我感覺好像被毯子蓋住，卻無法從底下逃脫。時值夏天，但我費盡千辛萬苦才使女兒們去參加夏令營；上班時，如果附近沒人，我會把頭靠在辦公桌上。我會聽見電腦的喀喀聲、暑修學生的叫聲、遠處的電話聲。我會一動也不動地靠著，看著眼睛後面的色彩。腳步聲一接近我的辦公隔間，我就會坐起身，把手放在鍵盤上。

週末我會無法下床，鼓著臉，女兒們怕得不敢看我。我在和希史共用的房間裡，躺在床上，潔兒有時會進來躺到我身旁。我知道我光是躺在那裡就會造成傷害，讓她更不快樂，但我無法動彈。

「希望妳覺得好一點。」潔兒說。

我把她抱到懷裡，做這個動作使我氣喘如牛。我想說抱歉，但我知道那樣太自私了，因爲那是要求她原諒我。

「我好愛妳，女兒。」我說，「妳知道嗎？」

她點頭。

「妳眞的知道？」

「嗯，我知道。」

我想這算幸運吧。梅根沒有進來，我不怪她。

最後我媽出現了，肯定是女兒打電話給她。我很害怕，不曉得她會說什麼，她卻把一隻手掌放到我的額頭上不動，她涼涼的手指讓我覺得好舒服，於是我闔起眼。「妳得離開這裡。」她說。

「離開？」

她把手掌移離我的額頭，去調整她總是插在凌亂灰髮上的象牙梳。「給自己幾天重振元氣。」她說，「如果妳想得到想去什麼地方，我很樂意幫妳帶女兒。」

「我不能離開她們。」我說，「我離開她們夠久了。」

有一天上班時，我在辦公桌吃午餐，因爲實在沒氣力走入熱氣中。我一邊用google搜尋**飯店**、**城堡**和**歐洲**，接著開始看螢幕出現的小圖片。我不斷從一個網站連到另一個網站，好像掉進地板門。我心想：「歐洲怎麼會有那麼多城堡？大家不是老說歐洲很小嗎？」所以我推測應該沒有足夠的空間可以容納所有那些城堡。

過程中，我注意到一間飯店名爲「塔樓」，圖片上是一座有幾座塔的城堡。我點進去它的網站後，幾張照片便開始自動播放。第一張是一座城堡沐浴在金色陽光中；第二張是一座方形高塔；第三張是一張看似老舊的地圖，上頭畫著錯綜複雜的地下通道；第四張是一座圓形大游泳池。

我把椅子推離辦公桌，把頭埋在雙膝之間，害怕自己是不是亢奮了卻不自知。因此我仔細回想當天所做的事，確定自己沒吸毒。

我坐直後，照片還在播放：城堡、高塔、地圖、泳池。那是豪爾的城堡，是雷的城堡，是同一個地方。我笑了起來，笑得微弱，卻大感寬心，雖然當時我一週接著一週讀雷的故事，卻始終不相信城堡存在。

地圖、泳池、城堡、高塔。

我找到他了，或者是他找到我了。

我沒想到有那麼貴的飯店，爲了支付兩夜住宿和機票，我得提領401K退休金帳戶[2]的部分存款。我雖然著手安排，但始終不認爲眞的會去。我有假可以請，而且媽媽信守承諾，要照顧女兒。所有計劃都順利完成，一個星期後我就能離開，這個事實卻重擊了我。我覺得整件事荒唐，放縱自我，理所不容。我還能拿回飯店的訂金，但機票就不能退了。我打電話給媽媽，她根本不聽解釋。「妳就去吧。」她說，「少囉唆，馬上去。」我感覺得到，到海外旅行是她過去想像我該過的生活。

我把女兒載到媽媽的家後，潔兒對我又抱又吻，但梅根不發一語，逕自下車離開。我開走時，她從屋裡跑回來，於是我停下車，但她已經慢下來，片刻後才來到車邊。「妳忘了拿什麼東西嗎？」我問。

她沒回答。她的脖子上掛著一個小金墜，沒人知道是誰給她的。時值盛夏，蟬在樹上知知鳴叫。最後梅根說：「妳會回來吧？」

「梅根！」我說。她哭了起來，我好久沒看過她哭了，她這點很像我：沒有眼淚。

我抬起雙臂，把頭伸出窗吻她。

我搭通勤客機到紐約，趕上往巴黎的夜間班機。在甘迺迪機場，我猛然感到一種不眞實的感覺。我好多年沒搭飛機了，爲此買了旅行箱，因爲我們只有舊帆布手提包，以前希史和樂團巡迴演出時，我們就會把家當全塞進去。

我坐在靠窗的位置，飛機起飛時，城市燈火看起來就像餘燼。我感到震驚，如果我知道這一切一直在發生，飛機在起降，城市燈火看起來像餘燼，那我就不會那樣深陷於自己的生活裡。

倉促出門，我一直沒時間打開飯店寄給我的一包東西，也許是我刻意不打開。包裝其實是一個扁扁淺淺的盒子，淡黃色紙張做成。我拆開封口時，聞到香草和香料的味道。盒子裡有幾張方形卡片，文字用棕色墨水印刷，紙質是相同的淡黃色紙張。第一張卡片寫著：

預告：您即將蒞臨本飯店，您即將體驗的感受，將使回家時的您與此刻的您略微不同。

我大聲笑起來，覺得很好奇。這是什麼意思啊？

另一張卡片寫著：

塔樓是沒有電子設備和電信設備的環境。請閉上眼睛深呼吸：您做得到。我們有保險庫，請於抵達時，將所有電子設備存放於保險庫。請務必遵守此拋棄規定，若您強烈反對，請注意，您不適合前來。

另一張卡片寫著：

除了用餐時間在大廳有現場演奏中世紀音樂之外，我們不於塔樓提供任何正式娛樂。提供娛樂是您的工作，我們信任您，現在也請您信任自己。

我轉向身旁那位男士，他已經緊緊包在航空公司的藍色毯子裡，睡眠眼罩蓋著眼睛。肯定有人能和我分享這個笑話！我一排一排掃視機艙，期待看見一對眼睛心領神會地回看我，因爲我不是獨自一人，這點我知道，打從在電腦螢幕上看到塔樓，我就感覺到了。

飛機上午五點三十分在煙霧瀰漫的日出中降落，我還沒睡。我在巴黎看見的景象，主要是行李搬運人員把旅行箱搬下飛機，嘰嘰喳喳說著悅耳的語言。

接著我轉搭飛機到布拉格後，再搭乘火車。火車駛過布拉格的貧民窟，經過時，孩童對著我們揮手。最後我睡著了。

醒來時，我發現自己在不同的世界。群山、林木、外側以木頭梁柱搭建的小屋。我在哪？我的女兒在哪？我僵在座位上，覺得自己做了天大的錯事，竟然拋下她們，拿她們的生命作賭注。我萌生一個古怪的想法：這一切都不是眞的，我仍在家裡陪著女兒，一切都一如平常，只不過在某個空間裡，我的某部分脫離，做著這個夢。

後來，車掌輕拍我的肩膀，原來我又睡著了。火車發出吱嘎與嘶嘶的聲音，駛入車站。下車後，我吃了一驚，空氣竟然那麼冷。一名削瘦的金髮男子，名叫傑柏，在那裡接我，幫我拿行李箱。我們離開火車站，進入山谷，被狹窄的尖山包圍。城堡在我們正前方那座山上俯瞰，在陽光下呈現金棕色，雄偉壯麗。或許是城堡跟我想像的一模一樣，也可能是城堡把我還沒看到它時的想法全消除了。不過抬頭看著它，我心裡不禁想：「沒錯！」

我們從山谷搭空中纜車，滑過粗纜線時，我往下看，發現許多樹已然禿了。我再度抬起頭看時，我們猛然衝向一座山，好像會直接撞上，因此我閉上眼睛。

傑柏說：「可怕，對吧？」

「是啊。」我說。

一道大鐵門，兩座塔，還有一道通往裡面的側門，一切都如此熟悉，我感覺就像是第二次回來。是因爲雷描寫得完美無比嗎？我不太確定。我喜歡他寫的東西，因爲那是他寫的，因爲他碰過那些紙，因爲這樣我們就能說話。我努力不去問故事寫得好不好。

大廳很豪華，安靜，石牆凹凹凸凸的，被由地面往上照的明亮小光照得格外引人注目。在我前面登記入住的那對男女很有錢，連他們的皮膚看起來都很昂貴。那個女人瞥了我一眼，她把目光移開後，我鬆了一口氣。

我把電子設備放進銀色的箱子，鎖起來後，自行保管鑰匙。我只放一臺吹風機進去。

傑柏帶我走上一道彎曲的樓梯，到我的房間。他告訴我這座城堡的事：塔樓最早在十二世紀建造，城堡的其餘部分則是在十三與十四世紀建造，在十八世紀變成一個家族的財產。

我的胸口裡面顫動起來，感覺好像是肥皂泡沫。我無法專注。

我的房間搞不好就是丹尼的房間：高高的天花板，一張有天鵝絨簾子的床，壁爐裡有一根燃燒中的木頭，幾扇小尖窗。我看見外面的塔樓，方方窄窄，聳立於樹林上方。

我躺下來，感覺到身體下的床墊往下陷。我打開他們在樓下給我的第二個信盒，裡面又有幾張香草味的淡黃色卡片。

請別為穿著費心。我們已提供寬鬆舒適的衣物，在雨天或晴天，白天或夜晚，不論誰穿上，看起來都一樣，如此您便能欣賞其他事物。

我們的飯店絕對安全，不論白天或夜晚，您都能隨心所欲到處逛。若您需要燈光，尤其是在地道內，敬請索取。我們有許多工作人員，但我們希望他們不會引起您的注目。

敬請注意，其他旅客可能會與您共用空間，請記得，您來此是要與自己對話，不是別人，因此無需問候，甚至無需眼神接觸。這麼做，您便能享受餘生。

我睡著了，醒來時火已滅，房間變得寒冷，我感覺衣服上有汗水和臭味。

我花了很長的時間洗熱水澡，把頭髮梳開讓它垂下來。我穿上他們留給我的服裝，很像運動服，不過是喀什米爾羊毛織成的，柔軟無比。還有一雙蓬鬆的靴子，鞋底是橡膠做的。我注意到胸口又劇烈顫動。是肥皀泡沫。我想像著泡沫溢出緊綳的小心臟。

見到自己想像過的地方，而且發現它符合期望，肯定有詞能用來形容那種感覺，但我不知道是什麼詞。我沿著兩側有電燭光的走廊，走到一道彎曲的樓梯，樓梯彎曲往下通到一對玻璃門，門外就是花園。數條白色貝殼小徑在青蔥的草地上微微發亮，有小型路標指出通往各地的方向，但我根本不需要路標，因爲塔樓就在正前方。

在塔樓底部附近，灌木叢與樹木都被清除了。一名女子盤腿坐在青翠的草地上，一名男子站在她附近，遮著眼睛，擋住陽光。兩人都沒看我，我有種被侮辱的感覺，好像我隱形，不過那種感覺一下子就消失了。他們穿得和我一模一樣。

走上戶外階梯時，我又有股衝動想使用那個未知的詞。靴子的橡膠鞋底像吸盤一樣抓緊石階，我爬到樹林上方。

塔樓的入口門很沉重，我推開門時心臟怦然狂跳。如我所料，裡面有第二道門，門後便是丹尼遇見男爵夫人的那個房間：金碧輝煌，幾扇小窗旁邊都有沉重的窗簾，紫橘色的夕陽餘暉從外面照進來。缺乏語詞來形容這個地方符合我的期望，開始令我覺得痛苦，於是我挑了一個詞來用，我挑丹尼的詞：**奧圖**。我給它下了我自己的定義。**奧圖**：事物的模樣與你想像的一模一樣。

有個壁爐，裡面有根燃燒中的木頭。還有一個錦緞沙發，一張橢圓形的光亮木桌。奧圖，奧圖，奧圖。我走到窗前往外看，背對著門，雙手在窗沿上發抖。我沒告訴自己到底自己在等什麼，但我心知肚明。

我站在那裡等，心中的期盼極度強烈，令我感覺無法承受，覺得我會被擊垮。**現在，現在，現在。**

現在！

我聽見一個聲音，於是轉身，看見房間空蕩蕩的，感覺到手臂上的空氣在震動，彷彿有鬼魅進來。

「雷。」我低聲說。

沒有聲音。壁爐裡幾根木頭動了一下。

「雷。」

我走到門前，打開門，接著打開第二扇門，先往下看戶外的樓梯，再眺望樹林上方的地平線。「雷。」我呼喚。風刮了起來，把我的聲音吹成碎片。

「雷！雷！雷！」我猛然放聲大喊，因爲他一定在這裡，他一定在，否則我花這些錢，丟下女兒，跋涉千里，就全白費了。

我不斷呼喊他的名字，直到聲音變虛弱，才回到塔樓裡面，躺在錦緞沙發上，被我這輩子感受過最純粹的悲傷擊垮。那種悲傷不同於對可瑞的悲傷，對可瑞的悲傷參雜著罪惡感與責任感，而那種悲傷只是失落，純粹的失落感。我知道雷離開了，我再也見不到他。

我哭了起來，躺在那裡，埋在墊子裡啜泣。幾次聽到開門的聲音，但我沒抬頭看。我知道那不是雷，是其他穿著喀什米爾羊毛運動服的人，他們一見到我旋即離去。

最後我不哭了，只是躺在那裡，黑暗緩緩填滿房間，唯一的火光來自壁爐。接著我聽見鈴聲，蕩漾傳入窗戶，清晰悅耳。鈴聲響了五次，每道鈴聲都像一道銀色波浪捲上黑暗的海灘。

鈴聲停止後，我聽見移動的聲音，彷彿塔樓突然甦醒。我甚至感覺到：牆後有窸窣聲，門被推開，人們從塔樓頂部走下內部樓梯井，開始通過我這層樓的門到外面，腳步聲沙沙作響。

用餐時間。

我躺在那裡，哭完後肚子餓了，聽著人們走路的移動聲音。縱使不想吃東西或聽現場演奏的中世紀音樂，我還是起身離開沙發，走出房間，加入穿著米黃色喀什米爾羊毛運動服的人潮，跟他們一起走下戶外階梯。

在塔樓底部，人群順著一條白色貝殼小徑走向城堡，我則走不同的路。手掌上和臉上的空氣冰冷刺骨，但喀什米爾羊毛運動服使身體的其餘部位保持溫暖。日落就像一個橘色破洞，在堅實灰色天空的底部。

飯店員工正沿著各條小徑點蠟燭，每根蠟燭都放在球形玻璃罩裡。**奧圖**。我知道我要去哪，彷彿記得一樣。

柏樹牆，一盞提燈照亮的一個通道，我擠了過去。水池的美像鈴聲，令我渾身震撼。水池又大又圓，燈光從池底照亮，水是淡綠色，周圍的白色大理石使整個區域亮了起來，彷彿時間沒有那麼晚。有些穿著米黃色的厚浴衣的人沿著池邊坐，有些人在水裡。我不再去看臉，因此不知道他們的年齡與性別。泳池的一側有個更衣帳棚。

空氣使我的手指發痛，我把手掌縮進運動衣的衣袖裡。寒風吹走池頂的蒸氣，像數十個迷你旋風一樣，刮起又消散。隨著一分一秒過去，天色漸黑，不過水池附近的那盞球形燈光卻持續亮著，像個泡泡，你知道遲早會破掉，卻無法相信還沒破，仍完好存在。

我最後一次見到雷是在一次正式探監，當時我不是老師了，那樣開車進去、停車、報姓名，都比較容易，因爲守衛認識我。

因爲我不在雷的預先核准訪客名單上，所以我得透過凱力事先把事情安排好，但商量每個步驟時，都得聽一大堆教訓，像是「聽著，荷麗，我不知道，我也不想知道。知道我在說什麼嗎？」還有「那跟我無關，但是大家都在閒言閒語，妳知道嗎？」

我告訴凱力：「他當時差點死掉，我想再見他一面。」

「我說過了，這是妳的人生，知道我在說什麼嗎？」

諸如此類。

在吵雜的會客室裡，我坐在黃色椅子上等待，裡頭擠滿打扮漂亮但卻疲憊的小孩，瀰漫著販賣機販售的墨西哥玉米片在微波爐加熱的味道。二十分鐘後，雷進來了，他的頭髮變長，皮膚看起來黑黝黝的，不過也可能只是相較之下住院時太蒼白了。我見到他時，還沒說一字一句，就發現我們之間全部的感覺仍然存在。他坐到我對面的椅子上，說：「妳看起來很漂亮。」

「我無法相信你活著。」我說。

「我也是。」他說，笑了起來，「我猜還沒輪到我吧。」

我們沉默下來，那種感覺並不是不自在，而是覺得我們像在真實的世界，在外面，至少我們第一次如此接近外面。我想像著我們起身一起走出那裡。

雷走過來坐到我身旁，說：「妳這樣進來很危險。」

「我必須來。」

情況就像這樣繼續下去，閒聊沒幾句，中間就沉默好久，但沉默所產生的力量似乎比其餘的時間更強大。

我本來告訴自己待半小時就好，結果故意拖到四十五分鐘。「我該走了。」我說。

「有件事。」

我在椅子上往後靠。

「我寫的東西。」雷說，「我知道寫得很爛。」

我極力抗議，說寫得不爛，只是粗糙，需要修飾，每種作品都是如此，那只是初稿，諸如此類。他卻把一根手指壓在我的嘴唇上，那是他第一次碰我。

「我要把它給妳。」他說，「雖然寫得不好，這我們剛剛談過，不過或許妳能廢物利用。」

在他的眼裡與臉上，我看見對我的期望與信任，那股期望與信任在之前那幾個月，塡滿我的生活，不過現在課程結束了。

他看著我的臉。「就算不能也無所謂，反正我是爲妳而寫。」

「你收著吧。」我說。

他一臉驚訝。「爲什麼？」

「我不會寫作。」我說，「還是你留著比較好。」

「我不信。」

「對不起。」我極度需要坦白，無法控制自己。「我捏造假資格去教你們，我根本沒資格。」

「胡說。」他聽起來很生氣。

「我把眞相告訴你，這樣你才不會做傻事。」我說，「我不是作家，也不是老師。」

「我知道妳是誰。」雷說。

我低頭看著雙手，雙手在發抖，指甲被我咬過，我眞該先修個指甲。經過漫長的沉默後，雷用雙手握住我那指甲被咬過的雙手。我難以相信那雙手是我之前在醫院裡握的那雙手，當時他的手又熱又溼又腫，現在卻又壯又涼，是健康的手。我想他康復了。

「荷麗。」他說。我抬頭看時，他再度微笑。我想他很開心吧。我以前從沒看過他開心。「難道妳不懂嗎？」他說，「妳是自由的。」

我們看著彼此。我心想：「他聽起來像在道別。他爲什麼道別？我才是要離開的人啊。」

在池邊的小屋裡，有位老婦遞給我黑色連身泳裝和毛圈布料的厚袍子。有幾個私人更衣隔間，用帆布分隔，裡面有等身長鏡。我看著自己換上泳裝，雖然經歷三十三年的磨耗，但我依然健在。

我出來後，除了泳池的綠色大圈圈，其餘一片漆黑。寒冷刺痛了我的手指、小腿、腳掌。我站在那裡聆聽，因爲有個新聲音出現，彷彿我的上、下、四面八方有數以千計的小玻璃片破裂。我把臉轉向天空，旋即感覺到一點一點的冰冷襲在臉上。是雪，在這個全然寂靜的地方，我能聽見雪飄過空氣，落在大理石上，發出無數隱形的喀嚓聲。

此時水池上的蒸氣變濃，宛如一捆捆旋轉的白色乾草，我難以看清蒸氣下方的人。

我走向池邊時，心裡充滿老頑童的興奮，不知道是因爲雪，還是夜晚，還是淡綠色的水，還是另有他物。我等待著，讓雪飄落融化在頭髮、臉龐和腳掌上，讓興奮情緒增強，直到湧到胸膛。

我閉上眼跳入水中。

1七〇年代到九〇年代美國相當流行的玩具娃娃。

2美國法令所規定的延後課稅退休金帳户，由於美國政府將相關規定明訂在國稅條例第401K條中，故簡稱爲401K計劃。401K只適用私人公司，屬於是自願性質。雇員可依個人需求，自由選擇政府核定的個人退休金計劃。雇員必須提撥資金至個人退休金帳户，同時公司亦會提撥資金，直到雇員離職。

謝辭

萬分感激大家在我寫《塔樓》時，聽我傾訴，幫我試讀文稿，安撫我的情緒，激發我的靈感，提供我相關資訊，以及給我各種協助。感謝David Herskovits、Amanda Urban、Jennifer Smith、Jordan Pavlin、Lisa Fugurd、Kay Kimpton、Don Lee、Monica Adler、David Rosenstock、Genevieve Field、Ruth Danon、Elizabeth Tippens、Peggy Reed、Julie Mars、David Hogan、Alexander Busansky，以及紐約公共圖書館的庫曼夫婦學者與作家中心。

大師名作坊155

塔樓

作　者—珍妮佛．伊根
譯　者—高紫文
主　編—嘉世強
編　輯—張瑋庭
責任企劃—王君彤
封面設計—蔡南昇
內文排版—吳詩婷
董　事　長
總　經　理—趙政岷
出　版　者—時報文化出版企業股份有限公司
10803臺北市和平西路三段二四〇號三樓
發行專線—（〇二）二三〇六—六八四二
讀者服務專線—〇八〇〇—二三一—七〇五
（〇二）二三〇四—七一〇三
讀者服務傳真—（〇二）二三〇四—六八五八
郵撥—一九三四四七二四時報文化出版公司
信箱—臺北郵政七九～九九信箱
時報悅讀網—http://www.readingtimes.com.tw
電子郵件信箱—liter@readingtimes.com.tw
法律顧問—理律法律事務所　陳長文律師、李念祖律師
印　刷—勁達印刷有限公司
初版一刷—二〇一七年六月二十三日
定　價—新臺幣三二〇元
（缺頁或破損的書，請寄回更換）

時報文化出版公司成立於一九七五年，
並於一九九九年股票上櫃公開發行，於二〇〇八年脫離中時集團非屬旺中，
以「尊重智慧與創意的文化事業」為信念。

國家圖書館出版品預行編目（CIP）資料

塔樓 / 珍妮佛 · 伊根 (Jennifer Egan) 著 ; 高紫文譯. -- 初版. -- 臺北市 : 時報文化, 2017.06
面 ;　公分. -- (大師名作 ; 155)
譯自 : The Keep
ISBN 978-957-13-7043-9(平裝)

874.57　　106009126

ISBN 978-957-13-7043-9
Printed in Taiwan